U0518237

霍松林 著

陕西师范大学出版总社　西安

图书代号　WX25N0081

图书在版编目（CIP）数据

霍松林宋诗鉴赏 / 霍松林著. -- 西安：陕西师范大学出版总社有限公司，2025. 4. -- ISBN 978-7-5695-5265-2

Ⅰ. I207.227.44

中国国家版本馆 CIP 数据核字第 2024KM9651 号

霍松林宋诗鉴赏

HUO SONGLIN SONGSHI JIANSHANG

霍松林　著

出 版 人	刘东风
责任编辑	邓　微
责任校对	王娟娟
出版发行	陕西师范大学出版总社 （西安市长安南路 199 号　邮编 710062）
网　　址	http://www.snupg.com
印　　刷	西安市建明工贸有限责任公司
开　　本	880 mm×1230 mm　1/32
印　　张	9.375
插　　页	2
字　　数	225 千
版　　次	2025 年 4 月第 1 版
印　　次	2025 年 4 月第 1 次印刷
书　　号	ISBN 978-7-5695-5265-2
定　　价	68.00 元

读者购书、书店添货或发现印刷装订问题，请与本公司营销部联系、调换。
电话：(029)85307864　85303629　传真：(029)85303879

目　录

郑文宝

(953—1013)，字仲贤，汀州宁化（今属福建）人。太平兴国八年（983）进士，历官陕西转运使、兵部员外郎。其诗清新婉丽，多警句。惜其诗集已佚，仅散见于《皇朝文鉴》《麈史》《温公诗话》等书。

柳枝词

郑文宝

亭亭画舸系春潭，直到行人酒半酣。
不管烟波与风雨，载将离恨过江南。

陈衍《宋诗精华录》评此诗："首句一顿，下三句连作一气说，体格独别。"细玩诗意，并非如此。第一句写画船系在"春潭"边的柳树上，这当然有"一顿"；但只有外景而未写内景，不知船上在干什么，因而紧接着补写一句：那船直系到"行人酒半酣"，这当然又是"一顿"。"直到"者，"直系到"也，"系"字承上省略。如此写法，也很新颖，算得上"体格独别"。船上的"行人"本来要解缆出发，但送行者一再劝酒挽留，所以那船直系到"行人酒半酣"。依依惜别之情，都从"系"与"直到"中曲曲传出。"直到"又透露到此为止的意思。尽管船外风雨交加，江上烟波浩渺，那船却不能再"系"了！于是后两句"一气连说"，动人心魄。

全诗写送别、写"离恨"，却以"画舸"为主语，贯彻始终。"画舸系春潭"，直系到"行人酒半酣"，仿佛已经够讲情面了；接下去，它就“不管烟波与风雨，载将离恨过江南。”正如吴乔《围炉诗话》所说：“人自别离，却怨画舸。”这就是所谓“无理而妙”。《苕溪渔隐丛话·前集》卷二四称此诗“好事或填入乐府”，四处传唱。周邦彦则将此词改写为《尉迟杯》词：“无情画舸，都不管，烟波隔前浦，等行人乍拥重衾，载将离恨归去。”

“离恨”是抽象的，此诗却化虚为实，说它有体积、有重量，“画舸”载着它“过江南”，强化了艺术魅力。李清照《武陵春》词中的“只恐双溪舴艋舟，载不动许多愁”，石孝友《玉楼春》词中的“春愁离恨重于山，不信马儿驮得起”，皆从此化出。

王禹偁

（954—1001），字元之，济州巨野（今属山东）人。太平兴国八年（983）进士，历右拾遗、左司谏、知制诰等职，文学韩愈，诗先学白居易、后学杜甫。其文学主张和诗文创作实践，开欧阳修等诗文革新先河。有《小畜集》《小畜外集》。

村　行

王禹偁

马穿山径菊初黄，信马悠悠野兴长。
万壑有声含晚籁，数峰无语立斜阳。
棠梨叶落胭脂色，荞麦花开白雪香。
何事吟余忽惆怅？村桥原树似吾乡。

作诗而以《村行》命题，其作者大抵并非村民，而是身居闹市乃至官场，偶然来到乡村闲行，目之所接，耳之所遇，在在处处，都有一种新鲜感，从而摇荡性灵，形诸吟咏。因而可以这样说，这一类诗，一般写诗人“村行”之时的所见所感。当然，其所见所感，是因人而殊，因地而异的。且看晚唐诗人成文幹的《村行》：

暖暖村烟暮，牧童出深坞。
骑牛不顾人，吹笛寻山去。

全诗似乎只写目之所见，而心之所感即寓其中。诗人对那位牧童的自由自在，无拘无束，显然是无限向往的。

同样以《村行》命题，王禹偁的这首诗，却是另一番情景，另一种写法。

这是一首七律，从章法上说，七律是要讲起、承、转、合的：首联起，颔联承，颈联转，尾联合。但实际情况，并非如此简单。王禹偁的这首《村行》，就突破那种框框。首联“起”，颔、颈两联“承”，尾联则以上句突转，以下句拍合。章法井然，而又富于变化。

首句的“马穿山径”，写了“行”，却未见人，只提马；写了“行”的场所，却只见山，未提“村”。而继之以“菊初黄”，则马上有人，山中有村，便依稀可想。为什么？“菊初黄”，非马能辨，只能是马上人的眼中景。初黄之菊，又自然是山中人培植的。于是乎，读者凭借自己的经验驰骋创造性的想象，因菊花而想见竹篱，因竹篱而想见茅舍，一幅山村秋意图，就展现在眼前了。次句更明白地写出马不过是人的坐骑。那马上人并无明确的目的地，只是任凭马儿穿过山径，自由地行走，悠悠然领略山乡风光。两句诗，既点题而又不限于点题。环境、景物、季节以及“村行”者的神态、心情都跃然纸上，在章法上，又水到渠成，引出颔、颈两联。

颔联写大景，视觉、听觉并用而默会于心，既移情入景，又触景生情，从而产生了审美共鸣。“万壑有声含晚籁”一句，显然吸取了《庄子·齐物论》中关于人籁、地籁、天籁的议论而又自铸伟词、自成意象。“万壑”本来没有生命，没有情感，说它“有声”，便立刻使人感到它是有生命的东西，并且以声传情，倾吐它的内心世界。再以“含晚籁”作补充，又使人联想到庄子关于“地籁”的描绘，从而以“山林之畏佳”“大木百围之窍穴”“前者唱于而随者唱喁”等等来丰富“万壑”的视觉形象和听觉形象。“数峰无语立斜阳”一句更精彩。山峰，本来不能语。说它“无语”，则意味着它原是能语、有语的，只是如今却沉默了。那么，这立于“万壑”之间、“斜阳”之中的“数峰”又为什么沉默了呢？就不能不引人遐想。

颈联与首联中的“菊初黄”相照应，描绘秋季山乡的两种典型景物。“棠梨叶落”，不无萧瑟之感，却说那飘落的叶片“胭脂色”，十分秾艳。“荞麦花开”，有如白雪铺遍田野，令人赏心悦目，但更诱人的，还是那吸引了无数蜜蜂的芳香。于“白雪”后着一“香”字，作者和读者都不禁为之陶醉了。

这四句诗紧承首联，写“信马悠悠”之时的见闻感受，以见“野兴”之“长”。在写法上，高低相形，有无互立，形声交错，开落对照，色香毕具，充分体现了艺术辩证法，从而创造出情景交融的诗境，内涵深广，耐人寻味。

凡有创作甘苦的人，都会想：用七律的体裁写“村行”的题材，一口气写了六句，还略无转折，将怎样收尾呢？不要说收得好，就是不出现败笔，也是很难的。继续读下去，第七句“何事吟余忽惆怅”，以问为转，转得出人意外，第八句“村桥原树似吾乡”，以答为合，合得贴切自然。这当然与作者的才华、功夫有关。但更起作用的，还是作者的身世、遭遇和此时此地的真情实感。淳化二年（991），他方判大理寺，庐州妖尼诬告徐铉，他据实抗疏为徐雪诬，触怒皇帝，朝臣又乘机谗害，因而被贬为商州（今陕西商州）团练副使。这首《村行》，乃次年秋天在商州所作。明乎此，就知道他离开官署，在乡村山野里徜徉，无非是为了解忧散闷，呼吸一点新鲜空气。但当他沉浸于山乡风物，野兴方长，吟情正浓之时，不觉斜阳满目，晚籁盈耳，流连忘返而又不得不回到那污浊的官场，便忽然惆怅起来。和官场相比，这山村乡野的确是美好的，但这究竟不是自己的家乡啊！而自己的家乡不是和这里一样美好吗？于是乎，这里的村桥，这里的原树，这里的一切，便唤起对家乡无穷的忆恋。那么，为什么不拂衣归去呢？读诗至此，很自然地使我们想起陶渊明的《归去来兮辞》：

归去来兮，田园将芜胡不归！既自以心为形役，奚惆怅而独悲？悟已往之不谏，知来者之可追。实迷途其未远，觉今是而昨非。……

当然，作者一想到辞官归田，就卷起铺盖回去了，那倒是很爽快。可是，他是一个“罪人”，贬到商州乃是皇帝给他的处分，哪能想走就走呢？尾联所表现的内心活动是复杂的，全诗的意境，也因此而忽然升华，展现了一个新天地。

春居杂兴二首（其一）

王禹偁

两株桃杏映篱斜，妆点商山副使家。
何事春风容不得，和莺吹折数枝花！

宋代的团练副使，多由被贬谪的官员充任，不得签署公事，俸禄微薄，商州又是穷困荒凉的山区，诗人曾用“坏舍床铺月，寒窗砚结澌”（《谪居感事》）描写他的居住条件，对于我们理解这首诗很有帮助。

住宅围以竹篱，其简陋可知。然而春天终于来临，斜倚竹篱的“两株桃杏”繁花盛开，总算给他的家装点出难得的春色。两句诗，情景交融，表现了他对“两株桃杏”的无限珍惜，为后两句做好了铺垫。后两句赋、比、兴并用，而出以问语。“春风”本应为人间带来春色，可是为什么连唯一“妆点商山副使家”的“两株桃杏”都“容不得”，竟然“和莺吹折数枝花”呢？问而不答，寓意无穷，诗人此前的遭遇和当前的处境，都蕴含其中，足以引发读者的无限联想。

寇　准

（961—1023），字平仲，华州下邽（今陕西渭南）人。太平兴国五年（980）进士，累官至同中书门下平章事。他与魏野、潘阆、林逋和九僧为诗友，号晚唐诗派。七言明丽婉雅，五言淡远闲适，间也有激昂慷慨之作。

春日登楼怀归

寇　准

高楼聊引望，杳杳一川平。
野水无人渡，孤舟尽日横。
荒村生断霭，古寺语流莺。
旧业遥清渭，沉思忽自惊。

司马光《温公续诗话》载：寇准“年十九，进士及第，初知巴东县，有诗云：‘野水无人渡，孤舟尽日横。’”可知这首《春日登楼怀归》诗，当是寇准二十岁左右初官巴东时所作。

第一句领起以下五句，“杳杳一川平”及二、三两联，皆写“引望”中景色。这些景色与作者故乡的景色很相似，因而引起思乡之情，写出了尾联。第一句“高楼聊引望”，用一“聊”（姑且）字，表明只是随便观看风景，并非为“怀归”而“登楼”。然而看到“野水”“孤舟”“荒村”“古寺”，听见黄莺儿歌唱，感到自己就在清渭旁边的老家，因为所见所闻都和老家一样。但这只是暂时的错觉，及至转念沉思，“忽自惊”人在巴东，而渭河边的“旧业”，已在数千里之外！全诗以“聊”字与“惊”字首尾呼应，活现了触景生情的心态。“野水无人渡，孤舟尽日横”一联，属对精切，写景如画，北宋翰林图画院曾以此为题，评定考生的优劣。此后的各种诗话，也多赞为佳句。

林　逋

（967—1028），字君复，钱塘（今浙江杭州）人。早岁漫游江淮间，后归隐杭州孤山，养梅饲鹤、终身不娶，人称“梅妻鹤子”。死谥和靖先生。诗多写隐逸生活及自然风光，淡雅闲远。有《林和靖诗集》四卷。

山园小梅

林　逋

众芳摇落独暄妍，占尽风情向小园。
疏影横斜水清浅，暗香浮动月黄昏。
霜禽欲下先偷眼，粉蝶如知合断魂。
幸有微吟可相狎，不须檀板共金樽。

林逋“吟魂长恨负芳时，为见梅花辄入诗”，以善咏梅出名。其“雪后园林才半树，水边篱落忽横枝”（《咏梅》）一联，传诵一时；这首七律，更备受赞赏，使前此无数咏梅之作都黯然失色。

要为梅花写照传神，并不那么容易。这首诗的成功，在于善用映衬、烘托手法：首联用“众芳摇落”反衬梅花凌寒独秀，占尽风情。次联用“水清浅”“月黄昏”映衬梅花“疏影横斜”“暗香浮动”。三联用“霜禽”“粉蝶”作侧面烘托——“霜禽”被“暗香”吸引，正要飞下，先“偷眼”相看；“粉蝶”如果知道梅花比春天的群花更美，便会神往销魂，恨不生在冬天。尾联将自己与梅花关合，托物抒怀：高洁的梅花有我吟诗作伴，就很幸运；至于檀板金樽、歌舞饮宴的豪华场面，她是不需要的。这实际上也是用后者反衬前者。

“疏影”“暗香”一联，被认为是咏梅的千古绝唱。欧阳修说：“评诗者谓前世咏梅者多矣，未有此句也。”司马光称其“曲尽梅之体态”。苏轼称此联“决非桃李诗”，写出了梅花的个性。陈与义《和张矩臣水墨梅》云：“自读西湖处士诗，年年临水看幽姿。晴窗画出横斜影，绝胜前村夜雪时”，是说林逋的“暗香”“疏影”一联比唐人齐己《早梅》名句“前村深雪里，昨夜一枝开”更好。王十朋更说：“暗香和月人佳句，尽压千古无诗才。”辛弃疾奉劝诗人“未须草草赋梅花……总被西湖林处士，不肯分留风月。”至于姜夔咏梅自度曲特以《暗香》《疏影》命名，更成为此后词人咏梅常用的词牌。

晏　殊

(991—1055)，字同叔，临川（今属江西）人。累官至集贤殿学士、同中书门下平章事兼枢密使。卒谥元献。工诗词，尤擅长小令。诗属西昆体，词袭南唐余风，为宋初一大家。

示张寺丞王校勘

晏　殊

元巳清明假未开，小园幽径独徘徊。
春寒不定斑斑雨，宿醉难禁滟滟杯。
无可奈何花落去，似曾相识燕归来。
游梁赋客多风味，莫惜青钱万选才。

此诗以第三联出名，作者又用于《浣溪沙》词中，该词亦因有此二句而出名。《四库全书总目提要》云：“《浣溪沙》春恨词‘无可奈何花落去，似曾相识燕飞来’二句，乃殊《示张寺丞王校勘》七言律腹联。……今复填入词内，岂自爱其词语之工，故不嫌复用耶?”

前两联通过“徘徊”“春寒”“宿醉”表露伤春情绪，为第三联作铺垫。“花落去”“燕归来”都是眼前景，而“无可奈何”“似曾相识”，则是由此触发的无限情思。人们希望花常开、春常在，但花儿有开必有落，如今眼见“花落去”，尽管留恋、惋惜，也“无可奈何”。然而春天去了还会来，作为候鸟的燕子，去年从这里飞去，今春还会回来。眼前归来的燕子，也许就是去年来过的燕子吧！因而深情地辨认，感到“似曾相识”。见花儿落去而

“无可奈何”，慨叹存在者难免消逝；见燕子归来而“似曾相识”，又以消逝中仍含存在而感到欣慰。正因为领悟到消逝中仍含存在，故尾联一扫春愁，勉励他的宾客切莫吝惜才华，应尽量施展。两句诗，回环起伏，抑扬跌宕，蕴涵着对于宇宙人生的哲理探索，能引发丰富的美感联想，给人以深刻的思想启迪。

晏殊《浣溪沙》词云：

一曲新词酒一杯，去年天气旧亭台。夕阳西下几时回？无可奈何花落去，似曾相识燕归来。小园香径独徘徊。

张宗楠《词林纪事》云：“细玩‘无可奈何’一联，意致缠绵，语调谐婉，的是倚声家语，若作七律，未免软弱矣。”从总体上看，词的风格与诗的风格是各有特点的，但仅仅两句十四字，便断定只宜入词（依声）而不宜入诗，未免主观。

梅尧臣

(1002—1060)，字圣俞，宣城（今属安徽）人。宣城汉代名宛陵，故世称“宛陵先生”。仁宗皇祐三年（1051），赐同进士出身，授国子监直讲。官至尚书都官员外郎，世因此亦称“梅都官”。曾预修《新唐书》。北宋前期诗文革新运动领袖，诗风简古，着重反映现实，力克西昆浮靡之弊。有《宛陵集》。

汝坟贫女

梅尧臣

汝坟贫家女，行哭音凄怆。
自言有老父，孤独无丁壮。
郡吏来何暴，县官不敢抗。
督遣勿稽留，龙钟去携杖。
殷勤嘱四邻，幸愿相依傍。
适闻闾里归，问讯疑犹强。
果然寒雨中，僵死壤河上。
弱质无以托，横尸无以葬。
生女不如男，虽存何所当。
拊膺呼苍天，生死将奈向？

《汝坟贫女》是《田家语》的续篇。诗序云：“时再点弓手，老幼俱集，大雨寒甚，道死者百余人，自壤河至昆阳老牛陂，僵尸相继。”

这首诗与《田家语》在写法上的相同点是：诗的主要部分，都由受苦难者自己出面诉苦，比由诗人代诉其苦更加感人。其相异点是：前者先由老农控诉，后四句以“我闻”领起，改由作者抒发感慨；后者则颠倒过来，先由作者引出“汝坟贫家女，行哭音凄怆”，然后以“自言”领起，让她出面哭诉，直至结尾。当然，如“抚膺呼苍天”，很像作者的描写语，与“自言”不合，可能是措辞上的疏忽。

诗用自述语气，只是一种表现方式，并不是逐句记录了某一人物的全部语言。诗序所说的“道死者百余人”，“僵尸相继”，这是事实。作者从死者家属中选出一位“贫女”，集贫困、弱小、孤独、丧父于一身，一出场便边“行”边“哭”，声音“凄怆”，然后进行血泪控诉。这一切，都来自作者的精心选材和提炼、概括。直截了当地说：汝坟贫女，是作者从现实出发，借鉴杜甫的《三吏》《三别》而创造的艺术形象。通过这一形象，集中地反映了统治者的暴虐和人民的苦难。

鲁山山行

梅尧臣

适与野情惬，千山高复低。
好峰随处改，幽径独行迷。
霜落熊升树，林空鹿饮溪。
人家在何许，云外一声鸡。

“远上寒山石径斜，白云生处有人家。停车坐爱枫林晚，霜叶红于二月花。”在以《山行》为题的诗中，杜牧的这首七绝历来脍炙人口。北宋诗人梅尧臣的《鲁山山行》是一首五律，但不为格律所缚，写得新颖自然，曲尽山行情景，虽不如杜牧的《山行》著名，但也很有特色，不愧佳作。

鲁山，一名露山，在今河南鲁山县东北，接近襄城县西南边境。宋仁宗康定元年（1040），梅尧臣知襄城县，作此诗。

山路崎岖，对于贪图安逸，怯于攀登的人来说，“山行”不可能有什么乐趣。山野荒寂，对于酷爱繁华、留恋都市的人来说，“山行”也不会有什么美感和诗意。梅尧臣的这首诗，一开头就将这一类情况一扫而空，兴致勃勃地说：“适与野情惬”——恰恰跟我爱好山野风光的情趣相合。什么跟爱好山野风光的情趣相合呢？下句才作了说明：“千山高复低。”按顺序，一、二两句倒装。一倒装，既突出了爱山的情趣，又显得跌宕有致。

“千山高复低”，这当然是“山行”所见。“适与野情惬”，则是“山行”所感。首联只点“山”而“行”在其中。

颔联“好峰随处改，幽径独行迷”，进一步写“山行”。“好峰”之峰是客观存在，承“千山高复低”而来；“好峰”之“好”则包含了诗人的美感，又与“适与野情惬”契合无间。“好峰”本身不会“改”，更不会“随处改”。说“好峰随处改”，见得人在“千山”中继续行走，也继续看山，落脚点在“改”，着眼点在“改”，眼中的“好峰”也自然移步换形，不断变换美好的姿态。第四句才出“行”字，但不单纯是为了点题。“径”而曰“幽”，“行”而曰“独”，与通衢闹市的喧嚣熙攘形成强烈的对照，正投合了主人公的“野情”。着一“迷”字，不仅传“幽”“独”之神，而且以小景见大景，使“千山高复低”的环境又展现在读者面前。“迷”当然是暂时的；“迷”路之后，终于又找到出路，诗人只是没有明说而已。另一些诗人写类似景象，则是明说了的。

王维《蓝田山石门精舍》："遥爱云木秀，初疑路不同；安知清流转，忽与前山通"；耿沣《仙山行》："花落寻无径，鸡鸣觉有村"；王安石《江上》："青山缭绕疑无路，忽见千帆隐映来"；陆游《游山西村》："山重水复疑无路，柳暗花明又一村"，都可以作为例证。"迷"本来不是好字眼。"迷路"，一般说来，也不是好事情。但在诗人笔下，却会出现相反的情况，宋之问《春日宴宋主簿山亭》诗有云："攀岩践苔易，迷路出花难。"为万花所"迷"，不易找到出路，这当然是好事情。前面所引的许多诗句，如"初疑路不同""花落寻无径""青山缭绕疑无路""山重水复疑无路"等等，也都略等于宋之问所说的"迷路"，梅尧臣的"幽径独行迷"亦然。山径幽深，容易"迷"；独行无伴，容易"迷"；"千山高复低"，更容易"迷"。但这里的"迷"，绝不是坏字眼，诗人选用它，不过是为了更有力地表现野景之幽与"野情"之浓而已。

颈联"霜落熊升树，林空鹿饮溪"，互文见义，写"山行"所见的动景。"霜落"则"林空"，既点时，又写景。霜未落而林未空，林中之"熊"也会"升树"，林中之"鹿"也要"饮溪"，但树叶茂密，遮断视线，"山行"者如何能够看见"熊升树"与"鹿饮溪"的野景！作者特意写出"霜落""林空"与"熊升树""鹿饮溪"之间的因果关系，正是为了表现出那是"山行"者眼中的野景。惟其是"山行"者眼中的野景，所以饱含着"山行"者的"野情"，而不是单纯的客观存在。"霜落"而"熊升树"，"林空"而"鹿饮溪"，多么闲适！多么自由自在，野趣盎然！

"山行"者眼中所见，又表明主体与客体之间有一段距离，人望见了"熊"和"鹿"，而"熊"和"鹿"并不知道有人在望它们。苏轼《高邮陈直躬处士画雁》诗云：

野雁见人时，未起意先改。君从何处看，得此无人态！

> 无乃枯木形，人禽两自在！……

梅尧臣从林外的“幽径”上看林中，看见“熊升树”“鹿饮溪”，那正是苏轼所说的“无人态”，因而就显得那么“自在”。熊“自在”，鹿“自在”，看“熊升树”“鹿饮溪”的人也“自在”。

欧阳修《六一诗话》云：

> 圣俞（梅尧臣的字）尝语余曰：“诗家虽主意，而造语亦难。若意新语工，得前人所未道者，斯为善也。必能状难状之景如在目前，含不尽之意见于言外，然后为至矣。贾岛云：‘竹笼拾山果，瓦瓶担石泉’，姚合云：‘马随山鹿放，鸡逐野禽栖’，等是山邑荒僻，官况萧条，不如‘县古槐根出，官清马骨高’为工也。”余曰：“语之工者固如是。然状难写之景，含不尽之意，何诗为然？”圣俞曰：“作者得于心，览者会以意，殆难指陈以言也。虽然，亦可略道其仿佛。若严维‘柳塘春水漫，花坞夕阳迟’，则天容物态，融和骀荡，岂不如在目前乎？又温庭筠‘鸡声茅店月，人迹板桥霜’，贾岛‘怪禽啼旷野，落日恐行人’，则道路辛苦，羁愁旅思，岂不见于言外乎？”

梅尧臣提出的“意新语工”，“状难状之景如在目前，含不尽之意见于言外”的作诗主张，在他的部分作品中得到了不同程度的体现。例如“霜落熊升树，林空鹿饮溪”和《秋日家居》中的“悬虫低复上，斗雀堕还飞”，都可以说是“状难状之景如在目前”。是不是还“含不尽之意见于言外”呢？也可以作肯定的回答。从“悬虫”一联看，所展现的是这样的画面：悬在自己吐出的丝上的虫子，逐渐低垂，又逐渐上升；飞翔的鸟儿互相打斗，双双堕落，接着又逐一飞起。这当然是动景，但作者却在尾联说："无人知静景"。这"静"可以从两方面看。一方面，以动的小景表现静的大景。鸟儿在眼前打斗，其"秋日家居"的环境之寂静，已不言可知，倘若是车马盈门、笑语喧哗，怎会有这般景象？另一方面，也是更重要的一方面，以景物之动表现心情之静。一个人能够循环往复地注视"悬虫低复上"，又注视"斗雀堕还飞"，其心情之娴静，也不言可知。至于那闲静之中究竟包含着愉悦之情，还是寂寞无聊之感，更是耐人寻味的。"霜落"一联所展现的也是动景，但写动景的目的也是以动形静。"熊升树""鹿饮溪"而未受到任何惊扰，见得除"幽径"的"独行"者而外，四野无人，一片幽寂；而"独行"者看了"熊升树"，又看"鹿饮溪"，其心情之娴静愉悦，也见于言外。从章法上看，这一联不仅紧承上句的"幽""独"而来，而且对首句"适与野情惬"作了更充分、更形象的表现。

全诗以"人家在何许，云外一声鸡"收尾，余味无穷。杜牧的"白云生处有人家"，是看见了人家。王维的"欲投人处宿，隔水问樵夫"，是看不见人家，才询问樵夫。这里又是另一番情景：望近处，只见"熊升树""鹿饮溪"，没有人家；望远方，只见白云浮动，也不见人家；于是自己问自己："人家在何许"呢？恰在这时，云外传来一声鸡叫，仿佛是有意回答诗人的提问："这里有人家哩，快来休息吧！"两句诗，写"山行"者望云闻鸡的神态及其喜悦心情，都跃然可见、宛然可想。南宋诗人王庭珪《春日山行》尾联"云藏远岫茶烟起，知有僧居在翠微"，可能从这里受到启发，但韵味就差一些。

方回在《瀛奎律髓》中评这首诗说："尾句自然；'熊''鹿'一联，人皆称其工，然前联尤幽而有味。"胡仔《苕溪渔隐丛话后集》卷二四说："圣俞诗工于平淡，自成一家。如《东溪》云：'野凫眠岸有闲意，老树着花无丑枝'，《山行》云：'人家在何许，云外一声鸡'，《春阴》云：'鸠鸣桑叶吐，村暗杏花残'，《杜鹃》云：'月树啼方急，山房人未眠'，似此等句，须细味之，方见其用意也。"这些意见，都可以参考。

东　　溪

梅尧臣

行到东溪看水时，坐临孤屿发船迟。
野凫眠岸有闲意，老树着花无丑枝。
短短蒲茸齐似剪，平平沙石净于筛。
情虽不厌住不得，薄暮归来车马疲。

东溪即宛溪，在作者的故乡宣城。首句"行到东溪"，为的是"看水"，为全诗表现闲适之趣定下了基调。次联写岸边景，方回赞为"当世名句，众所脍炙"（《瀛奎律髓》），纪昀赞为"名下无虚"（《瀛奎律髓评》），陈衍也说"的是名句"（《宋诗精华录》）。"野凫眠岸"，乃水乡常见景象，作者移情入景，说它"有闲意"，正表现他自己爱"闲"、羡"闲"，厌恶争名夺利。"老树着花"也是人们经常看见，不以为奇的景象，作者却称赞它"无丑枝"。树"老"便"丑"，但枝枝繁花盛开，便不"丑"。欧阳修说梅尧臣"文词愈清新，心意难老大，有如妖娆女，老自有余态"（《水谷夜行寄圣俞子美》），他自己的这句"老树着花无丑枝"，正表现了他人虽老而"心意"并不老的精神境界。如胡仔所说："圣俞诗工于平淡，自成一家。如《东溪》云：'野凫眠岸有闲意，老树着花无丑枝’，……须细味之，方见其用意也。”（《苕溪渔隐丛话后集》）三联扩大视野，继续写景。所写者虽然是“蒲茸”“沙石”，极其平常，但用“短短”“平平”“齐似剪”“净于筛”分别加以形容描状，便唤起你的联想，因小见大，一幅天然图画宛然在目：清清流水；水底下洁白的沙石平铺，直延伸到两岸；蒲草、芦苇之类的植物，或生水边，或生岸上，迎风摇曳。这幅图画当然也并不绚丽，但作者却偏爱它。“短短蒲茸”，谁去注意？他却看出“齐似剪”；“平平沙石”，谁去欣赏？他却赞美“净于筛”。其野逸之趣，娴静之情，洋溢于字里行间。故尾联表明他在这里流连忘返，直到“薄暮”不得不回去的时候，还因“住不得”而深感遗憾。

此诗作于仁宗至和二年（1055）作者五十二岁之时，是其晚年的名篇。

可以说实现了他的主张：“意新语工，状难状之景如在目前，含不尽之意见于言外。”

欧阳修

(1007—1072)，字永叔，号醉翁，又号六一居士，庐陵（今江西吉安）人。仁宗天圣八年(1030)进士，官至枢密副使、参知政事。卒谥文忠。为北宋诗文革新运动的领袖，文为唐宋八大家之一；诗学韩愈、李白，古体高秀，近体妍雅；词婉丽。与宋祁合修《新唐书》，独撰《新五代史》。有《欧阳文忠公集》《六一词》《六一诗话》等。

戏答元珍

欧阳修

春风疑不到天涯，二月山城未见花。
残雪压枝犹有橘，冻雷惊笋欲抽芽。
夜闻归雁生乡思，病入新年感物华。
曾是洛阳花下客，野芳虽晚不须嗟。

宋仁宗景祐三年（1035）五月，欧阳修贬官夷陵令。次年早春，丁元珍作诗相赠，他作此诗“戏答”。

七言诗句的节奏一般上四下三，此诗首句上二下五，句法挺拔；怀疑春风吹不到天涯，“疑”得出奇，引起读者的悬念。急读下句，便恍然大悟，感到“疑”得有理。这一联，大开大合，跌宕生姿，极有韵味。作者得意地说：“若无下句，则上句何堪？既见下句，则上句颇工。”（《笔说》）这一联的好处，还在于为以下的写景抒情开拓了广阔的天地。方回《瀛奎律髓》评此联：“以后句句有味。”说得很中肯。

次联承中有转；上下两句，每句又自具转折。“残雪”“冻雷”，承春风不到、二月无花。但“残雪压枝”，而枝上“犹有橘”，不畏摧残压抑，何等坚毅！“雷”声虽含“冻”意，却惊动竹笋，行将破土而出，茁壮成长，何等生机旺盛！

三联触景生情，抒发感慨。作者被贬之前在洛阳做官，上句说他夜闻北归的大雁鸣叫而“生乡思”，即指怀念洛阳，为第七句留下伏线。下句说他从去年生病，直病到新的一年，景物变换，睹物兴感。“物华”一词，涵盖夷陵、洛阳两地的景物，从而引出尾联。

作者从繁华的洛阳被贬到夷陵，当然很不痛快。闻归雁而思洛阳，这是真情。但尾联却用委婉的口吻来表述：我们都在洛阳居住过，看过洛阳的牡丹。和那“国色天香”相比，这里的“野芳”又算得什么！所以“二月山城未见花”，又何必嗟叹呢？

首联疑春风不到，叹二月无花，心目中将夷陵与洛阳对比，流露出被贬以后的寂寞怅惘心情。次联忽然振起，以赞美的笔触描状金橘不畏雪压，新笋冒寒抽芽，寄托了不怕挫折、昂扬奋进的情怀。三联又回到被贬谪的现实，思乡、叹病，感慨于时光流逝，景物变迁。尾联自宽自解，以“不须嗟”收束全诗，虽含愁闷而不显低沉。欧阳修因支持范仲淹改革朝政而贬官。到达贬所，名其室为“至喜堂”，作《夷陵县至喜堂记》，坚信经受挫折能够得到磨炼，事实也正是这样。所以后人评论道：“庐陵事业起夷陵，眼界原从阅历增。”（《随园诗话》卷一）这首《戏答元珍》诗，正表现了他善处逆境的思想感情。其语言的平易流畅，章法的跌宕变化，写景抒情的虚实相生，也一扫西昆诗风，实现了他的革新主张，形成了他自己的独特风格。

啼　　鸟

欧阳修

穷山候至阳气生，百物如与时节争。
官居荒凉草树密，撩乱红紫开繁英。
花深叶暗耀朝日，日暖众鸟皆嘤鸣。
鸟言我岂解尔意，绵蛮但爱声可听。
南窗睡多春正美，百舌未晓催天明。
黄鹂颜色已可爱，舌端哑咤如娇婴。
竹林静啼青竹笋，深处不见惟闻声。
陂田绕郭白水满，戴胜谷谷催春耕。
谁谓鸣鸠拙无用，雌雄各自知阴晴。
雨声萧萧泥滑滑，草深苔绿无人行。
独有花上提葫芦，劝我沽酒花前倾。
其余百种各嘲哳，异乡殊俗难知名。
我遭谗口身落此，每闻巧舌宜可憎。
春到山城苦寂寞，把盏常恨无娉婷。
花开鸟语辄自醉，醉与花鸟为交朋。
花能嫣然顾我笑，鸟劝我饮非无情。
身闲酒美惜光景，惟恐鸟散花飘零。
可笑灵均楚泽畔，《离骚》憔悴愁独醒。

这是庆历六年（1046）欧阳修贬官滁州时期的作品，借写啼鸟坦露遭谗被贬的心境。

前面八句，由节令景物的变化写到众鸟嘤鸣、鸣声可爱，引出中间一大段对于啼鸟的描写，是全诗的引子。其中的“穷山”“官居荒凉”，既点鸟啼之地，又暗寓贬谪生涯之寂寞苦闷，为最后一段写“我遭谗口”“与鸟为友”留下伏线。

由“绵蛮但爱声可听”引出的中间一段写百鸟争鸣，绘声绘色，也传其情意。写鸟啼的顺序，也精心安排。他春睡正美，被“百舌”唤醒。这时天已大亮，所以既可诉诸听觉，绘声；又可诉诸视觉，绘色。写黄鹂，先说“颜色已可爱”，绘色；继写“哑咤如娇婴”，绘声。写戴胜，先展现“陂田绕郭白水满”的背景，然后听它在这背景中“谷谷”鸣叫。作者虽说“鸟言我岂解尔意”，但他实际上是将绘声、绘色与传意融合为一。百舌“催天明”，戴胜“催春耕”，鸣鸠“知阴晴”。至于“泥滑滑”与“提葫芦”，则既是鸟名，又是鸟叫声，其叫声本来被赋予特定的含义。梅尧臣《禽言四首》其二云：“提葫芦，沽美酒。风为宾，树为友。山花撩乱目前开，劝尔今朝千万寿。”其四云：“泥滑滑，苦竹冈。雨萧萧，马上郎。马蹄凌兢雨又急，此鸟为君应断肠。”欧阳修极赞赏。他在这里写每种鸟只用两句诗，却写得很精彩。“雨声萧萧泥滑滑，草深苔绿无人行”，写景如画；而“无人行”的原因，乃是鸟儿提出了“泥滑滑”的劝告。“独有花上提葫芦，劝我沽酒花前倾”，则在章法上引出最后一段。作者接受“提葫芦”的劝告，要去“沽酒花前倾”，对于那许多“难知名”的鸟儿，不一一描写了。

末段“我遭谗口身落此”，回应首段的“穷山”“官居”。庆历五年，有人诽谤作者与留养在家的孤甥张氏有暧昧关系。此事虽经辩明，但作者仍被降官，出知滁州。谗人之口，总是巧舌如簧。既遭谗口诬陷，那么“每闻巧舌”，不论人言鸟语，都应该深感憎恨，却为什么爱听鸟声呢？从反面衬托，文情顿起波澜，这才逼出“寂寞”一词，与起头的“官居荒凉”照应，写出不得不

“醉与花鸟为交朋”的独特处境和心境。“花顾我笑”“鸟劝我饮”，都很“有情”，因而便“惟恐鸟散花飘零”，开怀痛饮，一“醉”方休。屈原以“众人皆醉我独醒”而遭放逐，忧愁憔悴，是值得同情的。作者说他“可笑”，意在突出“醉与花鸟为交朋”的那个“醉”字。这种“醉”，是对“谗口”及其后台的抗争。我们知道，欧阳修被贬到滁州之后，自号醉翁，他在滁州作的那篇脍炙人口的《醉翁亭记》，可与此诗相参证。

这首诗，托物抒怀，舒卷自如，以大量篇幅写啼鸟，尤有新创。梅尧臣特作《和欧阳永叔啼鸟十八韵》，黄庭坚又作《演雅》，皆有仿效争胜之意，但都不如欧阳修的这一首有情韵。作者回京后又作一首《啼鸟》诗，其中有云：“提葫芦，不用沽美酒。宫壶日日新泼醅，老病足以扶衰朽。百舌子，莫道泥滑滑。宫花正好愁雨来，暖日方催花乱发。”末章云：“可怜枕上五更听，不似滁州山里闻。”处境心境不同，故诗的意境，也迥乎不同。

画 眉 鸟

欧阳修

百啭千声随意移，山花红紫树高低。
始知锁向金笼听，不及林间自在啼。

“百啭千声”点结句的“啼”；“随意移”点结句的“自在”。“山花红紫树高低”，则是“百啭千声随意移”的广阔天地，何等美好！两句诗，视觉形象与听觉形象同时闪现：鸟声动听；鸟飞好看；任凭画眉歇脚的山花树林，色彩绚丽，令人赏心悦目。于是由广阔天地想到狭窄的鸟笼，由自由自在的欢唱想到被锁在笼子里的哀鸣，写出了后两句。

以议论入诗，这是宋诗的特点之一。抽象议论而无情韵，便淡乎寡味。这首诗的后两句虽涉议论，但议论的根子，既萌生于前两句所展现的鲜明形象之中；所阐发的哲理，又从“锁向金笼听”与“林间自在啼”的形象对比中自然流露出来，因而不仅情韵盎然，风神摇曳，还能引发无限联想，给人以思想启迪。

后两句诗，既切合画眉鸟，又有普遍意义。通过一个小题目唱出赞颂自由、追求自由的高歌，对于古代诗人来说，这是难能可贵的。

别　　滁

欧阳修

花光浓烂柳轻明，酌酒花前送我行。
我亦且如常日醉，莫教弦管作离声。

庆历八年（1048），欧阳修离滁州太守任，迁知扬州。临别之时，吏民设宴饯行，他于席间作此诗。

作者在滁州有惠政，《醉翁亭记》里，就有与民同乐的描写。他在滁州作了许多取材于当地风物的诗文，对那里的山川风俗有感情，《丰乐亭记》里就说他“日与滁人仰而望山，俯而听泉，……本其山川，道其风俗之美”。如今要离开，当然不能没有离情别绪。但他的这首《别滁》诗，一开头便把饯别的场景写得很美：“花光浓烂”“柳丝轻明”，就在这花前柳下，吏民们“酌酒”送行。两句诗写出如此美好的场景，那么下两句怎么写？当然，如王夫之在《姜斋诗话》中所说：以乐景写哀，则倍增其哀。但作者却偏不写哀，反而说：

我亦且如常日醉，莫教弦管作离声。

舒坦开朗，与前两句的明快笔调相一致。但那个“且”（姑且）字却透露了一些消息：他的心情并不平静。而且，“莫教弦管作离声”，不正是因为自己已有几分离愁，才害怕弦管更作离声吗？用故作旷达的诗句表现故作平静的心态，收到了含蓄隽永、耐人寻味的艺术效果。

再和明妃曲

欧阳修

汉宫有佳人，天子初未识。
一朝随汉使，远嫁单于国。
绝色天下无，一失难再得。
虽能杀画工，于事竟何益？
耳目所及尚如此，万里安能制夷狄？
汉计诚已拙，女色难自夸。
明妃去时泪，洒向枝上花。
狂风日暮起，漂泊落谁家？
红颜胜人多薄命，莫怨春风当自嗟。

仁宗嘉祐四年（1059），王安石作《明妃曲》，欧阳修有和作；因感意犹未尽，“再和”其诗。明妃，即王昭君，因自恃貌美而不贿画工，被恶意画丑，遂未得元帝召见，远嫁匈奴。

首二句“汉宫有佳人”，而“天子初未识”，双绾王昭君与汉元帝，揭示出“佳人”与“未识”的矛盾，后面所写的悲剧结局即由此产生。“绝色天下无”一句，用汉元帝的赞叹口吻写出，其“重色”的心态跃然纸上。因“一失难再得”而“杀画工”，自是这种心态的必然表现。然而不反省自己的“不识”而归咎于图像的失真，又能解决什么问题？作者以“虽能杀画工，于事竟何益”的判断和慨叹承上启下，写出了脍炙人口的警句：

耳目所及尚如此，万里安能制夷狄？

“佳人”就在“汉宫”，身为汉家“天子”，连“耳目所及”的宫中“佳人”都“不识”，以至受画工蒙蔽而使此“佳人”“远嫁单于国”“一失难再得”，那么，对于万里之外的“夷狄”，又怎能了解其强弱虚实，采取有效的安边御侮之策呢？两句诗，沿着“不识”的脉络向前推进，由小及大，由近及远，就国家大事发表精辟议论而又饱含激情，故有强烈的艺术感染力。

“汉计诚已拙”一句承“安能制夷狄”而来，既不能“制夷狄”，就只有“和亲”；接着写“女色难自夸”，即就王昭君“远嫁单于国”而言。今天对王昭君“和亲”如何评价，是另一回事。作者说“汉计诚已拙”，实际上是借汉讽宋，对宋王朝每岁向辽输送大量银、绢以求苟安表示不满。“明妃去时泪”以下各句，就“花”与“泪”渲染悲剧气氛，对她的悲剧结局表现无限同情，骨子里也是对“和亲”拙计的深刻批判。

前面明说“耳目所及尚如此，万里安能制夷狄”，明说“汉计诚已拙，女色难自夸”，到了结尾，却说“红颜胜人多薄命，莫怨东风当自嗟”，似乎有点矛盾。其实，正因为前面笔锋太露，所以改用委婉含蓄的手法结尾。苏轼《五禽言》之五云：“姑恶！姑恶！姑不恶，妾命薄！”“姑虐其妇”，本来很“恶”，却在连呼“姑恶”之后，改口说“姑不恶，妾命薄”，范成大认为“此句可以泣鬼”（《姑恶·序》）。出以“温柔敦厚”，更能动人心魄。欧阳修的这两句诗，结合全诗来读，也具有动人心魄的艺术力量。

苏舜钦

（1008—1048），字子美，原籍梓州铜山（今四川中江），出生于开封。仁宗景祐元年（1034）进士，曾任大理评事、集贤校理等职。与欧阳修等从事诗文革新，诗与梅尧臣齐名，风格奔放雄健。有《苏学士集》。

哭　曼　卿

苏舜钦

去年春雨开百花，与君相会欢无涯。
高歌长吟插花饮，醉倒不去眠君家。
今年恸哭来致奠，忍欲出送攀魂车！
春晖照眼一如昨，花已破蕾兰生芽。
唯君颜色不复见，精魄飘忽随朝霞。
归来悲痛不能食，壁上遗墨如栖鸦。
呜呼死生遂相隔，使我双泪风中斜。

石延年（字曼卿）以诗文、书法负盛名，仅活四十七岁，突然死去，未尽其才。作为他的挚友，苏舜钦闻噩耗，不禁痛哭。诗题冠以“哭”字，全诗也写得悲痛感人。

诗以“去年”“今年”分层次，但又不是截然分写，作简单的今昔对照，而是互相交叉，波澜迭起。前四句写去年“相会”：“春雨开百花”，真可谓“良辰、美景”；“高歌长吟”，插花痛饮，醉倒同眠，真可谓“赏心、乐事”。以“欢无涯”概括之，自然终生难忘，为写今年的一大段忽写眼前、忽写回忆奠定了基础。“今年恸哭来致奠，忍欲出送攀魂车!”这两句写眼前，但由于有去年的欢会作对照，故倍感沉痛。接着即今昔交写：春晖照眼，花已破蕾，兰已生芽，良辰美景“一如昨（去年)”，又该“相会”寻“欢”了！在章法上既与前四句拍合，又反跌下文：眼前景物一如去年，只有你的容貌不可再见，真是“风景不殊”，而“人事全非”！结尾四句写送丧归来，悲痛不已，而“壁上遗墨”一句，又今中含昔，忆昔痛今，将“死生相隔”，睹物怀人的心态活托出来，感人至深，非一般的挽诗可比。

和淮上遇便风

苏舜钦

浩荡清淮天共流，长风万里送归舟。
应愁晚泊喧卑地，吹入沧溟始自由。

前两句写水天共流，长风万里，归舟顺风急驶，视野开阔而心情畅适；然径直写去，则一泻无余，无动宕回旋之妙。此诗妙在第三句忽用“应愁”逆转，以“晚泊喧卑地”与前两句展现的开阔视野、畅适心情作强烈对照，顿起波澜，为第四句开拓新境界做好铺垫。抒情主人公本来是要“归”家的，如今却由于厌恶“晚泊”之地的“喧卑”而忽发奇想，希望万里长风将他的船“吹入沧溟”，因为在那里才能“自由”。其不自由的现实与追求自由的理想，俱见于言外。

淮中晚泊犊头

苏舜钦

春阴垂野草青青，时有幽花一树明。
晚泊孤舟古祠下，满川风雨看潮生。

此诗以“晚泊孤舟”划界，写景抒情，极富变化。前两句，写舟行水上之时所见的动景。因“春阴垂野”而衬出野草之“青”与“幽花”之“明”，不无愉悦之感；也因“春阴垂野”而担心风雨将至，给愉悦心情蒙上一层阴影。后两句，写风雨交加，景物骤变，而作者于泊舟之后不去躲避风雨，却立在岸边，“满川风雨看潮生”，意境壮阔，蕴涵丰富。第四句景中见情，作者的心潮随春潮起伏，这是可以肯定的。但作者是喜爱风急雨骤、涛翻浪涌的壮观，因而“看”它呢，还是另有感触，联想到他经历过的人世波涛、宦海风险，因而独立沉思呢？令人生疑，引人寻绎。恽格在《瓯香馆集·画跋》里说：“尝谓天下为人不可使人疑，惟画理当使人疑，又当使人疑而得之。”画理如此，诗理亦然。那使人“疑而得之”的东西。就是“象外之象”“味外之味”“言外之意”“弦外之音”。

苏　洵

（1009—1066），字明允，号老泉，眉州眉山（今属四川）人。曾任秘书省校书郎、霸州文安县主簿。参与修纂《太常因革礼》，书成而卒。以文章著称于世，与其子轼、辙同属唐宋八大家，世称“三苏”。有《嘉祐集》。

九日和韩魏公

苏　洵

晚岁登门最不才，萧萧华发映金罍。
不堪丞相延东阁，闲伴诸儒老曲台。
佳节久从愁里过，壮心偶傍醉中来。
暮归冲雨寒无睡，自把新诗百遍开。

此诗作于英宗治平二年（1065）重阳节。十年前，苏洵四十八岁，带二子轼、辙自蜀入京，受到名臣韩琦、欧阳修的奖誉、荐举，但一直未得到朝廷重用。十年后的重阳佳节应邀参加韩琦的家宴，酬和韩琦的诗，不禁感慨万千。

首联感慨今昔。韩琦是朝廷重臣，而他自己直到“晚岁”（四十八岁）才有机会“登门”谒见，已嫌太晚。他自负有“王佐之才”，韩琦也十分赏识；然而弹指十年，满头白发，仍未展其才，有负韩琦的知遇之恩。因而说：在您的门下士中，我算是“最不才”的了！为什么算“最不才”，并未点明，却来了个描写句：“萧萧华发映金罍”。自己的“萧萧华发”与筵席上的“金罍”相映，这种强烈的对比又意味着什么呢？

自己“萧萧华发”，同座的宾客中则不乏少年得志之士，这又是一个对比。所以次联以“不堪”领起，而以“闲伴”转折；像我这样的人，真“不堪”您丞相延请到东阁参加盛宴，而只应“闲伴”那些老儒在“曲台”编书，直到老死。

三联为一篇之警策。“佳节”点题中的“九日”，但也可涵盖他已度过的许多佳节。既是“佳节”，自应行乐，却“久从愁里过”。失意人遇佳节，反而更愁。“佳”与“愁”，又是强烈对比。出句情绪低沉，对句忽然振起：“壮心”虽已消磨殆尽，但偶在“醉中”，凭借酒力，仍会燃起希望的火花。

尾联写日暮冲雨归来，反复阅读韩琦的新诗，夜寒“无睡”，百感纷来，兼点题目中的“和”字。“无睡”与“醉中”，又是强烈的对比。

韩琦《乙巳重阳》诗云：“苦厌繁机少适怀，欣逢重九启宾罍。招贤敢并翘材馆，乐事难追戏马台。藓布乱钱乘雨出，雁飞新阵拂云来。何时得遇樽前菊，此日花随月令开。”两相对照，便知苏洵的和诗是“次韵”（亦称“步韵”）诗。除第一句外（律诗第一句可不起韵，故次韵诗可不用第一句脚韵），其他韵脚与韩琦诗全同，却丝毫未受束缚；其命意、谋篇、造句，也自运杼机，独具特色，显示了深厚的功力和杰出的才华。全诗对比层出，波澜起伏，将有志难展，时不我待的精神苦闷表现无遗，而无浮浅、直露的缺失，故极耐涵咏。苏洵以散文名世，今存诗仅四十多首，但不乏佳作。正如叶梦得所说：“明允诗不多见，然精深有味，语不徒发。……婉而不迫，哀而不伤，所作自不必多也。”（《避暑录话》）

曾　巩

（1019—1083），字子固，建昌军南丰（今属江西）人。仁宗嘉祐二年（1057）进士，历官史馆修撰、中书舍人等职。早年为欧阳修所赏识，以文章名重当世，为唐宋八大家之一。亦能诗，七绝颇饶风致。有《元丰类稿》。

西　楼

曾　巩

海浪如云去却回，北风吹起数声雷。
朱楼四面钩疏箔，卧看千山急雨来。

写夏季海滨雷雨情景极生动。首句不写天上的云，而写“海浪如云”，用一“如”字，把天际乌云翻滚之状也拖带出来。首句写“海浪如云去却回”而不写“去却回”的动因，次句却出人意外，写“北风吹起数声雷”。“数声雷”怎么会是“北风吹起”的呢？仔细想来，如此写法极巧妙：第一，夏季雷声，往往滚滚而来，给人一种滚动感。滚动，是需要动力的。说“北风吹起数声雷”，便把雷声的那种滚动感表现出来了。第二，当时既有“北风吹”，则“海浪如云去却回”，自然也是“北风吹起”的。这样，就把海浪、乌云、雷声统摄于“北风吹”，在读者面前出现了海上浪涛翻滚、天际乌云翻滚，雷声也随之滚滚而来的壮阔图景，感到大雨即将来临。

后两句尤精彩。大雨将至，不但不关门闭户，而且特意挂起“朱楼四面”的竹帘，令人感到有点反常。读到结句“卧看千山急雨来”，才恍然大悟：诗人长期为酷暑所困，热得喘不过气来，多么渴望下雨！明乎此，便知“卧看千山急雨”，不仅赏其壮观；那洒洒凉意，更从心底里感到舒服。

这首诗，构思新颖，笔力健举，境界壮阔，风格豪迈，且有言外之意，确是佳作。

王安石

（1021—1086），字介甫，晚号半山，抚州临川（今江西抚州）人。庆历二年（1042）进士。元封三年（1080）封荆国公。古文成就极高，为唐宋八大家之一。诗遒劲清新，讲究使事、用典和翻新。亦能词。诗文集有《王文公文集》和《临川先生文集》两种版本。

河　北　民

王安石

河北民，生近二边长苦辛。
家家养子学耕织，输与官家事夷狄。
今年大旱千里赤，州县仍催给河役。
老小相依来就南，南人丰年自无食。
悲愁天地白日昏，路旁过者无颜色。
汝生不及贞观中，斗粟数钱无兵戎。

王安石与他的变法主张相适应，写了不少政治诗。写于二十六岁时的《河北民》，就是其中较有代表性的一首。

此诗采用广镜头，不仅反映了河北民的苦难，也反映了河南民即使遇到丰年，也同样没饭吃。原因是：统治者不仅自己挥霍民脂民膏，还向辽、夏忍辱求和，把输送“岁币”的沉重负担转嫁给广大人民。作者将批判的矛头直指“官家”，并与贞观之治相对照，指出民不聊生的根源不在外患、不在天灾，而在弊政。如果变法革新，致富图强，则外患可除，灾荒可免，“斗粟数钱无兵戎”的盛世可以重现。全诗夹叙夹议来描写（如“悲愁天地白日昏，路旁过者无颜色”），感情色彩极浓烈。开头两句和结尾两句押平声韵，中间押入声韵。每两句一个层次，转换灵活，层层深入。篇幅不长，而容量很大。继承乐府诗传统而有所创新，奇崛峭拔，具有和他的散文相一致的独特风格。

梅　　花

王安石

墙角数枝梅，凌寒独自开。
遥知不是雪，为有暗香来。

首句写“梅”只有“数枝”，又在“墙角”，极言孤寂冷落，引不起人们的重视。次句用一“独”字，暗示别的花儿都慑于寒威，早已飘零殆尽，只有梅花凌寒独放，突出其不畏严寒、特立独行的高节劲操。三、四句是观梅者从远距离作出的判断，含两个层次：遥望梅梢，只见白雪点点；继而暗香飘来，沁人心脾，才恍然大悟，原来那不是雪，而是梅花冒寒开放了。虽在“墙角”，人所不到；但它不仅有高节劲操，还有幽香，是埋没不了的。

明　妃　曲（其一）

王安石

明妃初出汉宫时，泪湿春风鬓脚垂。
低徊顾影无颜色，尚得君王不自持。
归来却怪丹青手，入眼平生几曾有。

意态由来画不成，当时枉杀毛延寿。
一去心知更不归，可怜着尽汉宫衣。
寄声欲问塞南事，只有年年鸿雁飞。
家人万里传消息："好在毡城莫相忆！
君不见，咫尺长门闭阿娇，人生失意无南北。"

东汉以后，"昭君出塞"和亲的故事流传甚广，大都同情昭君，把她看成被画师所害的悲剧人物，宽恕汉元帝，认为他是事前受蒙蔽、事后缠绵多情的君主，鞭挞毛延寿，认为他是酿成悲剧的祸首。王安石此诗则彻底"翻案"，别出新意，故在当时引起强烈反响，欧阳修、司马光、刘敞、曾巩等人都有和作。

前八句，熔叙述、描写、议论于一炉，展示昭君出塞及其前因、后果，而她绝代佳人的神采也宛然可见。前人写昭君之美，多着眼于面容、体态，此诗则兼用正面描写和侧面烘托等艺术手法，着重描状其风度、神韵和心灵世界。由"初出汉宫"引起的"泪湿春风鬓脚垂""低徊顾影无颜色"，远非平时的"光艳照人"可比，然而"尚得君王不自持""入眼平生几曾有"，则其"泪湿春风""低徊顾影"的风度神韵如何动人，就不难想见了。作者由此生发，写出了惊人的警句：

意态由来画不成，当时枉杀毛延寿。

美人的"颜色"，是外在的、相对静止的，可以画出来；美人的"意态"，则是活的、动的，既是外在的，又是内在的，怎么画？比如眼前的王昭君，泪流满面，两鬓低垂，面容惨淡，毫无颜色，但她"低徊顾影"的"意态"，却楚楚动人，连美人充斥后宫的汉元帝都叹为平生未见。可是昏愦的汉元帝并未由此得出结论：高层次的美画不出来，不应借助画像识别美丑，而应亲眼去品评鉴赏。正因为他不曾认识到这个真理，才“当时枉杀毛延寿”。毛延寿因昭君拒不行贿而故意把她画丑，被杀也不算冤枉。但作者直探深微，从高处、大处落墨，写出了惊人的“翻案诗”，却不仅有一定的说服力，而且能激发读者的丰富联想，具有普遍的社会意义。且看王安石的《读史》诗：

自古功名亦苦辛，行藏终欲付何人？
当时黮暗犹承误，末俗纷纭更乱真。
糟粕所传非粹美，丹青难写是精神。
区区岂尽高贤意，独守千秋纸上尘。

联系这首诗，便知王安石的这篇“翻案诗”也是有感而发。对于历代“高贤”，史书的记载和丹青的图写都未能反映出他们的“粹美”和“精神”。那么在现实生活中，如果不亲自观察、考验而仅凭别人的介绍，能够识拔真才吗？

中间几句，写昭君出塞后不着胡服而“着尽汉宫衣”，又“寄声欲问塞南事”而年年空见鸿雁飞来，却渺无“塞南”音信。作者用了“可怜”两字，但不像前人那样只写其身世之可悲，而着重表现了她不忘故国、不忘亲人的心灵美。

结尾部分，又借“家人”从万里之外传来的安慰语作侧面烘托：阿娇未离汉宫，还不是一朝失宠，便遭幽闭！不论是深闭长门还是远嫁单于，同样是失意啊！你就在“毡城”里对付着活下去，别再苦苦地思念故国、思念亲人了！这样的安慰，当然并不能消除主人公内心的痛苦，倒是进一步渲染了悲剧气氛。

这首诗，立意深警而琢句婉丽，抒情缠绵，与《河北民》同中有异，显示了王安石诗歌风格的多样性。

明妃曲（其二）

王安石

明妃初嫁与胡儿，毡车百辆皆胡姬。
含情欲说独无处，传语琵琶心自知。
黄金杆拨春风手，弹看飞鸿劝胡酒；
汉宫侍女暗垂泪，沙上行人却回首：
“汉恩自浅胡自深，人生乐在相知心。”
可怜青冢已芜没，尚有哀弦留至今。

前一首，由昭君初出汉宫写到久住毡城，年年盼望鸿雁带来故国消息。这一首，则只写出塞途中的情景（除去结尾两句）。

开头写“胡儿”以“毡车百辆”相迎，与后面“汉恩自浅胡自深”呼应。因周围“皆胡姬”，语言不通，故“含情欲说独无处”，只能借琵琶弹出自己的心声，与结句“尚有哀弦留至今”呼应。接下去描写了旅途中的一个场面：昭君手执“黄金杆拨”，一面弹琵琶为“胡儿”劝酒，一面仰望飞鸿；陪嫁的“汉宫侍女”看见这种情景，不禁“暗垂泪”；而“沙上行人”，却“回首”嘀咕道：“汉恩自浅胡自深，人生乐在相知心。”这分明像小说：有不少人物，有各种表情，有鲜明的细节，还有人物语言。跟小说不同的是：人物的心理活动不是用叙述人的语言讲出来的，而是从人物的表情、动作、语言中暗示出来的。昭君“弹看飞鸿劝胡酒”，“汉宫侍女”看了便“暗垂泪”，“沙上行人”看了却说昭君不该愁。结合关于昭君的细节描写，就不难想象她的心理活动。她既嫁与“胡儿”，就不得不为他“劝酒”，但内心是愁惨凄苦的，体现于动作和表情，便被侍女和行人看出了潜台词：一面弹琵琶“劝胡酒”，一面眼看从塞南飞来的鸿雁，意味着她心在汉而不在胡。汉女懂得她的心事而不敢劝慰，只有“暗垂泪”。那位沙漠上的“行人”，从他“回首”讲话看，走着与昭君相反的方向，是从塞北来的胡人。他从昭君身旁经过时看见她的表情、动作，继续前进时猜出了她的心事，便回过头来说：单于用这么多毡车迎娶，多么看重你！和汉家待你相比，那真是“汉恩自浅胡自深”，你应该高高兴兴地跟单于去享乐，何必留恋汉家呢？作为胡人，如此安慰昭君，那是合情合理的。

结尾两句是作者的感叹：到了今天，不用说昭君久已不在人世，连埋葬她的青冢也早已荒废不堪，只有她在出塞途中弹奏的哀曲，还广泛流传，引起人们的无限同情。

在这首诗里，作者用诗的语言和小说手法，通过昭君“含情欲说”“传语琵琶”“弹看飞鸿”的表情、动作和侍女垂泪、行人劝慰的多侧面衬托，突出地表现了昭君身去胡而心思汉的无限哀愁；并以“尚有哀弦留至今”收尾，与杜甫的“千载琵琶作胡语，分明怨恨曲中论”同一意蕴。可是有人却把胡人讲的两句话看成作者的议论，痛加非难。南宋李壁《王荆公诗笺注》引范冲对高宗语云：“诗人多作《明妃曲》，以失身胡虏为无穷之恨，读之者至于悲怆感伤。安石为《明妃曲》，则曰：‘汉恩自浅胡自深，人生乐在相知心。’然则，刘豫不是罪过，汉恩浅而虏恩深也。今之背君父之恩，投拜而为盗贼者，皆合于安石之意，此所谓坏天下人心术。孟子曰：‘无父无君，是禽兽也。’以胡虏有恩而遂亡君父，非禽兽而何？”未解诗意而无限上纲，令人啼笑皆非。李壁在引出这一段话后，虽说“公（指范冲）语固非”，却又解释道：“诗人务一时新奇，求出前人所未到，而不知其言之失也。”看来他也没有读懂这首诗。这首诗之所以至今还被某些人误解（看《宋诗鉴赏辞典》之类的书便知），乃由于诗人突破了诗歌的传统表现手法，用多种人物的表情乃至语言来托出王昭君的心态；而篇幅极短，容量极大，许多意思，不是明说出的，而是从前后的关合、照应、转换中暗示出来的。一般人都认为这是一首好诗，但如果不从这些方面仔细玩味，便会误解诗意，更无法领会它的真正好处。

泊船瓜洲

王安石

京口瓜洲一水间，钟山只隔数重山。
春风又绿江南岸，明月何时照我还？

王安石于景祐四年（1037）随父王益定居江宁（今江苏南京）。第一次罢相，又退居江宁钟山，悠游啸咏。熙宁八年（1075）二月，他第二次拜相，奉诏进京，于“泊船瓜洲”时作此诗，表达了留恋钟山，渴望再回钟山的深情。

人已渡过长江，即将北上，其目光却不投向北方的汴京，而是越过长江“一水”，投向“南岸”的京口；再越过“京口”而南望“钟山”，已为重山所遮。“数重山”而说“只隔”，极言距离甚近，然而毕竟把钟山遮住了，望不见。“钟山”是全诗的焦点，前连“瓜洲”，后接“照我还”。“照我还”者，照我还“钟山”也。读“钟山只隔数重山”一句，便觉一个“还”字呼之欲出，但作者不立刻说“还”，却垫了一句：“春风又绿江南岸”。如无此句，则直而少味；有此句，则走处仍留，急处仍缓，突出了欲“还”钟山的渴望，使结局更富情韵。

洪迈《容斋续笔》卷八记载：吴中士人家藏有这首诗的草稿，其第三句，“初云‘又到江南岸’。圈去‘到’字，注曰‘不好’。

改为‘过’，复圈去而改为‘入’，旋改为‘满’。凡如此十许字，始定为‘绿’。”从十多个字中选出的这个‘绿’字，的确很精彩。“春风”是抽象的。人在江北而眼望江南，不论用“到”、用“过”、用“入”、用“满”，都不能使“春风”视而可见。而从“春风”的功效着想，用一“绿”字，就立刻出现了视觉形象，使作者触景生情，留恋江南的无边春色，“明月何时照我还”的激情，也就不可阻遏，随之喷薄而出。

从这句诗本身看，用“绿”字当然比用“过”“入”等字好。但唐人已有“春风已绿瀛洲草”（李白）、“春风何时至，已绿湖上山”之类的诗句，因而看不出王安石有多少创新，而从全篇着眼，则王安石选用的这个“绿”字所起的作用，就更值得充分重视了。

王安石变法，曾受到猛烈攻击，阻力极大，因而罢相。二次拜相，在离开钟山北赴京师的路上心潮起伏，疑虑重重。这首诗，便是这种心态的外化。最后选用“绿”字，也许是想起了王维的诗句：“芳草年年绿，王孙归不归？”有的鉴赏家并未读懂这首诗，因而也并未看出这个“绿”字在全诗中有何妙用，却东拉西扯，把它的妙处谈了一大堆，其实全未搔着痒处。

题西太一宫

王安石

柳叶鸣蜩绿暗，荷花落日红酣。
三十六陂春水，白头想见江南。

三十年前此地，父兄持我东西。
今日重来白首，欲寻陈迹都迷。

唐人六言绝句，以王维的《田园乐》二首最著名。诗云：

萋萋芳草春绿，落落长松夏寒。
牛羊自归村巷，童稚不识衣冠。

桃红复含宿雨，柳绿更带溪烟。
花落家僮未扫，鸟啼山客犹眠。

胡仔《苕溪渔隐丛话》云：“每哦此句，令人想辋川春日之胜，此老傲睨闲适于其间也。”

宋人六言绝句，则以王安石的《题西太一宫》传诵最广，苏轼、黄庭坚都有和韵诗。陈衍《宋诗精华录》卷二录此诗，评为“压卷”之作。

王安石擅长绝句。严羽云：“荆公绝句最高，得意处高出苏黄。”杨万里云：“五七字绝句难工，唯晚唐与介甫最工于此。”这些看法是符合实际的。王安石的五绝、七绝中，都有不少脍炙人口的名篇，这两首六言绝句，也写得“意与言会，言随意遣”，情景交融，浑然天成，可与他的五绝《山中》《江上》《南浦》《秣陵道中口占》和七绝《北山》《泊船瓜洲》《书湖阴先生壁》《金陵即事》《北陂杏花》等媲美。

据《宋史·礼志》、叶梦得《石林燕语》、洪迈《容斋随笔·三笔》：东太一宫，在汴京东南苏村，西太一宫，在汴京西南八角镇。这两首六言绝句，是王安石重游西太一宫时即兴吟成，题在墙壁上的，即所谓题壁诗。

王安石于景祐三年（1036）随其父王益到汴京，曾游西太一宫，当时是十六岁的青年，满怀壮志豪情。次年，其父任江宁府通判，他也跟到江宁。十八岁时，王益去世，葬于江宁，亲属也就在江宁安了家。嘉祐六年（1061），王安石任知制诰，其母吴氏死于任所，他又扶柩回江宁居丧。熙宁元年（1068），王安石奉神宗之召入京，准备变法，重游西太一宫，距初游之时已经三十二年，他已是四十八岁的人了。在这初游与重游之间的漫长岁月里，父母双亡，家庭多故，自己在事业上也还没有做出成绩，因而触景生情，感慨很深。这两首诗，正是他的真情实感的自然流露。

先谈第一首。

“柳叶鸣蜩绿暗，荷花落日红酣。”这两句，一作“草色浮云漠漠，树阴落日潭潭”，似稍逊色，但看得出都是写夏日的景色。“绿”而曰“暗”，极写“柳叶”之密、柳色之浓。“鸣蜩”就是正在鸣叫的“知了”（蝉）。“柳叶”与“绿暗”之间加入“鸣蜩”，见得那些“知了”隐于浓绿之中，不见其形，只闻其声，视觉形象与听觉形象浑然一体，有声有色。“红”而曰“酣”，把“荷花”拟人化，令人联想到美人喝醉了酒，脸庞儿泛起红晕。“荷花”与“红酣”之间加入“落日”，不仅点出时间，而且表明那本来就十分娇艳的“荷花”，由于“落日”的斜照，更显得红颜似醉。柳高荷低，高处一片“绿暗”，低处一片“红酣”，高、低、红、绿，形成强烈的对照。柳上“鸣蜩”，天际“落日”，这都是写了的。柳在岸上，荷在水中，水面为“落日”所照耀，波光映眼，这一切虽没有明写，但都可想见。

第三句补写水，但写的不仅是眼中的水，更主要的还是回忆中的江南春水。苏轼《奉敕祭西太一和韩川韵四首》其四云：“陂水初含晓绿，稻花半作秋香。”可见西太一宫附近是有陂塘的。根据其他记载，汴京附近，也有名叫“三十六陂”的蓄水塘。《续资治通鉴长编》卷二九七载：神宗元丰二年三月，“引古索河为源，注房家、黄家、孟、王陂及三十六陂高仰处，潴水为塘以备。”王安石在江宁住过多年，那里也有陂塘，他的《北陂杏花》诗就写了“一陂春水绕花身”，《北山》诗又写了“北山输绿涨横陂，直堑回塘滟滟时。”此诗的三、四两句“三十六陂春水，白头想见江南”（“春水”一作“流水”），有回环往复之妙。就是说，读完“白头想见江南”，还应该再读“三十六陂春水”。眼下是夏季，但眼前的陂水却像江南春水那样明净，因而就联想到江南春水，含蓄地表现了抚今追昔，思念亲人的情感。

前两句就“柳叶”“荷花”写夏景之美，用了“绿暗”“红酣”一类的字面，色彩十分浓艳美丽。这“红”与“绿”是对照的，因对照而“红”者更“红”，“绿”者更“绿”，景物更加动人。第四句的“白头”，与“绿暗”“红酣”的美景也是对照的，但这对照在“白头”人的心中却引起无限波澜，说不清是什么滋味。

再谈第二首。

“三十年前此地，父兄持我东西”，这两句回忆初游西太一宫的情景。三十年前初游此地，他还幼小，父亲和哥哥（王安仁）牵着他的手，从东走到西，从西游到东，多快活！而岁月流逝，三十多年过去了，父亲早已去世了，哥哥也不在身边，真是“向之所欢，皆成陈迹”！于是由初游回到重游，写出了下面两句：“今日重来白首，欲寻陈迹都迷”——“欲寻陈迹”，表现了对当年与父兄同游之乐的无限眷恋。然而呢，连“陈迹”都无从寻觅了！

四句诗，从初游与重游的对照中表现了今昔变化——人事的变化，家庭的变化，个人心情的变化。言浅而意深，言有尽而情无极。比“同来玩月人何在，风景依稀似去年”之类的写法表现了更多的东西。

元祐元年（1086）四月，王安石病逝于江宁。七月，苏轼奉敕祭西太一宫。看见这两首诗，不禁感慨系之，因作《西太一见王荆公旧诗，偶次其韵二首》：

秋早川原净丽，雨余风日清酣。
从此归耕剑外，何人送我池南！

但有樽中若下，何须墓上征西。
闻道乌衣巷口，而今烟草萋迷！

王安石自熙宁九年（1076）十月第二次罢相后一直在江宁闲住。苏轼于元丰七年（1084）从黄州移贬汝州，路过江宁，王安石“野服乘驴谒于舟次”，并“招游蒋山”（钟山），流连累日，互相唱和。苏轼《次韵荆公四绝》其三云：

骑驴渺渺入荒陂，想见先生未病时。
劝我试求三亩宅，从公已觉十年迟。

第三句是说王安石劝他退隐，第四句是说自己早应该像王安石那样退隐了。分手之后不久，苏轼又在给王安石的信中说：“某始欲买田金陵，庶几得陪杖履，老于钟山之下。既已不遂，今来仪真又二十余日，日以求田为事，然成否未可知也。若幸而成，扁舟往来，见公不难也。”如今读到王安石的题壁诗，就又勾起了“劝我试求三亩宅”的回忆，因而打算“从此归耕剑外”——回老家去种田，可是曾经劝他退隐的王安石已经去世了，“何人送我池南”呢？

第二首中的“若下”是一种酒的名称。“墓上征西”则指身后的荣名。曹操《述志令》云：“欲望封侯作征西将军，然后题墓道言：‘汉故征西将军曹侯之墓。’此其志也。”“乌衣巷”在金陵，晋代王、谢所居。这里指王安石的住处，地、姓皆合。“闻道乌衣巷口，而今烟草萋迷”，表现了对王安石之死的哀婉之情；而前两句所流露的消极情绪，则是由此引起的。

蔡絛《西清诗话》云：“元祐间，东坡奉祠西太一宫，公旧题两绝，注目久之，曰：‘此老野狐精也。’遂次其韵。”“野孤精”，在这里是个褒义词。蔡絛对苏、王晚年的交情是津津乐道的，《西清诗话》里又说：“元丰间，王文公在金陵，东坡自黄北迁，日与公游，尽论古昔文字，闲即俱味禅悦。公叹息语人曰：‘不知更几百年，方有如此人物！’”

黄庭坚的四首次韵诗附录于后，以供参照。

《次韵王荆公题西太一宫壁二首》：

风急啼乌未了，雨来战蚁方酣。
真是真非安在？人间北看成南。

晚风池莲香度，晓日宫槐影西。
白下长干梦到，青门紫曲尘迷。

《有怀半山老人再次韵二首》：

短世风惊雨过，成功梦迷酒酣。
草玄不妨准《易》，论诗终近《周南》。

啜羹不如放麑，乐羊终愧巴西。
欲问老翁归处，帝乡无路云迷。

北陂杏花

王安石

一陂春水绕花身，花影妖娆各占春。
纵被东风吹作雪，绝胜南陌碾成尘。

前两句写景。“一陂春水”围“绕花身”，表明杏树是长在池塘中一块隆起的高地上的，这就很得地利。正因为占有这样的地利，所以枝上的杏花和水里的投影，高低相映，分外妖娆，各自占领美妙的春光。

后两句抒情，其所抒之情，不是外加的，而是从前两句所写的美景中引申出来的。由于此花四面临水，所以纵然被东风吹得像雪花那样飘落，也在水面浮游，无损高洁，总比长在路边的杏树花儿一落，就被往来的车轮碾成尘土要好得多！

四句诗，由写景到抒情，都紧扣题目中的“杏花”；但以闹市中的路边杏花衬托荒郊的“北陂杏花”而赞许后者，其寄寓情怀、比喻人事的意味，也是显而易见的。

书湖阴先生壁

王安石

茅檐长扫静无苔，花木成畦手自栽。
一水护田将绿绕，两山排闼送青来。

“湖阴先生”是杨德逢的号。王安石《示德逢》诗云：“先生贫敝古人风，……勤劳禾黍信周公。”《招杨德逢》诗云：“山林投老倦纷纷，独卧看云却忆君。云尚无心能出岫，不应君更懒于云。”看来住在钟山脚下、玄武湖边，距作者半山园不远的这位湖阴先生，是一位自食其力的高人，作者对他很崇敬、有感情。这首题在他的墙上的诗，通过对于他的庭院田园的描写，赞美了他的人品。

首句用“茅檐”指代主人的屋宇院落，其清贫俭朴之意见于言外：江南潮湿，又在“湖阴”，庭院很容易长出青苔。但主人爱清洁，又勤快，经常打扫，院子干净得连一丝儿青苔都没有。仅用七个字，便形象地表现出主人俭朴、勤劳、爱清洁、甘清贫的高尚品质。

次句“花木成畦”，既写花木繁茂，又写区分成畦，整齐有序，非杂乱无章者可比。而这许多花木，又是主人自己亲手栽培的。小中寓大，主人的生活情趣，气度才能，也灼然可见。

后两句将山水拟人化：一湾溪水为了保护“湖阴先生”自种的禾黍，以其全部绿色围绕他那块田；两座山峰懂得“湖阴先生”的爱好，不待邀请，便推开他的大门，为他送来无边青翠。山水这样敬重他、喜爱他，其人品如何，就不难想见了。

“护田”一词，见于《汉书·西域传序》；“排闼”一词，见于《汉书·樊哙传》。《石林诗话》便借王安石自己的口，以这首诗的后两句为例说：“用汉人语，止可以汉人语对；若参以异代语，便不相类。”《韵语阳秋》则认为这是“好事者”的假托，“使果如好事者之说，则作诗步骤，亦太拘窘矣”。这说得很中肯。“一水护田”“两山排闼”，当然很精彩，但其佳处，并不在于以“汉人语”对“汉人语”，这是显而易见的。

王　令

（1032—1059），字逢源，广陵（今江苏扬州）人，不求仕进，以教书为生。后因王安石援引，蜚声诗坛。其诗堂庑阔大，豪迈新奇，极富浪漫色彩，不幸短命，有《广陵集》传世。

暑旱苦热

王　令

清风无力屠得热，落日着翅飞上山。
人固已惧江海竭，天岂不惜河汉干？
昆仑之高有积雪，蓬莱之远常遗寒。
不能手提天下往，何忍身去游其间！

"屠得热"的"屠"字下得极奇险，但接着把"热"和"日"联系起来，说"日"长着翅膀能够飞，那就当然可以"屠"。烈日晒了一整天，最后又飞上山巅不肯落，继续施展它的炎威，真恨不得杀死它。可是"清风无力"，人又有什么办法！三、四两句用跌宕句法表现酷热行将造成的严重灾难，语带夸张，但抒发"暑旱苦热"的焦灼情感，却是真实的。后四句忽发奇想，想跑到昆仑、蓬莱那种清凉世界里去逃避暑热，可又转念深思：没有力量提携天下人一同脱离火坑，又怎忍心一个人去那儿独享清福呢？

全诗想象新奇，意境雄阔，又表现了这位青年诗人兼善天下的崇高理想，是宋诗中别开生面的作品。

张舜民

（约 1034—1100），字芸叟，自号浮休居士，又号矴斋，邠州（治所在今陕西彬州）人。英宗治平二年（1065）进士。历官馆阁校勘、监察御史、吏部侍郎、龙图阁待制知同州。诗效白居易，诗风质朴平易。有《画墁集》。

村　居

张舜民

水绕陂田竹绕篱，榆钱落尽槿花稀。
夕阳牛背无人卧，带得寒鸦两两归。

“牧童归去横牛背，短笛无腔信口吹”（雷震《村晚》），通过一个充满诗意的画面，表现出田家生活的宁静闲逸，令人神往。这首诗的后两句也写“牛”，但展现在读者面前的却是另一幅图画：牛在夕阳中缓步回村，背上没有牧童，却驮着寒鸦。看起来，那牛是自己出村觅草的，到了日暮，便悠然而归，已经进村了，背上的寒鸦还未受惊扰，恋恋不肯飞起。鸦，大约就是村中的“居民”，它们的“家”也就在“牛”栏旁的树上，所以觅食归来的时候遇见老“邻居”——牛，牛就把它们“带”回村。通过这幅新奇的画面，表现出的不仅是村野的清幽、田家的宁静，还有人禽相亲、物物和谐。

晚唐诗人陆龟蒙诗云：“十角吴牛放江岸，……背上时时孤鸟立。”（《牧牛歌》）与张舜民同时稍晚的苏迈有这样的断句：“叶随流水归何处？牛带寒鸦过别村。”（《东坡题跋·书迈诗》）就牛背有鸟这一点而言，都与张舜民的诗相类似，但由于取景的角度不同、形象的组合各异，都未能创造出物我相谐、情景交融的艺术境界。

苏　轼

（1037—1101），字子瞻，号东坡，眉州眉山（今属四川）人。嘉祐二年（1057）进士，谥文忠。苏轼兼善古文、诗、词、书、画，为一代文宗。与其父洵、弟辙合称“三苏”。尤雄于诗，诗风雄浑豪迈，题材广泛，想象丰富，善用比喻。与黄庭坚并称“苏黄”。有《东坡全集》《东坡乐府》等。

辛丑十一月十九日既与子由别于郑州西门之外马上赋诗一篇寄之

苏　轼

不饮胡为醉兀兀？此心已逐归鞍发。
归人犹自念庭闱，今我何以慰寂寞？
登高回首坡垅隔，但见乌帽出复没。
苦寒念尔衣裘薄，独骑瘦马踏残月。
路人行歌居人乐，僮仆怪我苦凄恻。
亦知人生要有别，但恐岁月去飘忽。
寒灯相对记畴昔，夜雨何时听萧瑟？
君知此意不可忘，慎勿苦爱高官职！

苏轼与苏辙骨肉情深，患难之中，友爱弥笃。兄弟二人一生作有很多抒发手足之情的名篇，此诗乃其中之一。

嘉祐六年（1061）冬，苏轼赴凤翔（今属陕西）签判任，苏辙由汴京（今河南开封）直送至郑州西门外，然后返回汴京，奉侍其父。苏轼一人独行，于马上吟成此诗，抒发离愁。

起句突兀惊人：没有饮酒，为什么神情恍惚，像喝醉了酒一样？次句作了解释：原来我的心，已经跟着弟弟的“归鞍”，摇摇晃晃地驰向汴京。“登高”两句，状难状之景如在目前：他与弟弟走着相反的方向，登上高处，“回首”遥望弟弟，由于“坡垅”遮蔽，弟弟走的路又时高时低，所以“但见乌帽出复没”。许彦周《诗话》云：“‘燕燕于飞，差池其羽。之子于归，远送于野。瞻望弗及，泣涕如雨。’此真可泣鬼神矣。张子野长短句云：‘眼力不如人，远上溪桥去。’东坡云：‘登高回首坡垅隔，但见乌帽出复没。’皆远绍其意。”认为苏轼的这两句诗借鉴了《诗·邶风》的《燕燕》篇，当然有可能，但“但见乌帽出复没”，却比“瞻望弗及”更系人心魂。

“苦寒念尔”四句，承“但见乌帽”发挥。“但见乌帽”，则人与马都看不见，但由于“心逐归鞍”，看不见的都想得出：严冬苦寒，又是凌晨，霜风刺骨，而弟弟却“衣裘薄”，“独骑瘦马踏残月”，怎能不令人心酸！先“见”后“念”，虚实相生，妙在不自己说心情“凄恻”，而是以“路人行歌居人乐”作强烈的反衬，然后由“僮仆”开口，“怪我苦凄恻”。路上的其他行人欢歌笑语，路旁的居人更全家团聚，享天伦之乐。以此反衬自己，行文顿起波澜。身边的“僮仆”随自己去上任，心情很愉快，满以为即将到任做官的主人更心花怒放；可是看主人的神情却那么“凄恻”，就感到“怪”。以此反衬自己，行文更起波澜。

前面写现在，虚实相生，波澜迭起，都围绕一个“别”字。接下去，以“亦知人生要有别”宕开，行文又起波澜。这和此后寄苏辙词中的“人有悲欢离合”一样，意在自我宽解；但下句又说“但恐岁月去飘忽”，表明不得不因离别而凄恻的原因：岁月易逝，人生苦短，怎忍长期分别呢？由此引起下文，忽而回忆过去，忽而展望未来，中心意思是：早日辞官归田，对床听雨，共享闲居之乐。全诗由“苦别”写到“思聚”，情感真挚，摹写入微，曲折遒宕，笔笔突兀。当时作者才二十六岁，已取得了如此卓越的艺术成就。

和子由渑池怀旧

苏　轼

人生到处知何似？应似飞鸿踏雪泥。
泥上偶然留指爪，鸿飞那复计东西？
老僧已死成新塔，坏壁无由见旧题。
往日崎岖还记否，路长人困蹇驴嘶。

嘉祐六年（1061）冬，苏辙送苏轼至郑州，分手回京，作诗寄苏轼，这是苏轼的和作。

苏辙十九岁时，曾被任命为渑池县主簿，未到任即中进士。他与苏轼赴京应试路经渑池，同住县中僧舍，同于壁上题诗。如今苏轼赴陕西凤翔做官，又要经过渑池，因而作《怀渑池寄子瞻兄》。诗云：“相携话别郑原上，共道长途怕雪泥。归骑还寻大梁陌，行人已度古崤西。曾为县吏民知否？旧宿僧房壁共题。遥想独游佳味少，无言骓马但鸣嘶。”苏轼的和诗，四个脚韵与原作全同，却纵笔挥洒，丝毫未受束缚。

前四句一气贯串，自由舒卷，超逸绝伦。次联两句以“泥”“鸿”领起，用顶针格就“飞鸿踏雪泥”发挥。他用巧妙的比喻，把人生看作漫长的征途，所到之处，诸如曾在渑池住宿、题壁之类，就像万里飞鸿偶然在雪泥上留下爪痕，接着就又飞走了；前程远大，这里并非终点。这几句诗，由于用生动的比喻阐发了人生哲理，因而万口传诵，还被浓缩为“雪泥鸿爪”，至今仍被广泛运用。纪昀评此诗：“前四句单行入律，唐人旧格；而意境恣逸，则东坡本色。”（《纪评苏诗》卷三）“意境恣逸”是就其比喻的确切、超妙说的。“单行入律”，则就次联两句词语对偶而意义连贯而言。唐人每用此法，如白居易“野火烧不尽，春风吹又生”之类。简单地说，就是流水对。

后四句就题目中的“渑池怀旧”讲了三件事：当年同宿渑池僧舍，是奉闲老僧接待的，这次又到渑池，那位老僧已经死了，出现了贮藏他的骨灰的新塔；当年同在僧舍的墙壁上题诗，这次来看，墙已坏了，诗也看不见了；当年是骑着蹇驴到达渑池的，人困驴嘶，道路崎岖漫长。这一切，你还记得吗？很清楚，这都是印证“雪泥鸿爪”的比喻。“泥上偶然留指爪”，而那留下的爪痕，也在变化、消失，令人惆怅；然而“鸿飞那复计东西”，还是各奔前程吧！于“怀旧”中展望未来，意境阔远。

饮湖上初晴后雨

苏　轼

水光潋滟晴方好，山色空濛雨亦奇。
欲把西湖比西子，淡妆浓抹总相宜。

诗人饮于湖上，天气初晴后雨，在短暂的时间里欣赏了西湖的晴景和雨景，赞美道：“水光潋滟”，晴景正好；“山色空濛”，雨景亦奇。诗人以善用比喻著名，在这里又就地取材，把西湖比作古代越国的美女西子：“山色空濛”，好像“淡妆”的西子；

“水光潋滟”，好像“浓抹”的西子。对于绝代佳丽来说，“浓抹”很适宜，“淡妆”也很适宜，都那么美。当然，诗人的本意是说西湖在任何时候、任何情况下都是美的，“淡妆”“浓抹”，不过随手举例而已，不宜呆看。正如西子，“浓抹”正好，“淡妆”亦奇，不抹不妆，粗服乱头，或嗔或喜，或颦或笑，都不失国色神韵。

南宋陈善《扪虱新话》曾说此诗“已道尽西湖好处。”“要识西子，但看西湖；要识西湖，但看此诗。”诗人将西子的神韵赋予西湖，反转来又通过西湖体现西子的神韵，西湖与西子遂合二而一，密不可分。从此诗传诵以来，人们便把西湖称为“西子湖”，一提起“西子湖”，便联想起“淡妆浓抹总相宜”的西子，山容水态，传神流韵，栩栩欲活。

有美堂暴雨

苏　轼

游人脚底一声雷，满座顽云拨不开。
天外黑风吹海立，浙东飞雨过江来。
十分潋滟金樽凸，千杖敲铿羯鼓催。
唤起谪仙泉洒面，倒倾鲛室泻琼瑰。

题为《有美堂暴雨》，首联以“有美堂”为基点，写“暴雨”将至景象。“游人”（包括作者）正在“有美堂”就座，忽闻“脚底一声”霹雳，“顽云”同时涌来，满堂“满座”，“拨”它“不开”。用“脚底”，用“满座”，一方面突出“有美堂”之高；另一方面突出“雷”“云”之低。民谚说“高雷无雨”，而“滚地雷”则是“暴雨”的前兆。写“云”用“顽”、用“拨不开”，强调云层极厚极密，含雨欲泻。写“脚底雷”用“一声”，暗示雷声、顽云原在远方，因被急风驱赶，突然闯入“脚底”“座”上。两句诗，挟云携雷，突兀奇警，为次联写暴风雨袭来渲染气氛，比唐人许浑“山雨欲来风满楼”更有声势。

次联上句脱胎于杜甫“四海之水皆立”（《朝献太清宫赋》），下句脱胎于谢朓“朔风吹飞雨，萧条江上来”（《观朝雨》）。但切合“有美堂暴雨”，更写得形象飞动、声势逼人。“有美堂”在吴山高处，东对海门；山下的钱塘江（又名浙江）东流入海。“天外黑风吹海立”，写云雷风雨发于东海。“风”本无色，冠以“黑”字，便将“风”驱“顽云”之状活现眼前。“吹海立”极写“黑风”迅猛，海水被“吹”，波涛乍涌，巨浪如山。“浙东飞雨过江来”，写发于“浙东”海上的云雷风雨急遽西移，“飞”过钱塘江，扑向“有美堂”。用一“来”字，与首联自然拍合，章法极细。

三联承“飞雨过江来”写眼前“暴雨”。杜牧“酒凸觥心泛滟光”（《羊栏浦夜陪宴会》），只是写杯中酒满。而此处的“十分潋滟金樽凸”，则比喻西湖急涨，波溢湖岸；不正面写雨，而大雨倾盆之状不难想见。“千杖敲铿羯鼓催”，也不正面写雨点，而以“千杖”敲响“羯鼓”比喻雨声的铿锵急促。两句诗从不同角度写“有美堂”所见雨景，上句写远景，下句写近景，俱用比喻，俱从侧面烘托，绘形绘色绘声。

前三联写“有美堂暴雨”，神完气足，似乎再无余地可以开拓。那么尾联怎么写？作者出奇制胜，借用李白故事而赋予新意。“唤起谪仙泉洒面”，是“泉洒面唤起谪仙”的倒装句。原来天降暴雨，是要用“泉洒面”的办法“唤起谪仙”，让他像“倒倾鲛室”的珍珠琼瑰那样写出惊人的华章。以如此新奇的想象收束全篇，真是匪夷所思；而作者自喻自负之意，又蕴含其中。“诗中有我”，并非客观写雨。

读完尾联，会想起前面的“催”字。以“千杖敲铿羯鼓”比喻雨点甚密，点点俱作铿锵声，意思已经很完满，后面拖个“催”字，似乎没着落。读到“唤起谪仙……”，才悟出那个“催”字紧接尾联，是“催”谪仙醒来作诗。杜甫《陪诸贵公子丈八沟携妓纳凉晚际遇雨》云：“片云头上黑，应是雨催诗。”作者自己也有“飒飒催诗白雨来”之句。他的这首《有美堂暴雨》，也正是暴雨“催”出的杰作。

韩干马十四匹

苏　轼

二马并驱攒八蹄，二马宛颈鬃尾齐；
一马任前双举后，一马却避长鸣嘶。
老髯奚官骑且顾，前身作马通马语。
后有八匹饮且行，微流赴吻若有声。
前者既济出林鹤，后者欲涉鹤俯啄。
最后一匹马中龙，不嘶不动尾摇风。
韩生画马真是马，苏子作诗如见画。
世无伯乐亦无韩，此诗此画谁当看？

苏轼既是诗人，又是画家，他的题画诗，多而且好。七绝如《惠崇春江晚景》：“竹外桃花三两枝，春江水暖鸭先知。蒌蒿满地芦芽短，正是河豚欲上时”和《书李世南所画秋景》：“野水参差落涨痕，疏林欹倒出霜根。扁舟一櫂归何处，家在江南黄叶村”，都至今传诵。五古如《高邮陈直躬处士画雁》：

野雁见人时，未起意先改。
君从何处看，得此无人态？
无乃枯木形，人禽两自在？
北风振枯苇，微雪落璀璀。
惨淡云水昏，晶荧沙砾碎。
弋人怅何慕？一举渺江海。

纪昀称其“一片神行，化尽刻画之迹”。七古如《书韩干牧马图》《韩干马十四匹》《书王定国所藏〈烟江叠嶂图〉》等，都是名篇。这里谈谈《韩干马十四匹》。

韩干，唐代京兆蓝田（治今陕西西安）人，相传年少时曾为酒肆雇工，经王维资助学画，与其师曹霸皆以画马著名，杜甫在《丹青引》里曾经提到他。《唐朝名画录》说他“能状飞黄之质，图喷玉之奇”。“开元后四海清平，外国名马，重译累至，明皇择其良者，与中国之骏同颁画写之，陈闳貌之于前，韩干继之于后，写渥洼之状若在水中，移騕褭之形出于图上，故韩干居神品宜矣。”《历代名画记》也说唐明皇命韩干“悉图其骏，则有玉花骢、照夜白等。时岐、薛、宁、申王厩中皆有善马，干并图之，遂为古今独步”。他的《照夜白图》等作品尚存，而苏轼题诗的这幅画，却不复可见。诗题说是“马十四匹”，画中的马，却不止此数。南宋楼钥在《攻媿集·题赵尊道渥洼图序》里说：他看见的这幅渥洼图，乃是李公麟所临韩干画马图，即苏轼曾为赋诗者。“马实十六，坡诗云‘十四匹’，岂误耶?”楼钥因而题苏轼诗于图后，自己还作了一首“次韵”诗：“良马六十有四蹄，腾骧进止纷不齐。权奇倜傥多不羁，亦有顾影成骄嘶。或行或涉更相顾，交颈相靡若相语。画出老杜《沙苑行》，将军弟子早有声。中闻名种鸡群鹤，无复瘦疮乌燕啄。当时玉花可媒龙，后日去尽鸟呼风。开元四十万匹马，俯仰兴亡空看画。龙眠妙手欲希韩，莫遣铁面关西看。”李公麟，字伯时，号龙眠居士，北宋大画家。他是苏轼的好朋友，苏轼就为他写过不少题画诗，如《和王晋卿题李伯时画马》《戏书李伯时画御马好头赤》《书林次中所得李伯时〈归去来〉〈阳关〉二图后》《题李伯时画〈赵景仁琴鹤图〉二首》等等。苏轼既为韩干的那幅画马图题诗，李公麟临那幅画，自属可信。临本中的马是“十六匹”，也很值得注意。王文诰“据公诗，马十四匹，楼所见并非临本也”的案语，是缺乏根据的。细读苏轼的这首题画诗，就发现那些说“据公诗，马十四匹”的人，漏数了一匹，搞混了一匹。

现在来看题画诗。

诗题标明马的数目，看来要逐一叙、写。但如果一匹一匹地叙述、描写，就像记流水账，流于平冗、琐碎。诗人匠心独运，虽将十六匹马一一摄入诗中，但时分时合，夹叙夹写，穿插转换，变化莫测。先分写，六匹马分为三组。“二马并驱攒八蹄”，以一句写二马，是第一组。“攒”，聚也。“攒八蹄”，以富于特征性的局部形象再现了“二马并驱”之时腾空而起的动态。这“二马”由于“并驱”，速度较快，所以跑在最前面。“二马宛颈鬃尾齐”，也以一句写二马，是第二组。“宛颈”，曲颈也。“鬃尾齐”，谓二马高低相同，修短一致。诗人抓住这两个特点，再现了二马形同意合，齐步行进的风姿。“一马任前双举后，一马却避长鸣嘶”，两句各写一马，合起来是一组。“任”，用也。一马在前，用前腿负全身之重而双举后蹄，踢后一匹；后一匹退避，长声嘶鸣，大约是控诉前者无礼。四句诗写了六匹马，一一活现纸上。

以上可以看作第一段。接下去，如果仍然用“二马”如何、

"一马"如何的办法继续写下去，就未免呆相。因此，诗人迅速掉转笔锋，换韵换意，由写马转到写人："老髯奚官骑且顾，前身作马通马语。"这两句，忽然插入，出人意外，似乎与题画马的主题无关。方东树就说："'老髯'二句一束夹，此为章法。"又说："夹写中忽入'老髯'二句议，闲情逸致，文外之文，弦外之音。"他把这两句看作"议"（议论），而不认为是"写"（描写），看作表现了"闲情逸致"的"文外之文"，离开了所画马的本身，这都不符合实际。至于这两句在章法变化上所起的妙用，他当然讲得很中肯，但实际上，其妙用不仅在章法变化。第一，只要弄懂第三组所写的是前马踢后马、后马退避长鸣，就会恍然于"奚官"之所以"顾"，正是由于听到马鸣。一听到马鸣，就回头看，一看，就发现那两匹马在闹矛盾。一个"顾"字，"写"出了多少东西！第二，"前身作马通马语"一句，似乎是"议"，但议论这干什么？其实，"前身作马"，是用一种独特的构思，夸张地形容那"奚官"能"通马语"，而"通马语"，又非空泛的议论，乃是特意针对"一马却避长鸣嘶"说的。前马踢后马，后马一面退避，一面"鸣嘶"，"奚官"听懂了那"鸣嘶"的含义，自然就对前马提出批评和警告。可见"通马语"所暗示的内容也很丰富。第三，所谓"奚官"就是养马的役人，在盛唐时代，多由胡人充当。"老髯"一词，用以描写"奚官"的外貌特征，正说明那是个胡人。更重要的一点是："老髯奚官骑且顾"一句中的那个"骑"字告诉我们："奚官"的胯下还有一匹马。就是说，作者从写马转到写人，而写人还是为了写马：不仅写"奚官"闻马鸣而"顾"马群，而且通过"奚官"所"骑"，写了第七匹马。而这匹马，前人都视而不见。王士禛《古诗选》选此诗，有"十五马"之说，方东树从之，赞此诗"叙十五马如画"，但他们所增加的是"最后一匹"，并未看见"奚官"所"骑"的这一匹。

以上两句，自成一段。这一段，插入“老髯奚官”，把画面划分成前后两大部分，又以“奚官”的“骑且顾”，把两大部分联系起来，颇有“岭断云连”之妙。

所谓“连”，就表现在“骑”和“顾”。就“骑”说，“奚官”所骑，乃十六马中的第七马，它把前六马和后九马连成一气。就“顾”说，其本义是回头看，“奚官”闻第六马长鸣而回头看，表明他原先是朝后看的。为什么朝后看？就因为后面还有九匹马，而且正在渡河。先朝后看，又闻马嘶而回头朝前看，真是瞻前而顾后，整个马群，都纳入他的视野之中了。

接下去，由写人回到写马，而写法又与前四句不同。“后有八匹饮且行，微流赴吻若有声”，这两句合写八马，着眼于它们的共同点：边饮水边行进，而饮水时微流被吸入唇吻，仿佛发出汩汩的响声。一个“后”字，确定了这八匹马与前七匹马在画幅上的位置：前七匹，早已过河；这八匹，正在渡河。八马渡河，自然有前有后，于是又分为两组，描写各自的特点。“前者既济出林鹤”，是说前面的已经渡到岸边，像“出林鹤”那样昂首上岸。“后者欲涉鹤俯啄”，是说后面的正要渡河，像“鹤俯啄”那样低头入水。四句诗，先合后分，共写八马。这可以看作第三个段落。

第四段用两句诗突现了一匹骏马。“最后一匹马中龙”一句，先叙后议，赞美之情，溢于言表。《周礼·夏官·庾人》云：“马八尺以上为龙。”说这殿后的一匹是“马中龙”，已令人想见其骏伟不凡的英姿。紧接着，又来了个特写镜头：“不嘶不动尾摇风。”“尾摇风”三字，固然十分生动，十分传神，“不嘶不动”四字，尤足以表现此马的神闲气稳，独立不群。别的马，或者已在彼岸驰骋，或者即将上岸，最后面的，也正在渡河。而它却“不嘶不动”，悠闲自若。这是为什么？就因为它是“马中龙”。真所谓“蹄间三丈是徐行”，自然不担心落下距离。

认为“据公诗马十四匹”的王文诰，既没有发现“奚官”所“骑”的那匹马，又搞混了这“最后一匹”马。他说：“此一匹，即八匹之一，非十五匹也。”其实，从句法、章法上看，这“最后一匹”和“后有八匹”是并列的，怎能说它是“八匹之一”？

十六匹马逐一写到，还写了“奚官”，写了河流，却一直未提“韩干”，也未说“画”。形象如此生动，情景如此逼真，如果始终不说这是韩干所画，读者就会认为他所写的乃是实境真马。然而题目又标明这是题韩干画马的诗，通篇不点题，当然不妥。所以接下去便点题，而前面所写的一切，已为点题作好了充分的准备。归纳前面所写，就自然得出了“韩生画马真是马”的结论。“画马真是马”，这是对韩干的赞词。赞别人，是正常的；自赞，就有点出格。而作者却既赞韩生又自赞，公然说：“苏子作诗如见画。”读完下两句，才看出作者之所以既赞韩生又自赞，乃是为全诗的结尾作铺垫。韩生善画马，苏子善作画马诗；从画中，从诗中，都可以看到真马，看到“马中龙”。可是，“世无伯乐亦无韩，此诗此画谁当看？”——世间没有善于相马的伯乐和善于画马的韩干，连现实中的骏马都无人赏识，又何况画中的马、诗中的马！既然如此，韩生的这画、苏子的这诗，还有谁去看呢？两句诗收尽全篇，感慨无限，意味无穷。

苏轼《书鄢陵王主簿所画折枝》云：“论画以形似，见与儿童邻。”他是强调“神似”的。在诗里他并没有用摄影或雕塑的尺度比例来衡量所写的这十六匹马。但由于他用“攒八蹄”“宛颈”“任前举后”“却避长鸣”“微流赴吻”“尾摇风”等特征性的局部形象和“出林鹤”“鹤俯啄”等富于联想的比喻，传众马之神。因而一面读诗，一面静思冥想，那十六匹马就一一呈现眼前，形神各异，声态并作。

全诗只十六句，却七次换韵，而换韵与换笔、换意相统一，显示了章法上的跳跃跌宕，错落变化。

这首诗的章法，前人多认为取法于韩愈的《画记》。洪迈《容斋随笔·五笔》卷七记载：

> 韩公人物《画记》，其叙马处云："……凡马之事二十有七焉；马大小八十有三，而莫有同者焉。"秦少游谓其叙事该而不烦，故仿之而作《罗汉记》。坡公赋《韩干十四马》诗云……，诗之与记，其体虽异，其为布置铺写则同。诵坡公之语，盖不待见画也。

方东树《昭昧詹言》卷十二云：

> 《韩干马十五匹》，叙十五马如画，尚不为奇，至于章法之妙，非太史公与退之不能知之。故知不解古文，诗亦不妙。……直叙起，一法也。叙十五马分合，二也。序夹写如画，三也。分、合叙参差入妙，四也。夹写中忽入"老髯"二句议，闲情逸致，文外之文，弦外之音，五妙也。夹此二句，章法变化中，又加变化，六妙也。后"八匹"，"前者"二句忽断，七妙也。横云断山法，此以退之《画记》入诗者也。后人能学其法，不能有其妙。

洪迈、方东树都认为这首诗吸取了《画记》的章法，这当然是不错的，但这首诗似乎是更多地受了杜甫《韦讽录事宅观曹将军画马图》的启发。不妨看看这篇名作：

> 国初已来画鞍马，神妙独数江都王。将军得名三十载，人间又见真乘黄。曾貌先帝照夜白，龙池十日飞霹雳。内府

殷红玛瑙盘，婕妤传诏才人索。盘赐将军拜舞归，轻纨细绮相追飞。贵戚权门得笔迹，始觉屏障生光辉。昔日太宗拳毛弱，近时郭家狮子花；今之画图有二马，复令识者久叹嗟。此皆骑战一敌万，缟素漠漠开风沙。其余七匹亦殊绝，迥若寒空动烟雪；霜蹄蹴踏长楸间，马官厮养森成列。可怜九马争神骏，顾视清高气深稳。借问苦心爱者谁？后有韦讽前支遁。忆昔巡幸新丰宫，翠华拂天来向东。腾骧磊落三万匹，皆与此图筋骨同。自从献宝朝河宗，无复射蛟江水中。君不见金粟堆前松柏里，龙媒去尽鸟呼风！

此诗章法更复杂，更穷极变化，不可方物。观曹霸画马图，本画九马，却先不写九马而写画家，以江都王陪出曹霸。写曹霸，突出“曾貌先帝照夜白”，为末段感慨预留伏笔。接着又叙曹霸为“贵戚权门”画马，从而以其所画他马陪衬图中九马。写九马分三层：先说“昔日太宗拳毛弱，近时郭家狮子花”，然后以“今之画图有二马，复令识者久叹嗟”两句拍合，从真马落到画马，这是第一层；“其余七匹亦殊绝，迥若寒空动烟雪……”这是第二层；“可怜九马争神骏，顾视清高气深稳……”这是第三层。忽从九马引出三万匹，又慨叹“龙媒去尽”，一马不留。中间写九马，先出二马，继出七马，又九马合写。有分有合，历落有致。苏轼的诗取法于此，是灼然可见的。

书王定国所藏《烟江叠嶂图》

苏　轼

江上愁心千叠山，浮空积翠如云烟。
山耶云耶远莫知，烟空云散山依然。

但见两崖苍苍暗绝谷，中有百道飞来泉。
萦林络石隐复见，下赴谷口为奔川。
川平山开林麓断，小桥野店依山前。
行人稍度乔木外，渔舟一叶吞江天。
使君何从得此本？点缀毫末分清妍。
不知人间何处有此境，径欲往买二顷田。
君不见武昌樊口幽绝处，东坡先生留五年！
春风摇江天漠漠，暮云卷雨山娟娟。
丹枫翻鸦伴水宿，长松落雪惊醉眠。
桃花流水在人世，武陵岂必皆神仙？
江山清空我尘土，虽有去路寻无缘。
还君此画三叹息，山中故人应有招我归来篇。

此诗题下自注云："王晋卿画"。王诜（1037—1093），字晋卿，太原人，居开封，北宋开国功臣王全斌之后（见《宋史·王全斌传·附传》）。妻英宗之女蜀国长公主，官驸马都尉。虽为贵戚，却远声色而爱文艺，与苏轼、黄庭坚、米芾等交好。作宝绘堂于私第之东，收藏颇富，苏轼为作记。善诗词、书法，尤以工山水画著名。好写江上云山、幽谷寒林与平远风景，用李成皴法，也有金碧设色。兼善墨竹，学文同。存世作品，有《渔村小雪图》《烟江叠嶂图》等。《烟江叠嶂图》，清初由王士禛（渔洋）送入皇宫。《香祖笔记》云："余家藏王晋卿《烟江叠嶂图》长卷，后有米元章书东坡长句。康熙癸未三月万寿节，九卿皆进古书、书画为寿，此卷蒙纳入内府。传旨云：'向来进御，凡画概无收者；

此卷画后米字甚佳，故特纳之。’”王晋卿的画、苏轼的诗、米芾的字，三者结合一起，真可说是艺术珍品。

据苏诗查注：这首诗另有苏轼墨迹流传，其后有“元祐三年十二月十五日子瞻书”十三字。

现在谈谈这首诗。

方东树《昭昧詹言》卷十二云：“起段以写为叙，写得入妙而笔势又高，气又遒，神又王（旺）。”起段是这样的：

江上愁心千叠山，浮空积翠如云烟。山耶云耶远莫知，烟空云散山依然。但见两崖苍苍暗绝谷，中有百道飞来泉。萦林络石隐复见，下赴谷口为奔川。川平山开林麓断，小桥野店依山前。行人稍度乔木外，渔舟一叶吞江天。

所谓“以写为叙”，是指这一段实质上是叙述《烟江叠嶂图》的内容，但没有用抽象叙述的方法，而用形象描写的方法。其实，如果既不看诗题，又不看诗的下一段，就不会认为这是在介绍《烟江叠嶂图》，只感到这是描写自然景物。

前四句，着眼于高处远处，写烟江叠嶂的总貌。“江上”，点“千叠山”的位置。“愁心”，融情入景，并让读者联想张说《江上愁心赋寄赵子》中的“江上之峻山兮，郁崎嶬而不极，云为峰兮烟为色，欻变态兮心不识……”以扩展艺术境界。“浮空积翠”，是“积翠浮空”的倒装，其主语为“千叠山”。“积翠”，言翠色之浓。“千叠山”积蓄了无穷翠色，那无穷翠色在远空浮动，像烟，也像云。这里突出的是“积翠”，而不是“云烟”，“如”字须着眼。有人说这句是写“云烟缭绕的叠嶂”，就失掉了景的“妙”与诗的“妙”。正因为诗人不曾说“云烟缭绕”，而是说“浮空积翠如云烟”，所以接下去才能继续写出“山耶云耶远莫知，烟空云散山依然”的妙句。由于受七字句的限制，上句省去了“烟耶”，而以下句的“烟空”作补充。那在高空浮动的，究竟是“千叠山”的“积翠”呢？还是烟呢？云呢？实在没有谁能够弄清楚，因为那太“远”了。然而看着看着，忽然起了变化：烟消了，云散了，依然存在的，只是那“千叠山”。画里如果确有云烟，当然不会忽然消散。诗人并没有说山上确有云烟，而只是说“浮空积翠如云烟。”那“浮空”的“积翠”，从不同距离、不同角度去看，就有变化。这样去看，像云、像烟；那样去看，就只见“积翠”，不见“云烟”。几句诗，变静景为动景，写远嶂千叠，翠色浮空之状如在目前。

次四句，由远而近，由高而低，先突现苍苍两崖，再从两崖的“绝谷”中飞出百道泉水；这百道飞泉，“萦林络石”，时隐时现，终于“下赴谷口”，汇为巨川，奔腾前进。在这里，诗人以飞泉统众景，从而运用了以明见暗、以隐见显的艺术手法。两崖之间，有无数幽谷，因为“暗”而不见，无从写，只写“百泉飞来”，而百泉之所自出，即不难想见：这是以明见暗。林木扶疏，奇石磊落，可见可写，但要一一摹写，就不免多费笔墨，分散重点，于是只写百泉之“隐”，就不难想象其所以“隐”：这是以隐见显。

后四句，诗人把读者的视线从百泉的合流出谷引向近景。“川平”“山开”“林麓断”，三个主谓结构，展现了三个画面；“林麓断”处，“小桥”“野店”“乔木”“行人”，历历如见。而“渔舟一叶”，又把镜头推向开阔的烟江。“吞江天”三字，涵盖了“烟江叠嶂”的全景，真有尺幅万里之势。

使君何从得此本？点缀毫末分清妍。

不知人间何处有此境，径欲往买二顷田。

这四句自为一段。纪昀评云："节奏之妙，纯乎化境。"方东树云："四句正峰。"

第一段写"烟江叠嶂"，纯是真景。诗人的巧妙之处，就在于先写真景，然后只用"使君何从得此本"一句回到本题，既变真景为画景，又点出此画乃王定国所藏，而此画之巧夺天工，也不言而喻，为"点缀毫末分清妍"的赞语提供了有力的根据。"不知人间何处有此境"一句，又由画境想到真境，希望于"人间"寻求如此美好的江山，买田退隐，从而把全篇的布局，从写景转向抒情和议论。

君不见武昌樊口幽绝处，东坡先生留五年！春风摇江天漠漠，暮云卷雨山娟娟。丹枫翻鸦伴水宿，长松落雪惊醉眠。桃花流水在人世，武陵岂必皆神仙？江山清空我尘土，虽有去路寻无缘。还君此画三叹息，山中故人应有招我归来篇。

这是最后一段。或理解为"以实境比况画境"，或理解为"既用现实中的自然美陪衬了艺术中的自然美，又表现了诗人热爱壮美山川的襟怀"，都言之有据，但都不很确切。

如在前面所分析，第一段写画境；第二段由画境想到真境，希望于"人间"寻求像画境那样美好的江山，买田退隐。最后一段，即承退隐而来，却不直写为什么要退隐、如何退隐，而以"君不见"领起，将读者引向诗人回忆中的天地。这回忆对于诗人来说，并不那么愉快。元丰二年（1079）三月，苏轼罢徐州，改知湖州。四月，到湖州任。何正臣摘引《湖州谢表》中的话，指斥苏轼"妄自尊大"；舒亶、李定等又就其诗文罗织罪状。七月二十八日，苏轼于湖州被捕，投入御史台狱，这就是"乌台诗案"（御史台又叫"乌台"）。十二月结案，贬黄州团练副使，本州安置、不得签书公事。苏轼从元丰三年（1080）二月到达贬所，至元丰七年（1084）四月改任汝州团练副使，共在黄州度过了四年多的辛酸岁月。现在，他因看《烟江叠嶂图》而有所感触，唤起了对往事的回忆。“君不见”领起的“武昌樊口幽绝处”，点贬谪之地的幽深；“东坡先生留五年”，言贬谪之时的漫长。以下四句，吴北江认为分写“四时之景”，固然不算全错，因为的确写了景，但更确切地说，并非单纯写景，而是借景叙事，因景抒情。这四句紧承前两句而来，概括了诗人在那“幽绝处”“留五年”的经历和感受：春天，闲看“春风摇江天漠漠”；夏季，独对“暮云卷雨山娟娟”；秋夜寂寥，“丹枫翻鸦伴水宿”；冬日沉醉，“长松落雪惊醉眠”。一年、两年、三年、四年……年年如此！贬谪生涯、贬谪心情，都通过四时之景的描绘而得到了形象的表现。

“桃花流水”以下四句，从章法上看，和前面的文字有什么关系呢？

在前面，诗人由画境写到“不知人间何处有此境，径欲往买二顷田”，然后不直接回答“人间何处有此境”的问题，却将笔锋宕开，转入贬谪生活的回忆。回忆到“长松落雪惊醉眠”，又折转笔锋，回顾“不知人间何处有此境，径欲往买二顷田。”“桃花流水在人世，武陵岂必皆神仙”两句，用“桃花源”的典故而翻新其意。陶渊明所写的“桃花源”，是苦于暴政的人们所追求的“春蚕收长丝，秋熟靡王税”的理想社会。王维的《桃源行》，则说“初因避地去人间，及至成仙遂不还”，“春来遍是桃花水，不辨仙源何处寻”。刘禹锡《游桃源诗一百韵》，进一步写仙家之乐。韩愈题《桃源图》，却认为“神仙有无何渺茫，桃源之说诚荒唐。”王安石的《桃源行》，又描写了一种“虽有父子无君臣”的平等世界，以寄托其进步的社会理想。苏轼则说：桃花源就“在人世”，那里的人们也不见得都是“神仙”。这两句，就是对前面“不知人间何处有此境”的回答。“江山清空我尘土”一句，句中有转折。“江山清空”紧承“桃花流水在人世”，“我尘土”遥接“君不见”以下六句，既指黄州的“五年”贬谪生活，又包括了当前的处境。惟其“我尘土”，才想到买田退隐。第一段的画境，第二段的“不知人间何处有此境”，第三段的“桃花流水在人世”和“江山清空”一线贯串，都指的是可以退隐的地方。而“虽有去路”以下数句，则是这条线的延伸。“寻无缘”的“寻”，正是“寻”退隐之处。因为欲“寻”而“无缘”，所以“还君此画三叹息”。虽“无缘”而仍欲“寻”，故以“山中故人应有招我归来篇”结束全诗。

王文诰说这首诗“用两扇法”：自首句至“渔舟一叶吞江天”为一扇，“道图中之景也”；自“使君”句至“寻无缘”为一扇，“道观图之人也”。此下“仅以二句作结”：“还君此画三叹息”，“结图中之景”；“山中故人应有招我归来篇”，“结观图之人”。这种说法，虽有可供参考之处，但毕竟失之简单化。全诗绝不是截然分开的两扇，这从前面的逐段分析中可以看得出来，这里再略作补充。诗人把画境写得十分美好，十分诱人，从而引出“径欲往买二顷田”的设想。以下所写，或与此照应，或与此联系。“桃花流水在人世”与“江山清空”，是和画境中的自然景物联系的。“武陵岂必皆神仙”，是与画境中的人物一脉相承的。“武昌樊口”的“幽绝处”，就其四时景物而言，是与画境中的景物一致的；就在那里“留五年”的“东坡先生”来说，则是与画境中的人物对照的。在诗人看来，那画中的“行人”“渔舟”，自由自在地享受“江山清空”之美，而他自己则仕途蹭蹬，备受谗毁和打击，困于“尘土”，不得自由。正由于处境如此，所以尽管在“幽绝处”留了“五年”，也不能像画中的“行人”“渔舟”那样尽情地欣赏自然风光。写黄州“四时之景”的那四句诗，虽然很含蓄，但还是可以看出它们所抒发的心情绝不是愉快的。比如“丹枫翻鸦伴水宿”一句，说“伴水宿”，已露孤独寂寞之感；已经“宿”了，还说“丹枫翻鸦”，可见并未进入梦乡；一晚上，时而看“丹枫”，时而听鸦翻，辗转反侧，心事重重。又如“长松落雪惊醉眠”一句，“醉眠”一作“昼眠”，上句写夜宿，此句即使不用“昼”字，也看得出是写“昼眠”。冬季夜长昼短，夜间睡觉就够了，何必“昼眠”？更何必白昼“醉眠”？白昼“醉眠”而无人理睬，只有“长松落雪”才“惊”醒了他。醒过来之后，看是什么“惊”他的，看来看去，看见的只是那“长松落雪”，连人影儿也没有！……

“东坡先生”与画境对照、与画境中的人物对照，便不禁发出了“江山清空我尘土”的感慨。这“江山清空”与“我尘土”的对照，正是这首诗命意谋篇的契机。因画境的“清空”而回忆“我尘土”的往事，便追写了谪居黄州的生涯和心情，以画境的“清空”对照“我尘土”的现实，便引起了买田退隐的念头和“桃花流水在人世”的议论，而归结到“山中故人应有招我归来篇”。

苏轼在嘉祐六年（1061）应仁宗直言极谏的对策中，提出过许多改革弊政的意见。可以说，他是以改革派的面目登上政治舞台的。在要求改革这一点上，他与王安石并无重大分歧，其分歧在于改革的内容、程度、方法和速度。比较而言，苏轼要求的改革是温和的、缓慢的。他尽管也被卷进反对王安石变法的浪潮，并对新法讲了不少过头的话，但究竟与保守派有区别，王安石也未予追究。熙宁九年（1076）十月，王安石二次罢相、退居金陵之后，新法逐渐失去打击豪强的色彩，统治阶级内部变法派与保守派的斗争，也变成了封建宗派的倾轧与报复。苏轼于元丰二年（1079）因作诗获罪，被捕入狱，终于贬到黄州，责令闭门思过，就出于何正臣、舒亶、李定等人的诬陷，与王安石无关。元丰七年（1084）三月，苏轼接到命令，移汝州团练副使。七月抵金陵，与久已罢相闲居的王安石多次相会，作《次韵荆公四绝》。十月至扬州，即上《乞常州居住表》，准备退隐。元丰八年（1085）三月，神宗死，哲宗年幼，高太后听政，改元元祐，起用司马光执政，苏轼也被调回京城任翰林学士等职。司马光着手废除全部新法，苏轼却主张“参用所长”，更反对废除行之有益的“免役法”，因而又和保守派结了仇，经常处于被“忿疾”“猜疑”“诬告”的境地。元祐二年（1087），他因洛党官僚连续弹劾，四次上疏请外郡。元祐三年（1088）三月，因朝官攻击，上《乞罢学士除闲慢差遣札》；十月，再上《陈情乞郡札》。这首题《烟江叠嶂图》诗，作于元祐三年十二月，其“江山清空我尘土”的感慨，显然发自内心。“不知人间何处有此境，径欲往买二顷田”及“山中故人应有招我归来篇”等诗句所表达的，也是作者的真实情感。

这首诗以《书王定国所藏〈烟江叠嶂图〉》为题，当然首先是给藏画的王定国和作画的王晋卿看的。诗中写贬谪生活而以“君不见”领起，那“君”也首先指王定国和王晋卿。王定国名巩，《宋史》卷三二〇《王素传·附传》云：“巩有隽才，长于诗，从苏轼游。轼守徐州，巩往访之，与客游泗水，登魋山，吹笛饮酒，乘月而归。轼待之于黄楼上，谓巩曰：‘李太白死，世无此乐三百年矣！’轼得罪，巩亦窜宾州。数岁得还，豪气不少挫。”这里所说的“轼得罪，巩亦窜宾州”，即指王定国因受苏轼“乌台诗案”的株连，与苏轼同时被贬。王晋卿也同样被卷入“乌台诗案”，因为苏轼的那些“讥讽朝廷，谤讪中外”的诗，有些是王晋卿“镂刻印行”的。结果被贬到均州。还朝之后，苏轼在其《和王晋卿》诗的序里说“驸马都尉王诜（晋卿），功臣全斌之后也。元丰二年，予得罪贬黄冈，而晋卿亦坐累远谪，不相闻者七年。予既召用，晋卿亦还朝，相见殿门外。感叹之余，作诗相属，托物悲慨，阨而不怨，泰而不骄。怜其贵公子有志如此，故和其韵。”苏轼又作《书王定国所藏王晋卿画〈着色山〉二首》，其二云：

君归岭北初逢雪，我亦江南五见春。
寄语风流王武子，三人俱是识山人。

三个人同时被贬到南方，见过青山，所以有“三人俱是识山人”的诗句。

苏轼的这首《书王定国所藏〈烟江叠嶂图〉》，王定国读后有什么感触，缺乏记载，王晋卿却写了《和诗》：

帝子相从玉斗边，洞箫忽断散非烟。
平生未省山水窟，一朝身到心茫然。
长安日远那复见，掘地宁知能及泉！
几年飘泊汉江上，东流不舍悲长川。
山重水远景无尽，翠幕金屏开目前。
晴云漠漠晓笼岫，碧嶂溶溶春接天。
四时为我供画本，巧自增损媸与妍。
心匠构尽远江意，笔锋耕出西山田。
苍颜华发何所遣，聊将戏墨忘余年。
将军色山自金碧，萧郎翠竹夸婵娟。
风流千载无虎头，于今妙绝推龙眠。
岂图俗笔挂高咏，从此得名似谪仙。
爱诗好画本天性，辋川先生疑夙缘。
会当别写一匹烟霞境，更应消得玉堂醉笔挥长篇。

诗的前半篇写贬谪生涯，后半篇说他借画山水消遣时日。苏轼读到这首，又作诗酬和，诗题是这样的：《王晋卿作〈烟江叠嶂图〉，仆赋诗十四韵，晋卿和之，语特奇丽。因复次韵，不独纪其诗画之美，亦为道其出处契阔之故，而终之以不忘在莒之戒，亦朋友忠爱之义也》。诗如下：

山中举头望日边，长安不见空云烟。
归来长安望山上，时移事改应潸然。
管弦去尽宾客散，惟有马埒编金泉。
渥洼故自千里足，要饱风雪轻山川。
屈居华屋啖枣脯，十年俯仰龙旂前。
却因瘦病出奇骨，盐车之厄宁非天！
风流文采磨不尽，水墨自与诗争妍。
画山何必山中人，田歌自古非知田。
郑虔三绝君有二，笔势挽回三百年。
欲将岩谷乱窈窕，眉峰修樗夸连娟。
人间何有春一梦，此身将老蚕三眠。
山中幽绝不可久，要作平地家居仙。
能令水石长在眼，非君好我当谁缘。
愿君终不忘在莒，乐时更赋《囚山篇》。

这篇诗的中心思想是希望王晋卿不要忘记当年遭谗被贬的惨痛经历，从中吸取教训，“要作平地家居仙”。王晋卿读到后又次韵酬答，诗题是：《子瞻再和前篇，非惟格韵高绝，而语意郑重，相与甚厚，因复用韵答谢之》。诗云：

忆从南涧北山边，惯见岭云和野烟。
山深路僻空吊影，梦惊松竹风萧然。

杖藜芒屩谢尘境，已甘老去栖林泉。
春篮采术问康伯，夜灶养丹陪稚川。
渔樵每笑坐争席，鸥鹭无机驯我前。
一朝忽作长安梦，此生犹欲更问天。
归来未央拜天子，枯荄敢自期春妍。
造物潜移真幻影，感时未用惊桑田。
醉来却画山中景，水墨想象追当年。
玉堂故人相与厚，意使嫫母齐联娟。
岂知忧患耗心力，读书懒去但欲眠。
屠龙学就本无用，只堪投老依金仙。
更得新诗写珠玉，劝我不作区中缘。
佩服忠言非论报，短章重次“木瓜”篇。

读这三首次韵诗，更会加深对原作的理解。

题西林壁

苏　轼

横看成岭侧成峰，远近高低各不同。
不识庐山真面目，只缘身在此山中。

元丰七年（1084），作者由黄州改迁汝州（治所在今河南临汝）团练副使，途中游庐山，作此诗。

前两句写遍游庐山的观感：“横看成岭”，侧看成峰，远看、近看、高看、低看，又各不相同。后两句，是就这种观感作出的总结：因为只在山中转来转去，所以不论从哪一角度看，看到的都是某一局部、某一侧面，而不能从总体上识透“庐山真面目”。

这首诗，当然属于山水诗的范畴，却蕴含生活哲理，能给人以思想启迪，因而广泛传诵，并被引来讽喻某种社会现象，具有强大的艺术生命力。

惠崇《春江晚景》二首（其一）

苏　轼

竹外桃花三两枝，春江水暖鸭先知。
蒌蒿满地芦芽短，正是河豚欲上时。

《图画宝鉴》称惠崇“工画鹅、鸭、鹭鸶”。《图画见闻志》称他“尤工小景，为寒汀远渚、潇洒虚旷之象，人所难到”。他画的《春江晚景》已经失传，而苏轼的这首题画诗，却至今脍炙人口。

题画诗如果局限于复述画面内容，就不可能有艺术生命。题《朱陈村嫁娶图》，根本不去再现画境，而是就“图”字生发，抒发对现实的感慨。这首题《春江晚景》，是描绘了画面景物的，却又画外见意，创造了比画境更高、更美的诗境。就这首诗看，竹、桃花、江水、鸭、蒌蒿、芦芽，这当然是画面上的景物；但水的“暖”、鸭的“知”，却绝对画不出来。至于河豚，既然说它“欲上”，当然还没有“上”，画面上也不会出现。诗人从画中景物着眼，驰骋想象和联想，创造出“春江水暖鸭先知”“正是河豚欲上时”的佳句，就使这幅画顿时活了起来，生机勃勃，春意盎然。

“春江水暖”，来自“桃花”盛开的联想；“鸭先知”，则出于想象。“春江水暖鸭先知”的超妙之处，在于激发读者的想象，想见鸭群在春江中浮游嬉戏的欢快情景。它们好像在说：“水暖了，冬天终于过去了!”

“河豚欲上”，来自蒌蒿、芦芽的联想。河豚食蒌蒿、芦芽；江淮一带人烹河豚，又用蒌蒿、芦芽作配料。由“蒌蒿满地芦芽短”联想到“正是河豚欲上时”，不仅补写景物、点明时令，还令人想起河豚的美味，心往神驰，注目春江，企盼它沿江而“上”。

四句诗，生动地再现了画面上的视觉形象；又借助触觉、知觉、味觉，以虚写实，扩展、深化了视觉形象。情景交融，韵味无穷。

赠刘景文

苏　轼

荷尽已无擎雨盖，菊残犹有傲霜枝。
一年好景君须记，最是橙黄橘绿时。

刘景文，将门之后，博学能诗，曾受王安石赏识、提拔；苏轼也推许、表荐，称他为“慷慨奇士”。这首《赠刘景文》，作于元祐五年（1090）苏轼任杭州太守时。当时刘景文任两浙兵马都监，也在杭州，两人诗酒往还，交谊颇深。苏轼除此诗外，尚有《次韵刘景文见寄》《喜刘景文至》《和刘景文见赠》等诗。

赠人诗当然有各种各样的写法，但总应该对人有益。韩愈的《早春呈水部张十八员外》，也属于赠人诗范畴，诗如下：

天街小雨润如酥，草色遥看近却无。
最是一年春好处，绝胜烟柳满皇都。

前两句写“早春”景色绝妙，且不详谈；但说这“最是一年春好处”，比“烟柳满皇都”还好得多，却需要略加解释。长安的冬天很漫长，人们熬过几个月的冰雪严寒，忽然下起像奶油那样滋润的小雨，又透过纤纤雨丝，看见远郊泛起嫩绿的草色，该有多高兴！“烟柳满皇都”，春色极浓，当然很美，但也意味着春天即将离开；而春雨中朦胧泛起的远郊草色，却带来春天初临的喜讯，桃开李放，百卉争妍，一切美景都将相继展现。诗人因此说：“早春”景色，是一年中最好的景色。言外之意是：应该珍惜啊！把这样美妙的诗章赠给友人，当然比说“一年之计在于春”更有韵味。

苏轼的这首《赠刘景文》写初冬景色，把初冬景色赞为“一年好景”，又蕴含什么样的生活真理呢？

“荷”，这是夏季的骄子。“接天莲叶无穷碧，映日荷花别样红”（杨万里《晓出净慈寺送林子方》），多么美！如今呢，荷花早已开“尽”，连“擎雨”的荷叶也都消失了。“菊”在百花凋谢的秋天傲霜独放。可是如今呢，尽管枝干挺然特立，仍然保持着傲霜的贞姿劲节，但那花儿毕竟已经衰残。两句诗，为推出“橙黄橘绿”作了两重铺垫，同时点明节令，已入初冬。

初冬季节，荷花、菊花，以及其他许多花都在霜威寒潮中纷纷凋残，而那橙、橘，却枝叶繁茂，为人们捧出累累硕果，金黄、碧绿，闪光发亮。诗人因此说：“一年好景君须记，最是橙黄橘绿时。”

橙树橘林，密叶含翠，枝头挂满金黄碧绿的硕果，作为一种景色看，的确是“好景”。更何况，这不是仅供观赏的花，而是“可以荐嘉宾”的果。不是一般的果，而是“精色内白”的佳果。从屈原以来，诗人们托物喻人，作过许多赞美橘的崇高品德的诗，赞它“苏世独立，横而不流”（屈原《橘颂》），赞它“经冬犹绿林……自有岁寒心”（张九龄《感遇》）。“橙”是“橘”的同类，故苏轼连类并举，使艺术形象更其丰满。

苏轼的这首诗，在萧条冷落的初冬季节推出“橙黄橘绿”，赞为“一年好景”，不仅诗情洋溢，给人以美感享受，还寓有人生哲理，引人深思，发人深省。

荔 支 叹

苏 轼

十里一置飞尘灰，五里一堠兵火催。
颠坑仆谷相枕藉，知是荔支龙眼来。
飞车跨山鹘横海，风枝露叶如新采；
宫中美人一破颜，惊尘溅血流千载。
永元荔支来交州，天宝岁贡取之涪。
至今欲食林甫肉，无人举觞酹伯游。
我愿天公怜赤子，莫生尤物为疮痏；
雨顺风调百谷登，民不饥寒为上瑞。
君不见武夷溪边粟粒芽，前丁后蔡相笼加。
争新买宠各出意，今年斗品充官茶。
吾君所乏岂此物，致养口体何陋耶？
洛阳相君忠孝家，可怜亦进姚黄花。

此诗绍圣二年（1095）作于惠州。惠州产荔枝，苏轼《四月十一日初食荔支》诗自注云：“予尝谓荔支厚味、高格两绝，果中无比。”《食荔支二首》之一云：“日啖荔支三百颗，不辞长作岭南人。”更表现了对荔枝的赞美。但想到汉唐时代进贡荔枝给人民造成的灾难，并联想到与此相类的现实问题，忧愤难平，又作了这首《荔支叹》。

开头八句，写快马、“飞车”、飞船联运荔枝，急如星火，诗的节奏亦其疾如风。因迫于期限，横冲直闯，时有伤亡。诗人用集中和夸张手法，以“颠坑仆谷相枕藉”七字展现好几个特写镜头，令读者触目惊心。荔枝最难保鲜，海南距长安又十分遥远。诗人用“风枝露叶如新采”一句描状送入长安的荔枝，既反衬出运送之迅疾、代价之高昂，又唤起以下两句的强烈对比，真是神来之笔！“宫中美人一破颜，惊尘溅血流千载”两句，以如此鲜明的对立形象揭露社会矛盾，引人深思：以“惊尘溅血”的代价换取美人一笑的罪魁祸首，究竟是谁？其批判的锋芒，直指最高统治者。

中间八句分两层。前四句承上，点明汉唐两代进荔枝，前者因唐伯游上书而作罢，后者因李林甫取悦皇帝而给人民造成深重苦难。“至今欲食林甫肉”一句，表现了作者对媚上害民者的极大愤慨；“无人举觞酹伯游”一句，则慨叹为民请命的精神已无人继承。后四句表现作者的善良愿望：怜惜赤子，莫生“尤物”，五谷丰登，“民不饥寒”。作者分明喜爱荔枝，如今却把它称为“尤物”，斥为“疮痏”，愿天公“莫生”，乃是出于对那些进奉“尤物”、坑害百姓者的极大愤慨，由此引出末段。

最后八句转入现实。武夷的名茶，洛阳的名花，也是荔枝一类的“尤物”，而丁谓、蔡襄、钱惟演之流却纷纷进贡，这不是重演汉唐进奉荔枝的故事吗？由于这都是眼前的人和事，不便直接鞭打，故用“吾君所乏岂此物”为皇帝掩饰，而用一个“陋”字批评丁谓等人。意思是：“吾君”所“乏”的是纳忠言、行善政，而不是养其口体的茶、花之类，措辞很委婉。然而前面不是已经写出了“至今欲食林甫肉，无人举觞酹伯游”的诗句吗？

作者反对历史上的进荔枝、现实中的进茶、进花，属于举例性质，实际上是以少总多，反对一切有害于民的进贡方物特产。作者编管惠州，失去自由，却仍然敢于揭露时弊、指斥当代官僚，乃由关心民瘼，激情难抑。如汪师韩所评："其胸中有勃郁不可已者，惟不可以已而言，斯至言也。"（《苏诗选评笺释》卷六）

六月二十日夜渡海

苏　轼

参横斗转欲三更，苦雨终风也解晴！
云散月明谁点缀？天容海色本澄清。
空余鲁叟乘桴意，粗识轩辕奏乐声。
九死南荒吾不恨，兹游奇绝冠平生！

元祐三年（1088）十二月，苏轼作《书王定国所藏〈烟江叠嶂图〉》诗，流露了不安于位，希求退隐的心情。次年三月，即出知杭州。此后又改知颍州、扬州、定州。绍圣元年（1094），哲宗亲政，已经变质的变法派上台，蔡京、章惇之流用事，专整元祐旧臣，苏轼更成了打击迫害的主要对象，一贬再贬，由英州（今广东英德）而惠州，最后远放儋州（今海南儋州），前后经历了七年的艰苦生活。直到哲宗病死，才遇赦北还。这首诗，就是元符三年（1100）六月自海南岛渡海返回大陆时所作。

这是一首七律。先看前两联：

参横斗转欲三更，苦雨终风也解晴！
云散月明谁点缀？天容海色本澄清。

纪昀评论说："前半纯是比体。如此措辞，自无痕迹。"说这四句诗"纯是比体"，固然有道理；因为这不单纯是写景，分明还另有意义。然而"比"者，"以彼物比此物也"，既"以彼物比此物"，不管如何"措辞"，都不能不露"比"的"痕迹"。但这四句诗，又的确是不露"比"的"痕迹"的。

"参横斗转"，是夜间渡海时所见，"欲三更"，则是据此所作的判断。诗人仰首看天，看见参星已横，斗星已转，于是判断道："快要三更了！"曹植《善哉行》："月没参横，北斗阑干。"这说明"参横斗转"，在中原乃是天快黎明之时的景象。而在海南，则与此不同，王文诰指出："六月二十日海外之二、三鼓时，则参已早见矣。"这句诗写了景，更写了人。那"参横斗转"的天象，是正在渡海的人看出来的，他根据"参横斗转"而作出"欲三更"的判断，其内心活动也依稀可见。

"参横斗转"当然是客观景象，它们点缀了夜景。但这客观景象除点缀夜景之外，本身还有意义：一是表明"欲三更"，黑夜已过去了一大半；二是表明天空是"晴明"的，剩下的一小半夜路也不难走。因此，这句诗的调子很明朗，抒情主人公因见"参横斗转"而说"欲三更"之时的心情也很愉快。

那么在"欲三更"之前，情况又怎样呢？诗人在第二句里告诉我们：在"欲三更"之前，还是"苦雨终风"，天上也自然没有星斗，一片漆黑。无尽无休地下、使人深以为苦的雨，叫"苦雨"；没完没了地刮、终日不间断的风，叫"终风"。这一句，紧承上句而来。诗人在"苦雨终风"的黑夜里不时仰首看天，终于看见了星光，于是就"参横斗转"作出判断："啊！快要三更了！"继而又不胜惊喜地说："苦雨终风也解晴"——风雨交加，阴惨可怖的天道，也还懂得放晴呀！有了这一句，抒情主人公的形象就被塑造得更加丰满了。

三、四两句，就“晴”字作进一步抒写：“云散月明”，“天容”是“澄清”的；风恬雨霁，星月交辉，“海色”也是“澄清”的。两句诗，写景如绘。但主要不是写景，而是抒情；抒情中又包含议论。

这四句诗，句子结构各有变化，显示了诗人在造句方面力避雷同的匠心。一、二两句不求对仗，容易运用不同句式。三、四两句要求属对工稳，一般句式相同，而诗人却变换手法，以“天容海色”对“云散月明”，使上句和下句各具特点。“云散”“月明”，是两个主谓词组；“天容”“海色”，则是两个名词性词组，怎么能前后对偶呢？原来这里用的是“句内对”：前句以“月明”对“云散”，后句以“海色”对“天”空。

这四句诗，在结构方面又有其共同点：每句分两节，先以四个字写客观景物，后以三个字表主观抒情或评论。唐人佳句，多浑然天成，情景交融。宋人造句，则力求洗练与深折。从这四句诗，既可看出苏诗的特点，也可看出宋诗的特点。

就客观景物说：先是“苦雨终风”，而后天空里出现了星斗，而后乌云散尽，一轮明月照耀碧海，天容海色，万里澄清。而这客观景物的变化，又是流放海外多年的人在政治风云起了变化、遇赦北归之时亲身经历、亲眼看见的。就主观抒情或评论说：诗人始而说“欲三更”，继而说“也解晴”，继而问“云散月明”，还有“谁点缀”呢？又意味深长地说：“天容海色”，本来是“澄清”的。而这些抒情或评论，都紧扣客观景物，贴切而自然。

这四句诗，以抒情主人公为中心，从主观和客观的结合中展现的艺术形象是相当明晰的。读者从这里看到了抒情主人公半夜渡海的情景，感受到他因环境变化而引起的喜悦心情。仅就这一点说，已经是很有艺术魅力的好诗了。

成功的艺术形象，除了本身的意义之外，还往往能引起读者的联想。用传统的文论术语说，这叫作“言外之意”。这由艺术形象引起联想而产生的“言外之意”，是与简单的“比”所获得的艺术效果不同的。读这四句诗，的确会引起联想，特别是对于和苏轼有过类似经历的人来说，更会引起联想。纪昀读这四句诗，大约就联想到政局的变化，因而说那是“比体”；但他又感到艺术形象本身自有意义，与单纯“以彼物比此物”很有区别，就又说“如此措辞，自无痕迹”。他虽然运用术语不太确切，却毕竟看出了这四句诗的丰富含意，总算有眼力。

三、四两句，写的是眼前景，语言明净，读者不觉得用了典故。但仔细寻味，又的确“字字有来历”。用典而使人不觉，这是用典成功的例子。用了什么典故呢？《晋书·谢重传》记载了这样一个故事：谢重陪会稽王司马道子夜坐，“于时月夜明净，道子叹以为佳。重率尔曰：‘意谓乃不如微云点缀。’道子因戏重曰：‘卿居心不净，乃复强欲滓秽太清耶！’”（参看《世说新语·言语》）“云散月明谁点缀”一句中的“点缀”一词，即来自谢重的议论和道子的戏语，而“天容海色本澄清”，则与“月夜明净，道子叹以为佳”契合。这两句诗，境界开阔，意蕴深远，已经能给读者以美的感受和哲理的启迪，再和这个故事联系起来，就更多一层联想。王文诰就说：上句，“问章惇也”；下句，“公自谓也”。“问章惇”，意思是：你们那些“居心不净”的小人掌权，“滓秽太清”，弄得“苦雨终风”，天下怨愤。如今“云散月明”，还有谁“点缀”呢？“公自谓”，意思是：章惇之流“点缀”太空的“微云”既已散尽，天下终于“澄清”，强加于我苏轼的诬蔑之词也一扫而空。冤案一经昭雪，我这个被陷害的好人就又恢复了“澄清”的本来面目。从这里可以看出，诗中用典，不应全盘否定。如果用典贴切，就可以丰富诗的内涵，提高语言的表现力。

像这样在描写自然景物的句子中融合典故而使人不觉得用典的例子，在苏轼的诗中还有一些。例如他在听到哲宗病死、自己即将内迁的消息之后所作的《儋耳》诗：

霹雳收威暮雨开，独凭栏槛倚崔嵬。
垂天雌霓云端下，快意雄风海上来。
……

第一句就有出处。《新唐书》卷二〇三《吴武陵传》载：“柳宗元谪永州，而武陵亦坐事流永州，宗元贤其人。及为柳州刺史，武陵北还，……遗工部侍郎孟简书曰：‘古称一世三十年，子厚之斥十二年，殆半世矣！霆砰电射，天怒也，不能终朝；圣人在上，安有毕世而怒人臣耶？’”苏轼长期遭贬，正与柳宗元（子厚）相似，这里化用吴武陵的说法写出“霹雳收威暮雨开”的诗句，既描绘了眼前景，又反映了政局的变化及其由此引起的喜悦心情。

前三句，写天象的变化，点明渡海的时间是“夜”，还没有写“海”。第四句，“天容”与“海色”并提；五、六两句，便转入写“海”。三、四两句，上下交错，合用一个典故；五、六两句，则分别用典，显得有变化。“空余鲁叟乘桴意”中的“鲁叟”指孔子。孔子是鲁国人，所以陶渊明《饮酒诗》有“汲汲鲁中叟”之句，称他为鲁国的老头儿。孔子曾说过“道不行，乘桴浮于海”（《论语·公冶长》）的话，意思是：我的道在海内无法实行，坐上木筏子漂洋过海，也许能够实行吧！苏轼也提出过改革弊政的方案，但屡受打击，最终被流放到海南岛。在海南岛，“饮食不具，药石无有”，尽管和黎族人民交朋友，做了些传播文化的工作，但作为“罪人”，又哪里能谈得上“行道”？如今渡海北归，回想多年来的苦难历程，就发出了“空余鲁叟乘桴意”的感慨。这句诗，用典相当灵活。它包含的意思是：在内地，我和孔子同样是“道不行”。孔子想到海外去行道，却没去成，我虽然去了，并且在那里待了好几年，可是当我离开那儿渡海北归的时候，又有什么“行道”的实绩值得自慰呢？只不过空有孔子乘桴行道的想法还留在胸中罢了！这句诗，由于巧妙地用了人所共知的典，因而寥寥数字，就概括了曲折的事，抒发了复杂的情，而“乘桴”一词，又准确地表现了正在“渡海”的情景。

第五句紧扣题目，写到“乘桴”渡海，第六句便写海上波涛。这一联是对偶句，上句用典，下句也用典，铢两悉称。“轩辕”即黄帝，黄帝奏乐，见《庄子·天运篇》：“北门成问于黄帝曰：‘帝张咸池之乐于洞庭之野，吾始闻之惧，复闻之怠，卒闻之而惑；荡荡默默，乃不自得。’”接下去，黄帝便针对北门成的提问逐一解答，如说“吾又奏之以无怠之声，调之以自然之命，故若混逐丛生，林乐而无形，……动于无方，居于窈冥，或谓之死，或谓之生”等等。最后作出结论：“乐也者，始于惧，惧故祟；吾又次之以怠，怠故遁；卒之于惑，惑故愚；愚故道。道可载而与之俱也。”苏轼用这个典，以黄帝奏咸池之乐形容大海波涛之声，与“乘桴”渡海的情境很合拍。但不说“如听轩辕奏乐声”，却说“粗识轩辕奏乐声”，就又使人联想到苏轼的种种遭遇及其由此引起的心理活动。就是说：那“轩辕奏乐声”，他是领教过的，那“始闻之惧，复闻之怠，卒闻之而惑”，“惑故愚，愚故道”的种种境界，他是亲身经历、领会很深的。“粗识”的“粗”，不过是一种诙谐的说法，口里说“粗识”其实是“熟识”啊！

喜用典故，这是苏诗的特点之一，也是宋诗的共同点之一。苏轼博览群籍，笔底典故辐辏，有失也有得。有些篇章堆砌过多的典故，既生僻难懂，又枯涩少味，过去就有人讥为“事障”。另一些篇章虽用典而驱遣灵妙，精切自然，以少数之字句述复杂之事态，传丰融之情思，既显而易解，又耐人寻绎。不过，正因为用典精切，有些诗句，必须结合作者的身世和有关的历史情况，才能充分理解。陆游在《施司谏注东坡诗序》里说：

> 近世有蜀人任渊，尝注宋子京、黄鲁直、陈无己三家诗，颇称详赡。若东坡先生之诗，则援据闳博，旨趣深远，渊独不敢为之说。某顷与范公至能会于蜀，因相与论东坡诗，慨然谓予："足下当作一书，发明东坡之意，以遗学者。"某谢不能。他日，又言之。因举二三事以质之曰："'五亩渐成终老计，九重新扫旧巢痕。''遥知叔孙子，已致鲁诸生'，当若为解？"至能曰："东坡窜黄州，自度不复收用，故曰'新扫旧巢痕'，建中初，复召元祐诸人，故曰'已致鲁诸生'，恐不过如此。"某曰："此某之所以不敢承命也。昔祖宗三馆养士，储将相材；及官制行，罢三馆。而东坡盖尝直史馆，然自谪为散官，削去史馆之职久矣，至是史馆亦废，故云'新扫旧巢痕'，其用事之严如此。而'凤巢西隔九重门'，则又李义山诗也。建中初，韩、曾二相得政，尽收元祐人，其不召者亦补大藩，惟东坡兄弟犹领宫祠。此句盖寓所谓'不能致者二人'，意深语缓，尤未易窥测。……"至能亦太息曰："如此，诚难矣！"

陆游所说的"遥知叔孙子，已致鲁诸生"，是《余昔过岭而南，题诗龙泉钟上，今复过而北，次前韵》一诗的结句。此诗乃苏轼于建中靖国元年（1101）正月过大庾岭时所作。先一年，即元符三年正月，哲宗死，皇太后向氏处分军国大事；四月，韩忠彦为尚书右仆射兼中书侍郎，复叙元祐臣僚，一时人号"小元祐”。而苏轼于十一月北上至英州，得到的旨令却仅仅是：提举成都玉局观任便居住。苏辙也未复官。《汉书》卷四三《叔孙通传》里说：叔孙通建议汉高祖，愿征鲁诸生与其弟子共起朝仪；结果征得三十余人，而“鲁有两生不肯行”。苏轼的那两句诗，即用此典概括了当时的政局，语似赞扬而实含讥讽。陆游的分析，可谓深中肯綮，范成大只理解为“复召元祐诸人”，就没有抓住“意深语缓”的特点。有的注本注“空余鲁叟乘桴意”，只说坐筏子渡海，注“粗识轩辕奏乐声”，只说以乐声比大海波涛之声，似乎也未能充分挖掘诗人用典的深意。

尾联“九死南荒吾不恨，兹游奇绝冠平生”，推开一步，收束全诗。“兹游”直译为现代汉语，就是“这次出游”或“这番游历”，这当然首先照应诗题，指“六月二十日夜渡海”。但又不仅指这次渡海，还推而广之，指自惠州贬儋州的全过程。绍圣元年（1094），苏轼抵惠州贬所，不得签书公事。这期间，他作了一首《纵笔》七绝：“白头萧散满霜风，小阁藤床寄病容。报道先生春睡美，道人轻打五更钟。”执政章惇闻之，怒其犯了罪还如此“安稳”，因而又加倍处罚，责受琼州别驾、昌化军安置。他从绍圣四年（1097）六月十一日与苏辙诀别，登舟渡海，到元符三年（1100）六月二十日渡海北归，在海南岛度过了四个年头的流放生涯。这就是所谓“兹游”。很清楚，下句的“兹游”与上句的“九死南荒”并不是互不相蒙的两个概念，那“九死南荒”，即包含于“兹游”之中。当然，“兹游”的内容更大一些，它还包含此诗前六句所写的一切。

弄清了“兹游”的内容及其与“九死南荒”的关系，就可品出尾联的韵味。“九死”者，多次死去也。“九死南荒”而“吾不恨”，当然有一定的真实性。诗人自己说得很明确：他之所以“不恨”，是由于“兹游奇绝冠平生”，看到了海内看不到的“奇绝”

景色。然而“九死南荒”，全出于政敌的迫害，他固然很达观，但哪能毫无恨意呢？因此，“吾不恨”毕竟是诗的语言，不宜呆看。有人也许要问：“诗人不是明说他之所以‘不恨’，是由于‘兹游奇绝冠平生’吗?”是的，是这样说的，但妙就妙在这里。第一，仅仅看到了“奇绝”的景色，无论如何也抵不了“九死南荒”的长期折磨。诗人特意讲了“九死南荒”，却偏不说恨，而以豪迈的口气说：“九死南荒吾不恨，兹游奇绝冠平生!”既含蓄，又幽默，而对政敌迫害的蔑视之意，也见于言外。第二，“兹游”既包含自惠州贬至儋州以及“九死南荒”，遇赦北归的全过程，那么“奇绝”也就不仅指自然景色的美好。“奇绝”一词，是“奇到极点”的意思，既可形容正面事物，又可形容反面事物。诗人在“霹雳收威”、渡海北还之时总结被贬经历，饶有风趣地说：“九死南荒吾不恨，兹游奇绝冠平生!”其豪放性格和乐观情绪，都跃然纸上，而对政敌迫害的调侃之意，也见于言外。

道 潜

（1043—1102），字参寥，俗姓何，杭州於潜（今浙江临安）人。出家为僧，与苏轼、秦观相唱和。轼贬岭南，道潜亦因语含讥讽，命还俗。建中靖国初，诏复祝发。崇宁末，归老江湖。能诗善文，有《参寥子诗集》。

临平道中

道 潜

风蒲猎猎弄轻柔，欲立蜻蜓不自由。
五月临平山下路，藕花无数满汀洲。

前两句写小景。风并不大，却吹得蒲叶翩翩起舞，卖弄轻盈柔媚的腰身，还用自己的清歌伴舞。蜻蜓飞来，想在蒲叶上歇脚，却老是站不稳，忽上忽下，翻飞不定。这样有声有色的动景，只有现代的电影艺术才能摄取，却被诗人用十四个字表现出来了。

后两句写大景。“藕花无数满汀洲”，鲜艳夺目。但与前面的小景怎样联系起来呢？

苏轼《乘舟过贾收水阁》诗云：“臬臬风蒲乱，猗猗水荇长。”这说明蒲是长在水边的。道潜的这首七绝以“临平道中”为题，在大景与小景之间，又插入“五月临平山下路”，表明作者在路上行进，那路的一边紧靠“汀洲”，其视线首先被“风蒲”“蜻蜓”所吸引，接着便看见“藕花无数”。明乎此，便知道小景是统一于大景之中的；蒲叶既在清风中摇曳，藕花当然也在晃漾中散发出沁人心脾的清香。

据《冷斋夜话》记载，苏轼赴官杭州，途中见道潜此诗。“大称赏。已而相寻于西湖，一见如旧相识”。又据《续骫骳说》，苏轼见此诗而“刻诸石，宗妇曹夫人善丹青，作《临平藕花图》，人争影写。”

黄庭坚

（1045—1105），字鲁直，号山谷道人，晚号涪翁，洪州分宁（今江西修水）人。英宗治平四年（1067）进士。与张耒、晁补之、秦观并称“苏门四学士”。诗与苏轼齐名，并称“苏黄”。诗以杜甫为宗，兼法韩愈，有“夺胎换骨”“点铁成金”之论，风格奇崛拗峭，清新瘦硬，被尊为江西诗派之祖，影响颇大。能词善书，书法为“宋四家”之一。有《豫章黄先生文集》《山谷琴趣外编》《山谷刀笔》。

寄黄几复

黄庭坚

我居北海君南海，寄雁传书谢不能。
桃李春风一杯酒，江湖夜雨十年灯。
持家但有四立壁，治病不蕲三折肱。
想见读书头已白，隔溪猿哭瘴溪藤。

据“原注”，这首诗于“乙丑年德平镇作”。“乙丑”为宋神宗元丰八年（1085），此时黄庭坚监德州（今属山东）德平镇。黄几复，名介，南昌（今江西南昌）人，与黄庭坚少年交游，此时知四会（今属广东），其事迹见黄庭坚所作《黄几复墓志铭》（《豫章黄先生文集》卷二三）。

“我居北海君南海”，起势突兀。写彼此所居之地一“北”一“南”，已露怀念友人、望而不见之意；各缀一“海”字，更显得相隔辽远，海天茫茫。作者跋此诗云：“几复在广州四会，予在德州德平镇，皆海滨也。”“海滨”，当然不等于“海上”。作者直说“我居北海”“君（居）南海”，一是为了“字字有来历”，二是为了强调相隔之远、相思之深。

“寄雁传书谢不能”，这一句从第一句中自然涌出，在人意中，但又有出人意外的地方。两位朋友一在北海，一在南海，相思不相见，自然就想到寄信，“寄雁传书”的典故也就信手拈来。李白长流夜郎，杜甫在秦州作的《天末怀李白》诗里说：“凉风起天末，君子意如何？鸿雁几时到，江湖秋水多。”强调音书难达，说“鸿雁几时到”就行了。黄庭坚却用了与众不同的说法：“寄雁传书——谢不能。”——我托雁儿捎一封信去，雁儿却谢绝了。她说：“你要我把信捎到南海吗，办不到啊！我哪里有本事飞到南海去呢？”“寄雁传书”，这典故太熟了，但继之以“谢不能”，立刻变陈熟为生新。黄庭坚是讲究“点铁成金”法的，王若虚批评说：“鲁直论诗，有‘夺胎换骨’‘点铁成金’之喻，世以为名言。以予观之，特剽窃之黠者耳。”（《滹南诗话》卷下）类似“剽窃”的情况当然是有的，但也不能一概而论。上面所讲的诗句，可算成功的例子。

“寄雁传书”，本非实事，《汉书·苏武传》讲得很清楚。作典故用，不过表示传递书信罢了。但既用这个典，就要考虑雁儿究竟能飞到何处。相传大雁南飞，至衡阳而止，春天再飞回北方。王勃《秋日登洪府滕王阁饯别序》云：“雁阵惊寒，声断衡阳之浦。”欧阳修《送张道州》云：“身行南雁不到处，山与北人相对愁。”秦观《阮郎归》云：“衡阳犹有雁传书，郴阳和雁无。”黄庭坚的诗句，亦同此意，但把雁儿拟人化，写得更有情趣。

第二联在当时就很有名。《王直方诗话》云：“张文潜谓余曰：黄九云：‘桃李春风一杯酒，江湖夜雨十年灯’，真奇语。”这两句诗所用的词都是常见的，甚至可说是“陈言”，谈不上“奇”。张末称为“奇语”，当然是就其整体说的，可惜的是何以“奇”，“奇”在何处，他没有讲。在我们看来，一是词儿挑选得好，二是词儿的搭配好。挑选了这样的词儿，作了这样的搭配，就创造出清新隽永的意境，给人以强烈的艺术感染。

宋人任渊注《山谷内集》极精，但说这“两句皆记忆往时游居之乐”，看来是弄错了。据《黄几复墓志铭》所载，黄几复于熙宁九年（1076）“同学究出身，调程乡尉”，距作此诗刚好十年。结合诗意来看，黄几复“同学究出身”之时，是与作者在京城里相聚过的，紧接着就分别了，一别十年。这两句诗，上句追忆京城相聚之乐，下句抒写别后相思之深。两句诗只有十四个字，容量很有限，怎样表现这么多内容呢？诗人通过恰当的选词和巧妙的配合解决了这个问题。试想，仅仅说明“我们两个当年相会”，就得用好几个字，再要写出相会之乐，就更费笔墨。诗人摆脱常境，不用“我们两个当年相会”之类的一般说法，却拈出“一杯酒”三字。“一杯酒”，这太常见了！但惟其常见，正可给人以丰富的暗示。沈约《别范安成》云：“勿言一樽酒，明日难重持。”王维《送元二使安西》云：“劝君更进一杯酒，西出阳关无故人。”杜甫《春日忆李白》云：“何时一樽酒，重与细论文？”故人相见，或谈心，或论文，总是要吃酒的。仅用“一杯酒”，就写出了两人相会的情景。诗人又选了“桃李”“春风”两个词。这两个词，也很陈熟，但正因为熟，能够把阳春烟景一下子唤到读者面前，给人以美感和快感。李白《春夜宴桃李园序》中的“会桃李之芳园，叙天伦之乐事”，白居易《长恨歌》中的“春风桃李花开日”，不是都很有魅力吗？用这两个词给“一杯酒”以良辰美景的烘托，就把朋友相会之乐表现出来了。

再试想，要用七个字写出两人离别和别后思念之殷，也不那么容易。诗人却选了“江湖”“夜雨”“十年灯”，作了动人的抒写。“江湖”一词，能使人想到流转和漂泊，杜甫《梦李白》云：“江湖多风波，舟楫恐失坠。”“夜雨”，能引起怀人之情，李商隐《夜雨寄北》云：“君问归期未有期，巴山夜雨涨秋池。”在“江湖”而听“夜雨”，就更增加萧索之感。“夜雨”之时，需要点灯，所以接着选了“灯”字。“灯”，这是一个常用词，而“十年灯”，则是作者的首创。创这个词，和“江湖夜雨”相连缀，就能激发读者的一连串想象：两个朋友，各自漂泊江湖，每逢夜雨，独对孤灯，互相思念，深宵不寐。而这般情景，已延续了十年之久啊！

温庭筠不用动词，只选择若干名词加以适当的配合，写出了“鸡声茅店月，人迹板桥霜”两句诗，真切地表现了“商山早行”的情景，颇为后人所称道。欧阳修有意学习，在《送张至秘校归庄》诗里写了“鸟声梅店雨，柳色野桥春”一联，终觉其在范围之内，他自己也不满意（参看《诗话总龟》《存余堂诗话》）。黄庭坚的这一联诗，吸取了温诗的句法，却创造了独特的意境。“桃李”“春风”“一杯酒”“江湖”“夜雨”“十年灯”，这都是些名词或名词性词组，其中的每一个词或词组，都能使人想象出特定的景象、特定的情境。诗人不用动词或任何关联词，只把这些名词或名词性词组按其性质作精心的组合，创造了两个既无主语又无谓语的诗句，而各个名词或名词性词组所唤起的各种景象或情境，便或者相互融合，或者相互对照，展现了耐人寻味的艺术天地。

关于性质相近的词儿互相融合所产生的艺术效果，前面已作过说明，这里再谈谈相互对照。

这两句诗是相互对照的。两句诗除各自表现的情景之外，还从相互对照中显示出许多东西。第一，下句所写，分明是别后十年来的情景，包括眼前的情景，那么，上句所写，自然是十年前的情景。因此，上句无须说“我们当年相会”，而这层意思已从与下句的对照中表现出来。第二，“江湖”除了前面所讲的意义之外，还有与京城相对峙的意义，所谓“身在江湖，心存魏阙”，就是明显的例证。“春风”一词，也另有含义。孟郊《登科后》诗云：“昔日龌龊不足夸，今朝放荡思无涯。春风得意马蹄疾，一日看尽长安花。”和下句对照，上句所写，时、地、景、事、情，都依稀可见：时，十年前的春季；地，北宋王朝的京城开封；景，春风吹拂，桃李盛开；事，友人“同学究出身”，把酒欢会；情，则洋溢于良辰美景、赏心乐事之中。

“桃李春风”与“江湖夜雨”，这是“乐”与“哀”的对照；“一杯酒”与“十年灯”，这是“一”与“多”的对照。“桃李春风”而共饮“一杯酒”，欢会何其短促！“江湖夜雨”而各对“十年灯”，漂泊何其漫长！快意与失望，暂聚与久别，往日的交情与当前的思念，都从时、地、景、事、情的强烈对照中表现出来，令人寻味无穷。张耒评为“奇语”，并非偶然。

后四句，从“持家”“治病”“读书”三个方面表现黄几复的为人和处境。

“持家——但有四立壁”，“治病——不蕲三折肱”。这两个句子也是相互对照的。作为一个县的长官，家里只有立在那儿的四堵墙壁，这既说明他清正廉洁，又说明他把全部精力和心思用于“治病”和“读书”，无心也无暇经营个人的安乐窝。“治病”句化用了《左传·定公十三年》记载的一句古代成语：“三折肱，知为良医。”意思是说，一个人如果三次跌断胳膊，就可以断定他是个好医生，因为他必然积累了治疗和护理的丰富经验。在这里，当然不是说黄几复会“治病”，而是说他善“治国”。“治病”和“治国”的道理是相通的，所以《国语·晋语》里就有“上医医国，其次救人”的说法。黄庭坚在《送范德孺知庆州》诗里也说范仲淹“平生端有活国计，百不一试埋九京。”作者称黄几复善

“治病”但并不需要“三折肱”，言外之意是他已经有政绩，显露了治国救民的才干，为什么还不重用，老要他在下面跌撞呢？

尾联以“想见”领起，与首句“我居北海君南海”相照应。在作者的想象里，十年前在京城的“桃李春风”中把酒畅谈理想的朋友，如今已白发萧萧，却仍然像从前那样好学不倦！他“读书头已白”，还只在海滨做一县令。其读书声是否还像从前那样欢快悦耳，没有明写，而以“隔溪猿哭瘴溪藤”作映衬，就给整个图景带来凄凉的氛围；不平之鸣，怜才之意，也都蕴涵其中。

黄庭坚推崇杜甫，以杜诗为学习榜样，七律尤其如此。但比较而言，他的学习偏重形式技巧方面。他说：“老杜作诗，退之作文，无一字无来处，盖后人读书少，故谓韩、杜自作此语耳。古之能为文章者，真能陶冶万物，虽取古人之陈言入于翰墨，如灵丹一粒，点铁成金也。”（《答洪驹父书》）杜甫的杰出之处主要表现在以“穷年忧黎元”的激情艺术地反映了安史之乱前后的广阔现实。诗的语言也丰富多彩，元稹就赞赏“怜渠直道当时语，不着心源傍古人”的一面。当然，杜甫的不少律诗也是讲究用典的，黄庭坚把这一点推到极端，追求“无一字无来处”，其流弊是生硬晦涩，妨碍了真情实感的生动表达。但这也不能一概而论。例如《郭明甫作西斋于颍尾请予赋诗二首》其二云：“东京望重两并州，遂有汾阳整缀旒。翁伯入关倾意气，林宗异世想风流。君家旧事皆青史，今日高材未白头。莫倚西斋好风月，长随三径古人游。”诗中连举五位姓郭的历史人物，勉励郭明甫继武先辈，建功立业，莫作退隐之想，虽多用书卷而气机畅达，结构新颖，不失为别出心裁的佳作。这首《寄黄几复》，也可以说是“无一字无来处”。第一句用《左传·僖公四年》楚成王问齐桓公的话：“君处北海，寡人处南海，惟是风马牛不相及也。”第二句“寄雁传书”见《汉书·苏武传》；“谢不能”则出自

《汉书·项籍传》："东阳少年杀其令，相聚数千人，欲立长，无适用，乃请陈婴。婴谢不能，遂强立之。"三、四两句，除"十年灯"外，当然也字字有来历。第五句用《史记·司马相如传》典："相如驰归成都，家徒四壁立。"第六句"三折肱"出于《左传》。七、八两句要找出处，也是有的。杜甫《不见》诗云："匡山读书处，头白好归来。"《九日》诗云："殊方日落玄猿哭。"总起来看，这首诗虽"无一字无来处"，但不觉晦涩，有的地方，还由于活用典故而丰富了诗句的内涵，而取《左传》《史记》《汉书》中的散文语言入诗，又给近体诗带来苍劲古朴的风味。

黄庭坚主张"宁律不谐而不使句弱"。他的不谐律是有讲究的，方东树就说他"于音节尤别创一种兀傲奇崛之响，其神气即随此以见"。在这一点上，他也学习杜甫。杜甫首创拗律，如"落花游丝白日静，鸣鸠乳燕青春深"，"有时自发钟磬响，落日更见渔樵人"等句，从拗折之中，见波峭之致。黄庭坚推而广之，于当用平字处往往易以仄字，如"只今满坐且尊酒，后夜此堂空月明"，"黄流不解涴明月，碧树为我生凉秋"，"清谈落笔一万字，白眼举觞三百杯"，"秋千门巷火新改，桑柘田园春向分"，"忽乘舟去值花雨，寄得书来应麦秋"，都句法拗峭而音响新异，具有特殊的韵味。这首《寄黄几复》亦然。"持家"句两平五仄，"治病"句也顺中带拗，其兀傲的句法与奇峭的音响，正有助于表现黄几复廉洁干练、刚正不阿的性格。

黄庭坚与黄几复交情很深，为他写过不少诗，如《留几复饮》《再留几复饮》《赠别几复》等等。这首《寄黄几复》，称赞黄几复廉正、干练、好学，而对其垂老沉沦的处境，深表惋惜，情真意厚，感人至深。而在好用书卷，以故为新，运古于律，拗折波峭等方面，又都表现出黄诗的特色，可视为黄庭坚的代表作。

登 快 阁

黄庭坚

痴儿了却公家事，快阁东西倚晚晴。
落木千山天远大，澄江一道月分明。
朱弦已为佳人绝，青眼聊因美酒横。
万里归船弄长笛，此心吾与白鸥盟。

首联构思奇妙、造语生新，上句用《晋书·傅咸传》典。夏侯济与傅咸书曰："天下大器，非可稍了，而相观每事欲了。生子痴，了官事，官事未易了也。了事正作痴，复为快耳。"这是说会"了官事"的是"痴儿"。作者则甘以"痴儿"自居，一开头便说：我这个"痴儿"办完了公事，很以"为快"，一下班便来登"快阁"。就夏侯济的话反其意而用之，自我调侃，饶有风趣。句中又暗含夏侯济讥笑"痴儿"一"了官事"便以"为快"的那个"快"字，与下句的"快阁"拍合，其用典之妙，也令人惊喜。下句"快阁东西倚晚晴"的"晚"字与上句"了却公家事"照应，表明为"了却公家事"忙了一整天，天晚才来登"快阁"，真够"痴"！"晴"字唤起下联的"月"字，但"倚"的对象只应是具体的"阁"，他却偏说"倚晚晴"，这就调动读者的想象，想到整个"快阁"都沉浸在明丽的月色之中。"倚"的位置，应该是固定的；而作者却连用"东、西"两字，这又调动读者的想象，想到诗人迷恋快阁周围的景色，时而走到东，时而走到西，"倚"遍"快阁"的东西南北。这一联诗，不过是点题目《登快阁》罢了，却表现出这么多东西！这就是这位江西诗派创始者的独特本领。

次联承“倚晚晴”写景，是著名的警句。上句意境雄阔，读之令人心胸开朗。而因“落木千山”，了无障蔽，才显出“天远大”，又蕴含哲理，能给人以思想启迪。下句景物明丽，读之令人心地澄澈。而因江水澄净、微澜不起，才照出“月分明”，也寓有深义，耐人寻绎。李白“木落秋山空”，只说“空”而已；谢朓“澄江净如练”，只说“净”而已。山谷却将“山空”与天远、“江净”与月明联系起来，创造出“落木千山天远大，澄江一道月分明”的佳句，这不仅得力于他的“脱胎换骨”法，更是他视野开阔，襟怀淡远的艺术体现。

三联抒发世无知音的感慨，引出尾联写归隐：“万里归船弄长笛”，既与次联展现的阔远境界拍合，又与三联“青眼聊因美酒横”联系，把抒情主人公的孤高、兀傲神态表现得淋漓尽致。

方东树《昭昧詹言》评此诗：“起四句且叙且写，一往浩然。五、六对意流行，收尤豪放。此所谓寓单行之气于排律之中者。”律诗由于受格律的限制，很容易写得板滞窘促，奄奄无生气。此诗则在讲究平仄、对偶、韵律的同时运单行之气，像李白歌行那样纵横驰骋，舒卷自如，达到了既“运古入律”，又饶有情韵的艺术境界。韦居安《梅磵诗话》记载：“快阁”经黄庭坚作此诗品题而“名重天下”。前后和此诗者，“无虑数万篇”，都未能赶上原作。

送范德孺知庆州

黄庭坚

乃翁知国如知兵，塞垣草木识威名。
敌人开户玩处女，掩耳不及惊雷霆。
平生端有活国计，百不一试埋九京。

阿兄两持庆州节，十年麒麟地上行。
潭潭大度如卧虎，边人耕桑长儿女。
折冲千里虽有余，论道经邦政要渠。
妙年出补父兄处，公自才力应时须。
春风旂旗拥万夫，幕下诸将思草枯。
智名勇功不入眼，可用折棰笞羌胡。

题目是《送范德孺知庆州》，诗既要写范德孺，又不能脱离庆州（今甘肃庆阳）。庆州当时是抗御西夏侵扰的军事要地，范德孺出知庆州，责任重大，但他还年轻，没有多少军功政绩可以称颂，因而要写一篇内容充实，足以抒发作者政治见解的送行诗，就很难下笔。这篇诗构思、谋篇之妙，在于通过赞颂范德孺父兄的功业来烘托范德孺本人，而对范德孺知庆州的期望，即蕴含于对其父兄功业的赞颂之中。

全诗以“乃翁”发端，单刀直入，用六句诗写范仲淹。“知国如知兵”，是对他的总评价。“知国”照应下文“活国计”；“知兵”引起“塞垣”三句。范仲淹知庆州，改革军制，巩固边防，恩威并用，夷夏敬服，称为“龙图老子”，赞他“胸中有十万甲兵”。对于这一切，只用“塞垣草木识威名”一句概括，而形象鲜明，饶有诗意。“敌人”两句，点化兵家语言赞颂范仲淹善用兵，上下句既互相映衬，兼写敌我双方；又一气贯注，气机流畅。“有活国计”而“百不一试”，便长埋地下，是对范仲淹“庆历新法”因受保守势力反对而未能实现的沉痛惋惜。不能用“知国”者革除弊政，富民强国，又怎能消除外患？这是作者的主导思想。

中间六句以“阿兄”领起，写范纯仁“两持庆州节”。其赞颂的重点，在于威慑敌人，劝民耕桑，使百姓安居乐业，长养儿女。

后两句承上转下：范纯仁在安边御敌方面虽然才干有余，可是他更善于治理国家，因而国家正需要他。这和前段强调“知国”“活国”相一致，又点明范纯仁内调，其遗缺由乃弟接任，引出第三段。

后六句写范德孺。“妙年”两句，以“出补父兄处”收拢前两段入题，以“才力应时须”引出以下四句，归结到“送范德孺知庆州”。用笔灵妙，承转自如。“春风”两句，写仪仗之盛、军容之壮及将士斗志高昂，用以烘托主帅，读者总以为接下去要期望范德孺一到庆州便大张挞伐。及读结尾两句，才知并非如此。“智名勇功不入眼”，是说不要在个别战役或局部问题上追求“智名勇功”，而要善于统筹全局。“可用折棰笞羌胡”，是说如果西夏敢来侵犯，用短棍赶跑即可，无须大动干戈。对于范德孺知庆州的期望之所以只写这一些，是因为前两段对他父兄的赞颂，也就是对他的期望。只要像他父兄那样加强防御，恩威并用，安抚百姓，发展生产，便可折冲千里之外，使敌人不敢来犯；如果来，略施教训，便可解决问题。可以看出，作者在这首诗里，通过对范仲淹、范纯仁的赞颂和对范德孺的期望，阐发了他自己对于治国安边的进步主张。

换韵与换意统一，乃是写古体诗的常规。其必须统一的道理也显而易见，无须解释。而这首诗却偏偏打破常规，其原因何在呢？

四句诗同押一韵，或者翻一番八句诗同押一韵，读起来较顺畅自然。此诗写父子三人各用六句，倘换韵与换意统一，每六句同押一韵，则读起来略嫌跛脚；而且，全诗由句数相等、用韵相同的三段组成，显得匀衡平板，无综错变化之美。作者因此打破常规，前后八句各押平韵，中间两句独押仄韵，以押韵的变化调剂了分段的均衡。八句同押一韵，读起来即较顺畅，而中间写范纯仁的六句，前两句与写其父的六句同韵，后两句与写其弟的六句同韵，起了前后衔接、过渡的作用。在前后平韵之间以两句独押仄韵，奇峰突起，警挺异常。而“潭潭大度如卧虎，边人耕桑长儿女”所表达的，正是作者对范德孺的殷切期望，因而用独特的艺术手法加以强调，收到了预期的艺术效果。

不能说只要不符合换韵与换意相统一的常规，便是创新。在一般情况下，韵、意相谐，声、情相应的规律应该遵守，而不宜随意打破。

题竹石牧牛（并引）

黄庭坚

子瞻画丛竹怪石，伯时增前坡牧儿骑牛，甚有意态，戏咏。

野次小峥嵘，幽篁相倚绿。
阿童三尺棰，御此老觳觫。
石吾甚爱之，勿遣牛砺角！
牛砺角尚可，牛斗残我竹。

此诗作于元祐三年（1088），作者在京任史官。这年春天，苏轼知贡举，作者与李公麟同为属员，时相过从。苏轼善画竹、石，李公麟善画人物、牛、马。由他们两人合作的这幅《竹石牧牛图》，当然“甚有意态”，值得写一首绝妙的题画诗。

前四句再现画中景。以“觳觫”代“牛”，强调其老迈之态；以“峥嵘”代“石”，突出其峭拔之势。当然，以形容词代名词，有时含混不清；例如“峥嵘”，可以形容多种事物，并不限于形容怪石。然而小序中既已说明画中有牛、有石，后四句又直称牛、石，联系起来看，就明白无误，还颇有谐趣。

后四句，作者忽然对牧童讲话：“石，我很喜爱它，可别让牛在那上头磨角！万一牛去磨角，你又管不住，那就让它磨吧。可千万别让牛打架！要是打起架来，就把我的竹子踩坏了！”

画中的峥嵘小石和翠绿丛竹多么意态横生，引人喜爱；画中的阿童虽然拿着“三尺棰”，毕竟太年幼，不一定能管住几头牛，那几头牛虽然“老”，但牛性犹存，说不定会到石上磨角，甚至打斗起来，殃及丛竹。这一切，都从那篇讲话中表现出来，多么妙！当然，表现出来的，还有作者喜爱竹石的雅趣。

全诗语言省净，音节拗峭。后四句散文化倾向极突出，符合讲话的口吻；其奇思妙想，尤令人赞叹不已，是题画诗中别开生面的佳作。

和答元明黔南赠别

黄庭坚

万里相看忘逆旅，三声清泪落离觞。
朝云往日攀天梦，夜雨何时对榻凉？
急雪鹡鸰相并影，惊风鸿雁不成行。
归舟天际常回首，从此频书慰断肠。

绍圣二年（1095），作者被贬为涪州别驾，黔州安置，他的哥哥黄元明从汴京附近陪送他直至贬所。作者在《书萍乡县厅壁》一文中曾追述经过：“元明自陈留出尉氏、许昌，渡汉沔，略江陵，上夔峡，过一百八盘，涉四十八渡，送余安置于摩围山之下。淹留数月，不忍别；士大夫共慰勉之，乃肯行。掩泪握手，为万里无相见期之别。”手足情深，令人感动。元明作“赠别”诗，这是“和答”之作。

首联飘然而来，以“万里相看”概括了长兄送行，“过一百八盘，涉四十八渡”的艰苦旅程，而以“忘逆旅”反衬下句。从汴京至贬所，万里旅途，险象环生，但由于兄弟互相照看，形影不离，所以忘记了这是在逆旅中奔波。可是如今呢，尽管哥哥预感到相见无期而不忍分别，但在“淹留数月”后仍然不得不分别，听到“猿鸣三声”，便忍不住伤心落泪，落入饯行的酒杯。两句诗，浓缩了被贬出汴京以来的多少经历，而又互相映衬，跌宕起伏，情景交融，气机流畅。解此诗者将首句与次句合在一起，认为都写饯别时情景，不仅“万里”无着落，而且对诗的真正好处，也未能充分领会。

次联大开大合，大起大落。上句追忆往昔：兄弟二人都少怀大志，做过“攀天梦”。下句从眼前想未来：自己被贬官黔州，与哥哥在贬所分手，恐怕永无见期，什么时候还能对榻听雨，共享夏夜的清凉呢？

三联抒写兄弟的险恶遭遇，兼摄今昔：我们兄弟俩像鹡鸰鸟那样在“急雪”中奋飞，挣扎、拼搏，始终形影相随，未被急雪打散。可是如今遇到如此猛烈的“惊风”，刮得我们“鸿雁不成行”，终于天各一方了！化用典故，赋中有比，景中有情。

尾联照应“离觞”写送别情景。上句从谢朓“天际识归舟”化出。“归舟”已到“天际”，仍然“常回首”，其长兄频频回头遥望弟弟的神态与其恋恋不忍遽去的深情，俱跃然纸上。这情景，又是从送行者眼中看出的，作者伫立江岸，遥望其兄乘舟远去的神态及其心态如何，亦不难想象。“归舟”终于在天际消失，从此相见无期，只有频频寄书，互相安慰了！

“三声清泪”“朝云”，皆点化旧文，既另有新意义，又点饯别之地。“攀天梦”“夜雨对榻”“鹡鸰”“雁行”“归舟天际”等都有出处，这是山谷七律本色，但由于抒写的是宦海浮沉之感、兄弟急难之情和“万里无相见期之别”的无限痛楚，激情喷涌，急待表达，而胸中又富有书卷，成语典故，信手拈来，悉归熔铸，浑化无迹，自然超妙。山谷诗的兀傲峭拔风格，仍然依稀可见；但峭拔中见深婉，兀傲中见风神，是山谷七律中最明畅圆融、深挚感人的佳作。

秦　观

（1049—1100），字太虚，后改字少游，号邗沟居士、淮海居士，扬州高邮（今属江苏）人。神宗元丰八年（1085）进士。与黄庭坚、晁补之、张耒为“苏门四学士”。诗亦风格隽秀，但略嫌纤弱。有《淮海集》四十卷，后集六卷。

春日五首（其一）

秦　观

一夕轻雷落万丝，霁光浮瓦碧参差。
有情芍药含春泪，无力蔷薇卧晓枝。

元好问《论诗三十首》第二十四云：“有情芍药含春泪，无力蔷薇卧晚（应作‘晓’）枝。拈出退之《山石》句，始知渠是女郎诗。”元氏论诗，重骨力气格，故以韩愈《山石》“芭蕉叶大栀子肥”对比，称秦观此诗为女郎诗。秦观写春雨后的芍药、蔷薇，神情毕肖，自是佳句。题材不同，不能一概而论。瞿佑《归田诗话》、薛雪《一瓢诗话》、袁枚《随园诗话》等以为杜甫有“香雾云鬟湿，清辉玉臂寒”之句，韩愈有“银烛未销窗送曙，金钗欲醉坐添香”之句，“诗贵相题而作，不可拘以一律”，都很有见地。

张　耒

(1052—1112)，字文潜，号柯山，楚州淮阴（今属江苏）人。熙宁间进士，历任县尉、县丞、秘书省正字、著作郎等。少以文章受知于苏轼兄弟，为“苏门四学士”之一。诗受白居易影响颇大，常抨击时弊；诗风平易坦荡。有《柯山集》。

有　感

张　耒

群儿鞭笞学官府，翁怜痴儿傍笑侮。
翁出坐曹鞭复呵，贤于群儿能几何？
儿曹相鞭以为戏，翁怒鞭人血满地。
等为戏剧谁后先？我笑谓翁儿更贤。

上行下效；老子干什么，儿子就学什么。做上级、做老子，必须百倍重视自己的示范作用。

这首诗一开头，就写了一位既当老子又当官的家伙所起的示范作用：“群儿鞭笞学官府”。高适做封丘县尉时说他“鞭打黎庶令人悲”（《封丘作》），这算是有良心的。可这个既当老子又当官的家伙看见“群儿”学他耍威风，用鞭子互相抽打，却不感到痛心，反而嘲笑“群儿”太“痴”，可见他已经丧尽天良了。以下六句，把这位“翁”与“群儿”作比较，说“群儿”互相鞭打，不过是闹着玩玩，而“翁”可是动真格的：用一“怒”字，可以想见咆哮如雷的凶相；“鞭人血满地”，更表现出他草菅民命的暴行。诗人由此得出结论：“儿”比“翁”贤。然而有其父必有其子，他那儿子长大后如果凭借他的后台当了官，又会怎样呢？

陈师道

（1053—1101），字无己，一字履常，号后山居士，彭城（今江苏徐州）人。因苏轼、孙觉举荐，为徐州教授。徽宗即位，任太学博士，秘书省正字等职。其诗远宗杜甫，近师黄庭坚，清劲简古。与黄庭坚、陈与义被尊为江西诗派“三宗”。有《后山集》。

别　三　子

陈师道

夫妇死同穴，父子贫贱离。
天下宁有此？昔闻今见之！
母前三子后，熟视不得追。
嗟乎胡不仁，使我至于斯！
有女初束发，已知生离悲。
枕我不肯起，畏我从此辞。
大儿学语言，拜揖未胜衣。
唤爷我欲去？此语那可思？
小儿襁褓间，抱负有母慈；
汝哭犹在耳，我怀人得知？

陈师道很穷，老婆孩子饿肚子。元丰七年（1084），他岳父郭概到四川去做官，把女儿和外孙全部带走，以减轻女婿的生活负担。陈师道于送走他们后作此诗。

前八句写与老婆孩子分别。头两句写分别原因，吞吐哽咽：夫妇活着不能同住一起，看来只有等待死后“同穴”了！为何活着不能同住，“父子贫贱离”一句作了补充说明：因为“贫贱”，养不活妻子儿女，才落到这一地步。“母前三子后，熟视不得追”，语极沉痛。“熟视”三个孩子跟着母亲走了，真想把他们追回来；但追回来又拿什么填肚子！因此，想追又“不得追”，不禁嗟叹哀怨，质问老天怎么这般不仁慈。

后面十二句，补写离别惨景。女儿年纪大一点，已懂得别离的悲哀，因而枕在父亲身上不肯起来，害怕从今以后再见不到父亲的面。大儿子才学习说话，身体稚弱，连拜、揖时穿的衣服都显得沉重，却连声呼喊：“爸爸，我要去！我要去！”小儿子还在襁褓中，在母亲背上哭哭啼啼。

全诗由作者用“我”的口吻直接倾诉别妻、别儿女的悲惨情景，语言简短、质朴，字字发自肺腑，表现力极强。三个不同年龄的幼儿在分别时的不同表情和他们随母远去的情态，以及作者仰呼苍天，痛彻五内，热泪迸流的神情，都跃然纸上。不难设想，如果作者改用华丽的语言，必将给人以华而不实、言不由衷的感觉。有人批评这首诗“文采不扬”，乃是由于不懂得“至情无文”的道理。

寄外舅郭大夫

陈师道

巴蜀通归使，妻孥且旧居。
深知报消息，不忍问何如。
身健何妨远，情亲未肯疏。
功名欺老病，泪尽数行书。

作者的妻子儿女到了巴蜀，其岳父托人送来平安家报，因作此诗寄岳父。

首句写乍见使者的惊喜之情，蜀道艰险，竟然能“通”，来了使者！次句写急于知道妻儿近况，心中默祷：但愿妻子儿女像旧日那样平安就好。第二联从宋之问“近乡情更怯，不敢问来人”（《渡汉江》）、杜甫“反畏消息来，寸心亦何有”（《述怀》）化出：深知使者是来报消息的，不等他开口，便想问妻儿们怎么样，却生怕听到不好的消息，不敢问。第三联写已经听到消息，妻儿们都平安健康，因而松了一口气：只要身健就好，远一点不妨；骨肉之间的感情总是那么亲，不会因为远在异乡就疏远了。尾联报告自己的近况，感慨作结：“功名”这东西也太势利，看见“我”又老又病，就越发欺侮“我”，躲得远远的，不肯让“我”沾一点边，妻子儿女，只好连累岳父了！边写信边流泪，只写了短短几行，眼泪已经流“尽”。从全诗的叙述、描写看，这感情是真实的。

方回评此诗：“后山学老杜，此其逼真者。枯淡瘦劲，情味深幽。”纪昀评此诗：“情真格老，一气浑成。”（《瀛奎律髓汇评》卷十）惟其“情真”，故全篇只是向家人倾诉胸怀，毫无矫揉造作，散文化、口语化的特点十分突出，然而又完全合律，是一首不折不扣的五言律诗。光有真情而无深厚的艺术功力，也不可能写出这样的好诗。当然，黄庭坚的艺术功力更深厚，但往往缺乏真情实感而语言伤于工巧，故艺术感染力受到削弱。陈师道曾说“人言我语胜黄语”，其关键在此。

春怀示邻里

陈师道

断墙着雨蜗成字，老屋无僧燕作家。
剩欲出门追语笑，却嫌归鬓着尘沙。
风翻蛛网开三面，雷动蜂窠趁两衙。
屡失南邻春事约，只今容有未开花。

这是陈师道的名作。题为《春怀》，却不像一般诗人那样写春风骀荡、春花绚丽、春意盎然，而是创造了一种前人未有的独特意境。首联写自己的家。“老屋”“断墙”，像是破烂的僧房，够凄凉的，然而毕竟有些春意：“断墙”经过春雨的润泽，蜗牛爬来爬去，篆了许多字；“老屋”虽然破烂，连和尚都不屑住，可那燕子却欣然飞来，筑巢安家，与主人和睦相处。次联紧扣题目，写自己很想“出门”，和邻里说说笑笑，共享春天的欢乐，可是风太大，如果出门，归家时必然满头沙尘，所以还是待在家里好。三联写院子里的春景：“风翻蛛网”，已经吹破三面，小飞虫们有了更多的自由；至于那窠蜜蜂，根本不怕风吹，早晚两次排衙，嗡嗡轰鸣，简直像打雷一样。你看，室内蜗牛篆字，燕作家，屋外风破网，蜂排衙，不都很有一点春天的味道吗？尾联上句应第二联：因为风大怕出门，所以邻人多次约会春游，却多次失约，现在真想践约了，也许还有尚未开放的花儿吧！

方回评此诗：“淡中藏美丽，虚处着工夫。”纪昀评此诗：“刻意劖削，脱尽甜熟之气。”（《瀛奎律髓汇评》卷十）都评得很中肯。

晁补之

(1053—1110)，字无咎，巨野（今属山东）人。十七岁至杭州，著《钱塘七述》，为苏轼称赏，为“苏门四学士”之一。元丰二年（1079）中进士。其诗文“温润典缛”，有名于时。工词，亦擅丹青。有《鸡肋集》《晁氏琴趣外篇》。

自题画留春堂山水大屏

晁补之

胸中正可吞云梦，盏里何妨对圣贤。
有意清秋入衡霍，为君无尽写江天。

晁补之是诗人、词人、画家，善画山水、人物、鸟兽，陈师道称他为“今代王摩诘”。《留春堂山水大屏》是他的得意之作，这首七绝，是题这幅画的。

首句从司马相如《子虚赋》“吞若云梦者八九于其胸中”化出。云、梦本为二泽，跨今湖南、湖北两省，方圆九百里。后来大部分淤成陆地，便合称云梦泽。“胸中正可吞云梦”，是说他由于吞“云梦”于胸中，所以画成了《留春堂山水大屏》。作者在《赠文潜甥杨克一学文与可画竹求诗》一诗中说：“与可画竹时，胸中有成竹。”他画山水时，胸中也有山水。

次句写饮酒助兴。《三国志·徐邈传》载：“醉客谓酒清者为圣人，浊者为贤人。”“盏里何妨对圣贤”，是说不妨从酒杯里面对圣人和贤人——清酒和浊酒。

三、四句推开一步：我还想等到清秋时节登上南岳，放眼四望，把无边无际的“江天”写入新的画幅。

晁补之主张“诗传画外意，贵有画中态”，这首诗，只第一句点题，其他三句，都从画外发挥。第一句固然包含胸有山水、因而画出了山水之意，可算点题，但更明显的是表现出吞吐宇宙的阔大胸怀。第二句的“圣贤”也有双关意义，耐人寻味。全诗意境雄阔，气象宏伟，近似苏轼的风格。

晁说之

（1059—1129），字以道，号景迂生，济州巨野（今属山东）人。神宗元丰五年（1082）进士。博学能文，善画山水。忧民忧国，指斥奸邪，反对投降，形诸吟咏，为南宋爱国诗的先声。有《有景迂生集》。

明皇打球图

晁说之

宫殿千门白昼开，三郎沉醉打球回。
九龄已老韩休死，明日应无谏疏来。

面前是一幅《明皇打球图》，要题诗，可以从不同角度发挥。作者眼里见的、心里忧的，都是当朝天子宋徽宗荒淫误国的情景：宠信阿谀逢迎的小人，排斥直言敢谏的贤臣，淫乐无度，荒废政事；他也喜欢踢球，陪他踢球的都青云直上。这就激发了作者的创作灵感，写出了这首千古传诵的好诗。

前两句点题，妙在不正面描写打球的精彩场面，只说“打球回”。打打球，有什么错？问题是主人公是一位皇帝，时间是“白昼”，地点是千门尽开的“宫殿”，他该在那里处理国家大事啊！那么，“打球回”，他不就可以办公了嘛。问题是：作者在“打球回”前面加了“沉醉”二字，表明他又吃酒作乐，醉得东歪西倒，哪能清醒地解决国计民生问题！后两句更妙，作者不直接出面鞭挞荒淫天子，却描写他“沉醉打球回”时的心理活动：像张九龄、韩休那样爱提意见的家伙老的老、死的死，明天大概不会有谏疏送来、令人扫兴了！作为一国之主而一任荒淫误国，无人劝谏阻挡，国家的前途真不堪设想！写“沉醉打球”而以“无谏疏”收尾，力重千钧。

徐　俯

（1075—1141），字师川，洪州分宁（今属江西）人，是黄庭坚的外甥，被列入江西诗派。有《东湖居士诗集》，已佚，存诗见《宋诗纪事》。

春日游湖上

徐　俯

双飞燕子几时回？夹岸桃花蘸水开。
春雨断桥人不渡，小舟撑出柳阴来。

双双燕子从湖面掠过，诗人亲切地问道："你们是几时回来的?"燕子是报春的使者，它们来了，春天也就跟着来了。亲切地一问，既表现了诗人的喜悦，又自然逗出关于湖上春景的生动描绘："夹岸桃花开"，已极美丽，于"开"前加"蘸水"二字，更显得鲜艳夺目。桃花之所以"蘸水"，一因繁花带雨，桃枝低垂，二因湖水高涨，绿波溢岸。下句的"春雨断桥"已呼之欲出。桥被水淹，人不能渡，本身似无诗意，但由此引出"小舟撑出柳阴来"，便化静为动，精彩百倍。

南宋赵鼎臣《和默庵喜雨述怀》云："解道春江断桥句，旧时闻说徐师川。"可见此诗传诵之广。张炎咏春水的《南浦》词，被推为"古今绝唱"，其中的名句"荒桥断浦，柳阴撑出扁舟小"，即从此诗化出。

韩　驹

（约1086—1135），字子苍，仙井监（治所在今四川仁寿）人。政和（1111—1117）初，赐进士出身、除秘书省正字。被吕本中列入江西诗派，他不乐意，但其诗确受黄庭坚的影响。有《陵阳集》四卷。

和李上舍冬日书事

韩　驹

北风吹日昼多阴，日暮拥阶黄叶深。
倦鹊绕枝翻冻影，飞鸿摩月堕孤音。
推愁不去如相觅，与老无期稍见侵。
顾藉微官少年事，病来那复一分心！

前四句写冬天景象。昼、日暮、月，表现了时间的推移。“北风吹日”“黄叶拥阶”“倦鹊绕枝”“飞鸿摩月”“翻冻影”“堕孤音”，从写景的角度到构思、炼字，都生新、奇警，不落常套。而作者对冬景的独特感受，即从独特的景物描状中体现出来。

作者对冬景的独特感受，导源于他的独特心情。后四句，即直抒其情。“愁”，本来发自作者的内心，他却将“愁”拟人化，说“愁”这家伙好像在人群中专门寻觅他，如今寻到了，就恋恋不舍，推也推不走。作者此时并不“老”，只是因为“愁”，才感到有点“老”。他把“老”也拟人化，说他自己并没有和“老”约好会面的日期，可是“老”这家伙竟不约自来，日见侵凌。构思、炼句，也相当新颖。那么，作者为什么“愁”，是嫌官小位卑吗？回答是否定的。他好像预料到读者会发出这样的疑问，因而用最后两句诗明确表态：“爱惜微官，那是少年时代的事；自从生病以来，再也没有那份心思了！”清人贺裳在《载酒园诗话》中评论道：“词气似随句而降，渐就衰飒。”其实，全诗都够衰飒的。此诗作于徽宗晚期，外患日亟，而君主荒淫、群小弄权，斥逐元祐党人，禁绝苏氏学术。作者早年学诗于苏辙，后来又受知于黄庭坚，其处境之孤危，不难想见。全诗所写的衰飒之景和所抒的衰飒之情，既是国家没落景象的折射，也是个人孤危处境的反映。不久，即“坐为苏氏学”贬出京师（《宋史》卷四四五），他大约是有预感的。

吴曾《能改斋漫录》称：“子苍有馆中诗，最为世所推，故商老有‘黄叶’之句。”商老是李彭的字，李彭《建除体赠韩子苍》有云：“满朝以诗鸣，何独遗大雅？平生黄叶句，摸索便知价。”可见韩驹的这首诗，在当时很有影响。

李清照

（1084—约1151），号易安居士，济南（今属山东）人。早年生活优裕，南渡后，明诚死，境遇孤苦。善诗文书画，词的成就最高。存诗不多，然诗风清刚，且能反映社会重大问题。后人辑有《漱玉词》。今人有《李清照集校注》。

乌　江

李清照

生当作人杰，死亦为鬼雄。
至今思项羽，不肯过江东。

李清照以词名世，但在当时也很有诗名。朱弁《风月堂诗话》称她“善属文，于诗尤工”。王灼《碧鸡漫志》称她“自少年便有诗名”。惜其诗多已散失，今仅存十八首和一些残句，风格刚健豪放，与其婉约词风不同。

《乌江》属于咏史诗的范畴，咏在乌江自刎的项羽。关于项羽自刎乌江的经过，《史记·项羽本纪》是这样记载的：“至乌江。乌江亭长舣船待，谓项王曰：‘江东虽小，地方千里，众数十万人，亦足王也，愿大王急渡。’项王笑曰：‘天之亡我，我何渡为！且籍与江东子弟八千人渡江而西，今无一人还，纵江东父老怜而王我，我何面目见之？纵彼不言，籍独不愧于心乎？’乃赐马与亭长，步行接战，杀汉军数百人，项王身亦被十余创，乃自刎而死。”根据这种记载，后人作了不少咏史诗，从不同的角度立论，各有新意。仅就李清照以前的说，一类诗认为项羽应该过江，其代表作是杜牧的《题乌江亭》：

胜败兵家不可期，包羞忍耻是男儿。
江东子弟多才俊，卷土重来未可知。

另一类诗认为项羽不得人心，失败的局面已难挽回，即使渡江，也得不到人民的拥护，其代表作是王安石的《乌江亭》：

百战疲劳壮士哀，中原一败势难回。
江东子弟今虽在，肯与君王卷土来？

多数作者则肯定项羽全赵、灭秦的功劳，称赞他死得壮烈。其代表作是初唐诗人于季子的《咏项羽》：

北伐虽全赵，东归不王秦。
空歌拔山力，羞作渡江人。

李清照的《乌江》也歌颂项羽羞过乌江、死得壮烈，但用意不同。前两句，“人杰”“鬼雄”并举，表现了一种昂扬奋进、自强不息的生死观。英风激荡，豪气纵横，出于女词人笔下，真可“压倒须眉”。后两句，把这种生死观落实到项羽身上。项羽“身经七十余战，所当者破，所击者服”，遂灭暴秦而自立为西楚霸王。他生前是“人杰”，这是不必说的；何况题目是《乌江》，所以略去“生”而咏他的“死”，赞颂他“不肯过江东”，死后也是

“鬼雄”。

此诗作于宋室南渡之后，咏史的目的在于“讽今”，“至今思项羽”的那个“今”字，便透露了此中消息。汴京沦陷之后，长江以北的大部分土地还在宋朝手中，如果重用李纲、宗泽、韩世忠、岳飞等抗金名将，坚决抗战，不难收复中原，完成统一。但宋高宗赵构却步步南逃，由扬州而建康而杭州，重用奸邪小人，执行妥协投降政策，以广大人民践踏于侵略者铁蹄之下的高昂代价换取小朝廷的荒淫享乐，“直把杭州作汴州”。这中间，屡败金兵的宗泽曾上疏二十余次，请高宗还京（汴梁），终被投降派所阻，忧愤而死。高宗仓皇南逃到扬州南面的扬子桥，一卫士拦马进谏，劝其回马北进，高宗竟拔剑刺杀卫士，渡江逃到润州（今江苏镇江）。对于这一切，李清照都很熟悉，也极端愤慨，因而通过歌颂项羽“不肯过江东”给予无情的鞭打。

寥寥二十字，取材于历史，着眼于现实，气势豪迈，寓意深刻；关于如何对待生、死问题的简练概括，尤发人深省。

咏　　史

李清照

两汉本继绍，新室如赘疣。
所以嵇中散，至死薄殷周。

这完全是借古讽今之作。前两句说：东汉对于西汉，那是继承关系；至于“新室”，则是汉朝的“赘疣”。言外之意是：南宋对于北宋，也一脉相承，属于正统；而被金人扶植起来的伪楚、伪齐，则是宋朝的毒瘤，必须割掉。后两句，以嵇康反对司马氏篡魏表达了作者维护南宋政权，反对张邦昌、刘豫称帝的正义立场，爱国热情，溢于言表。四句诗义正词严，喷涌而出，有震撼人心的艺术力量。朱熹曾情不自禁地赞扬道："如此等诗，岂女子所能?"（《朱子语类》卷一四〇）

李清照在早年所写的《词论》里认为"词别是一家"，有不同于诗的特点。她用词表现个人生活，风格婉约；用诗反映重大的社会政治问题，杂以议论，风格豪放，这和她对于诗、词特点的认识有关。就她的创作实践看，可以说她很出色地发挥了词的艺术功能，也很出色地发挥了诗的艺术功能。

曾　几

（1184—1166），字吉甫，号茶山，原籍赣州（今江西赣县）。南宋初，历任江西、浙西提刑。主张抗金，为秦桧排斥。陆游曾师事之。论诗与吕本中相类，诗学黄庭坚，风格清峻。有《茶山集》。

三衢道中

曾　几

梅子黄时日日晴，小溪泛尽却山行。
绿阴不减来时路，添得黄鹂四五声。

这是一首纪行诗，清新活泼，宛如一气呵成，但仔细玩味，便见转折斡旋，颇费匠心。

首句即有转折，“梅子黄时”与“日日晴”之间有个不读出声的“却”字。江南初夏，梅子黄时，阴雨连绵，叫作“黄梅雨”。北宋词人贺铸的《青玉案》以“……梅子黄时雨”数句出名，被称为“贺梅子”。作者于“梅子黄时”出行，最怕遇雨，可是天公作美，竟然“日日晴”！惊喜之情，即于转折中曲曲传出。

次句用“却”字，当然是又一次转折。“小溪泛尽”，该掉转船头，兴尽而返，却出人意料地舍舟爬山。其游兴之浓，亦于转折中曲曲传出。

第三句写“山行”，先用“绿阴”二字展现一片清凉、宁谧境界，令人神清气爽。接下去，出人意料地用“不减来时路”打了一个回旋，读者这才恍然大悟，原来诗人在走回头路，前面所写，乃是归途上的情景。来时山间小路上一片“绿阴”，归时“绿阴”

未减，一样美好。

第四句翻进一层：来时一片“绿阴”，已经很美、很宁静；归时不仅“绿阴不减”，还“添得黄鹂四五声”，真如“锦上添花”，比来时更美、更宁静。心理学上有所谓“同时反衬现象”，万籁俱寂而偶有声音作反衬，就更显得幽静。在诗中体现这种反衬现象的名句，是齐、梁诗人王籍《入若耶溪》里的“鸟鸣山更幽”。曾几此诗的后两句，其言外之意，正是“鸟鸣山更幽”。

出游的一般情况是乘兴而往，及至踏上归途，便力疲兴减。此诗用层折、回旋、递进手法，把一次平凡的出游写得妙趣横生，归时景物比来时更美，归时游兴比来时更浓，具有引人入胜的艺术魅力。

陈与义

（1090—1138），字去非，号简斋，洛阳（今属河南）人。政和三年（1113）登上舍甲科，任太学博士等职。以诗名于世。早期作品受黄庭坚、陈师道影响较深，故被列入江西诗派。后经靖康之变，身历亡国艰险，感时抚事，诗风转为悲壮苍凉，实不囿于江西诗派。有《简斋集》三〇卷、词一卷。

早　行

陈与义

露侵驼褐晓寒轻，星斗阑干分外明。
寂寞小桥和梦过，稻田深处草虫鸣。

“莫道君行早，更有早行人。”今人早行，大抵坐火车、轮船、汽车、飞机，既不艰苦，又看不见多少有特征的景色，所以似乎很少写早行诗。古人却不然，因而在我们的古典诗歌中，写早行的就相当多。我们曾经谈过一首晚唐诗人温庭筠的五律，这里不妨再谈一首南宋诗人陈与义的七绝。

早行诗应该写出关于早行的独特情景。早行，究竟有哪些独特的情景呢？且看下面的几首早行诗：

扰扰整夜装，肃肃戒徂两。
晓星正寥落，晨光复泱漭。
犹沾余露团，稍见朝霞上。
故乡邈已夐，山川修且广。
文奏方盈前，怀人去心赏。

敕躬每跼蹐，瞻恩唯震荡。
行矣倦路长，无由税归鞅。

——谢朓《京路夜发》

合沓岩嶂深，朦胧烟雾晓。
荒阡下樵客，野猿惊山鸟。
开门听潺湲，入径寻窈窕。
栖鼯抱寒木，流萤飞暗篠。
早霞稍霏霏，残月犹皎皎。
行看远星稀，渐觉游氛少。
我行抚轺传，兼得傍林沼。
贪玩水石奇，不知川路渺。
徒怜野心旷，讵测浮年小！
方解宠辱情，永托累尘表。

——李峤《早发苦竹馆》

鸡唱催人起，又生前去愁。
路明残月在，山露宿云收。
村店烟火动，渔家灯烛幽。
趋名与趋利，行役几时休？

——王观《早行》

钟静人犹寝，天高月自凉。
一星深戍火，残月半桥霜。
客老愁尘下，蝉寒怨路旁。
青山依旧色，宛是马卿乡。

——刘郇伯《早行》

晨起动征铎，客行悲故乡。
鸡声茅店月，人迹板桥霜。
槲叶落山路，枳花明驿墙。
因思杜陵梦，凫雁满回塘。

——温庭筠《商山早行》

马上续残梦，马嘶时复惊。
心孤多所虞，僮仆近我行。
栖禽未分散，落月照孤城。
莫羡居者闲，溪边人已耕。

——刘驾《早行》

舟子相呼起，长江未五更。
几看星月在，犹带梦魂行。
鸟乱村林迥，人喧水栅横。
苍茫平野外，渐认远峰名。

——齐己《江行晓发》

旅馆候天曙，整车趋远程。
几处晓钟动，半桥残月明。
沙上鸟犹睡，渡头人已行。
去去古时道，马嘶三两声。

——唐求《晓发》

马上续残梦，不知朝日升。
乱山横翠嶂，落月淡孤灯。
奔走烦邮吏，安闲愧老僧。

再游应眷眷，聊亦记吾曾。

——苏轼《太白山下早行至横渠镇书崇寿院壁》

村鸡已报晨，晓月渐无色。
行人马上去，残灯照空驿。

——刘子翚《早行》

这些诗，各有特色。温庭筠的一首尤有名。其中的“鸡声茅店月，人迹板桥霜”，沈德潜曾说“早行名句，尽此一联”，不为无据。鸡呀、月呀、店呀、桥呀、霜呀，许多早行诗都写到了，却写得比较分散，而这一联，却作了典型的概括，又有景有情，有声有色。刘驾的一首以“马上续残梦，马嘶时复惊”发端，很精彩。齐己也写到梦。苏轼则用了刘驾的首句，而继之以“不知朝日升”，以见“梦”之沉酣，“乱山横翠嶂，落月淡孤灯”，那自然是“梦”醒之后看到的。

现在再看陈与义的《早行》。

头一句，不说“鸡唱”，不说“晨起”，不说“开门”，不说“整车”或“动征铎”，而主人公已在旅途行进，“行”得特别“早”。“行”得特别“早”，既不是用“未五更”之类的抽象语言说出来的，又不是用“流萤”“栖禽”“渔灯”“戍火”“残月”之类的客观景物烘托出来的，而是通过主人公的感觉准确地表现出来的。“露侵驼褐晓寒轻”中的“驼褐”，是一种用兽毛（不一定是驼毛）制成的上衣，露水不易湿透；看来是主人公为了防露特意穿上的，其上路之早可见。出发之时还没有露，穿“驼褐”是为了防露，而如今呢，“露侵驼褐”，以至于使他感到“晓寒”了！那么他已经“行”了很久，也是不言而喻的。

“晓寒”的“晓”指天亮。但在这里，它作为“寒”的定语，不一定专指天亮。黎明前后的那一段时间比较“寒”，可笼统地称为“晓寒”。当主人公因露水侵透驼褐而感到寒凉的时候，天还没有亮，看下句自明。

第二句，诗人不写“月”而写“星斗”。“星斗阑干分外明”，这是颇有特征性的景象。“阑干”，纵横貌。古人往往用“阑干”形容星斗，如“月没参横，北斗阑干”之类。月明则星稀，因为星光为月光所掩。“星斗阑干”，而且“分外明”，说明这是阴历月终（即所谓“晦日”）的夜晚，压根儿没有月。此其一。第一句写到“露侵驼褐”，露，那是在下半夜晴朗无风的情况下才有的。晴朗无风而没有月，“星斗”自然就“阑干”、就“明”，其写景之确切、细致，也值得肯定。此其二。更重要的还在于写“明”是为了写“暗”。人们常讲到“黎明之前的黑暗”，在“黎明之前的黑暗”还未出现之时，满天星斗是“明”的，但那只是一般的“明”，只是由于无月才显得“明”。在“黎明之前的黑暗”出现以后，由于地面的景物比以前“分外”暗，所以天上的星斗也就被反衬得“分外”明。

反衬这种表现手法是诗人们常用的，但通常是把衬托的双方同时写出。如“野径云俱黑，江船火独明”（杜甫《春夜喜雨》），“浓绿万枝红一点，动人春色不须多”（王安石失题断句）之类，一望而知是以“明”反衬“暗”、以“绿”反衬“红”。至于杜甫《春望》的首联“国破山河在，城春草木深”，如司马光《续诗话》所指出：“‘山河在’，明无余物矣；‘草木深’，明无人矣。”作为大唐帝国京城的长安而“草木深”，其人迹稀少可知。这与杜甫《别唐十五》中的“萧条四海内，人少豺虎多”实际是一回事，所不同的只是写了相互衬托的一个方面，而“人少”这另一方面，则是“象外之象”，需要读者通过想象加以再现。“星斗阑干分外明”亦复如此，诗人只写了“明”的一个方面，但细心的读者会从这一方面想象出与之反衬的另一方面："暗"。如果已经天亮乃至大亮，星斗就不再"阑干"，也不再"明"，更不可能"分外明"了。

第三句"寂寞小桥和梦过"，可以说"立片言以居要，乃一篇之警策"。前引诸诗中刘郇伯的"残月半桥霜"、温庭筠的"人迹板桥霜"、唐求的"半桥残月明"，都以桥上霜月，烘托出行之"早"。此句仅于"小桥"前加"寂寞"一词，而"早"意全出。怎见得？"小桥"乃行人所必经，天亮之后，熙来攘往，其喧闹甚于他处。而今却如此"寂寞"，不正说明诗中主人公是最"早"经过此桥的行人吗？前引诸诗中齐己的"犹带梦魂行"，刘驾、苏轼的"马上续残梦"，都以睡意尚浓、旅途做梦来暗示出行之"早"。此句也写梦，却与"寂寞小桥"结合，构成了更其独特、更其丰满的意象，令人玩索不尽。

赶路而做梦，一般不可能是"徒步"。齐己的诗以"舟子相呼起"开头，表明"犹带梦魂行"实际是人在船上做梦，"行"的是船。刘驾、苏轼，则都说"马上续残梦"。独自骑马，一般也不敢放心地做梦。刘驾就明说"僮仆近我行"。苏轼呢，虽未明说，但他作此诗时正做凤翔通判，奉命至郿县一带"减决囚禁"，当然有人随从。明乎此，则"寂寞小桥"竟敢"和梦过"，其人在马上，而且有人为他牵马，不言可知。这样的分析如果合乎情理，不算穿凿的话，就让我们回到前面去，再看看第一句和第二句。

第一句不诉诸视觉写早行之景，却诉诸触觉写寒意袭人，这是耐人寻味的。联系第三句，这"味"也不难寻。过"小桥"还在做梦，说明主人公起得太"早"，觉未睡醒，一上马就迷糊过去了。及至感到有点儿"寒"，才耸耸肩，醒了过来，原来身上湿漉漉的，一摸，露水已侵透了"驼褐"。接下去，其心理活动是："嗬！已经走了这么久，天快亮了吧！"然而凭感觉，是无法准确地判断是否天亮的，自然要借助视觉。睁眼一看，大地一片幽暗；抬头看天，不是“长河渐落晓星沉”（李商隐《嫦娥》），而是“星斗阑干分外明”，离天亮还远呢！于是又合上惺忪睡眼，进入梦乡。既进入梦乡，又怎么知道在过桥呢？就因为他骑着马。马蹄踏在桥板上发出的响声惊动了他，意识到在过桥，于是略开睡眼，看见桥是个“小”桥，桥外是“稻”田，又蒙蒙胧胧，进入半睡眠状态。

第一句写触觉，第二句写视觉；三、四两句，则视觉、触觉、听觉并写。先听见蹄声响亮，才略开睡眼，“小”桥和“稻”田，当然是看见的。而“稻田深处草虫鸣”，则是“和梦”过“小桥”时听见的。正像从响亮的马蹄声意识到过“桥”一样，“草虫”的鸣声不在桥边而在“稻田深处”，也是从听觉判断出来的。

诗人在这里也用了反衬手法。“寂寞小桥和梦过”，静中有动；“稻田深处草虫鸣”，寂中有声。四野无人，一切都在沉睡，只有孤寂的旅人“和梦”过桥，这静中之动更反衬出深夜的沉静，万籁俱寂，一切都在沉默，只有几个草虫儿的鸣叫传入迷离梦境，这寂中之声更反衬出大地的阒寂。正因为这样，诗人确切地用了“寂寞”一词。“寂寞”是一种感觉。它当然不是“小桥”的感觉，而是旅人“和梦”过小桥时的感觉。这感觉，是由视觉和听觉引起的。就视觉说，略开睡眼，看见桥上别无行人，田间亦无农夫，只有梦魂伴随着自己孤零零地过桥，就感到“寂寞”。《楚辞·远游》云：“野寂漠（寞）其无人。”“寂寞”所包含的一层意思，就是因身外“无人”而引起的孤独感。而“无人”，在这里又表现天色尚“早”，——比唐求所写的“渡头人已行”、刘驾所写的“溪边人已耕”当然“早”得多。就听觉说，既无人语，又无鸟叫，只有唧唧虫声在迷离梦境中时隐时现，就感到“寂寞”。陆机《文赋》云：“叩寂寞而求音。”“寂寞”所包含的又一层意思，就是因四周“无声”而引起的寂寥感。而“无声”，在这里也表现天色尚“早”——比齐己所写的“鸟乱村林迥，人喧水栅横”当然“早”得多。

前引诸诗写“早行”过程，都写到天亮以后，客观景物的可见度越来越大，因而主要诉之于视觉，写景较多。“早霞稍霏霏”，“村店烟火动”，“枳花明驿墙”，“乱山横翠嶂”等等，都是有形有色、明晰可见的视觉形象。这首七绝写“早行”过程，却截止于天亮之前，而天上又没有月，地面上的景物，其可见度始终很有限。因此，只有“星斗阑干分外明”一句写视觉形象。“小桥”“稻田”，虽然来自视觉，但这只是近景，又只看出“桥”是“小”桥、“田”是“稻”田而已，所以只提了一下，未作形象的描绘。其他全诉诸触觉和听觉。这首诗的最突出的艺术特色，就表现在诗人通过主人公的触觉、视觉和听觉的交替与综合，描绘了一幅独特的“早行”（甚至可以说是“夜行”）图。读者通过“通感”与想象，主人公在马上摇晃，时醒时睡，时而睁眼看地，时而仰首看天，以及凉露湿衣、虫声入梦等一系列微妙的神态变化，都宛然在目，天上地下或明或暗、或喧或寂、或动或静的一切景物特征，也一一展现眼前。

温庭筠的诗，写的是“商山”早行，季节是早春；其景物描写，都切合特定的时和地。这首诗，从“小桥”“稻田”和夜露之浓可以侵透“驼褐”看，其地大约是江南水乡；从夜露寒凉和草虫鸣叫看，其时大约是深秋。古人不是说“以虫鸣秋”吗？诗人围绕早行者的寂寞旅行，写出了江南水乡的一个虽然无月却晴朗无风的深秋之夜的独特景色，其写景之切合特定的时和地而不流于一般化，也是颇费匠心的。

陈与义在南北宋之交要算最杰出的诗人，他的《简斋集》，在南宋已有胡稚的注本，这首《早行》七绝就在里面，似乎不存在真伪问题。韦居安著《梅礀诗话》（《读画斋丛书》本），在卷上引了一首诗，和这首《早行》诗只有两字之异："露"作"雾"，"分"作"野"。作者呢，却说是李元膺。李元膺是北宋人，其活动时期，早于陈与义。一种较大的可能性是韦居安凭记忆引了陈与义的诗，却记错了作者，又记错了两个字。"雾"，当然可以侵透"驼褐"，但既然"雾"那么浓，又怎么能够看清"星斗阑干"呢？"星斗"即使"阑干"，其光芒毕竟是微弱的，又哪能透过浓"雾"，照得"野外"通"明"呢？有比较才有鉴别，把这只有两字之异的两首诗加以比较，更看出原作的艺术构思是多么精密！

张良臣《雪窗小集》（《南宋群贤小集》第十册）中有一首《晓行》诗（也选入《诗家鼎脔》）：

千山万山星斗落，一声两声钟磬清。
路入小桥和梦过，豆花深处草虫鸣。

张良臣的活动时代比较晚，他大约读陈与义的作品，很喜爱那首《早行》诗，也想作一首，却没有认真作，只来个"改头换面"。题目改《早行》为《晓行》，时间推后了，主人公自然不会因"露侵驼褐"而感到"寒"，所以丢掉了原作的第一句，从第二句上打主意。既然时间推后了，天"晓"才出"行"，那么还说"星斗阑干"就不合适，于是想出了"星斗落"；再加上"千山万山"，就有了第一句。"千山万山"中不可能没佛寺，天晓之时，寺里的和尚是要敲钟击磬的，这便作出了第二句。原作的三、四两句，看来是张良臣最羡慕的，各换两字，就据为己有，一篇诗算是作成了。然而那四个字的改换，不妨说是"点金成铁"。"入"字跟"过"字相碍，句法很别扭，此其一。"路入小桥"之后才进入梦境，还说"和梦过"，那"桥"就应该是数里长桥，不是

“小”桥，此其二。天“晓”后才出“行”，还在“桥”上做梦，哪来的那么多瞌睡？此其三。至于“豆花深处”，乍看似乎比“稻田深处”色彩鲜明，但“豆花”开放在什么季节，这季节是否与“草虫鸣”合拍，也值得怀疑。

《梅磵诗话》所引的那一首、张良臣的这一首和陈与义的《早行》诗相较，究竟孰优孰劣，自然还可以讨论，但从这里可以看出，陈与义的这首七绝，曾经是受到诗人们的重视的。

襄邑道中

陈与义

飞花两岸照船红，百里榆堤半日风。
卧看满天云不动，不知云与我俱东。

全诗写坐船行进于襄邑水路的情景。首句写两岸飞花，一望通红，把诗人所坐的船都照红了。用“红”字形容“飞花”的颜色，这是“显色字”，诗中常用；但这里却用得很别致。花是“红”的，这是本色；船本不红，被花照“红”，这是染色。诗人不说“飞花”红而说飞花“照船红”，于染色中见本色，则“两岸”与“船”，都被“红”光所笼罩。次句也写了颜色：“榆堤”，是长满榆树的堤岸；“飞花两岸”，表明是春末夏初季节，两岸榆树，自然是一派新绿。只说“榆堤”而绿色已暗寓其中，这叫“隐色字”。与首句配合，红绿映衬，色彩何等明丽！次句的重点还在写“风”。“百里”是说路长。“半日”是说时短，在明丽的景色中行进的小“船”只用“半日”时间就把“百里榆堤”抛在后面，表明那“风”是顺风。诗人只用七个字既表现了绿榆夹岸的美景，又从路长与时短的对比中突出地赞美了一路顺风，而船中人的喜悦心情，也洋溢于字里行间。

古人行船，最怕逆风。诗人既遇顺风，便安心地“卧”在船上欣赏一路风光：看两岸，“飞花”“榆堤”，不断后移；看天上的“云”，却怎么“不动”呢？诗人明知船行甚速，如果天上的“云”真的不动，那么在“卧看”之时就应像“榆堤”那样不断后移。于是，他恍然大悟：原来天上的云和我一样朝东方前进呢！凡有坐船、坐车经验的人大约都见过“云不动”的景象，但又有谁能从中感受到盎然诗意，写出这样富于情趣的佳句！

诗人坐小船赶路，最关心的是风向、风速。这首小诗，通篇都贯串一个“风”字。全诗以“飞花”领起，一开头便写“风”。试想，如果没有“风”，“花”怎会“飞”？次句出“风”字，写既是顺风，风速又大。三、四两句，通过仰卧看云表现闲适心情，妙在通过看云的感受在第二句描写的基础上进一步验证了既遇顺风、风速又大，而诗人的闲适之情，也得到了进一步的表现。应该看到，三、四两句也写“风”，如果不是既遇顺风、风速又大，那么天上的云怎么会与我同步前进，跑得那么快呢？以“卧看满天云不动”的错觉反衬“云与我俱东”的实际，获得了出人意外的艺术效果。

巴丘书事

陈与义

三分书里识巴丘，临老避胡初一游。
晚木声酣洞庭野，晴天影抱岳阳楼。

四年风露侵游子，十月江湖吐乱洲。
未必上流须鲁肃，腐儒空白九分头。

起势跌宕有情致，既扣题，又有深沉的感慨，为尾联作伏笔。“三分书”，乃记述天下三分之书，当年从“三分书”里见到作为“三分割据”时期军事要地的巴丘，如今北中国沦陷，祖国统一受到严重破坏，自己以“临老”之年，因“避胡”南逃到巴丘，追昔抚今，感慨万千，因而想到自己能不能像鲁肃那样为国效力，尾联已呼之欲出。颔联写眼前景，境界阔大而声情苍凉。上句用“酣”字将“晚木声”拟人化。“晚木声”，即秋风吹撼树木之声，包含屈原所写的“嫋嫋兮秋风，洞庭波兮木叶下”的萧瑟景象。“晚木声”酣畅地震撼辽阔的洞庭之野，一派肃杀之气。其象征意味，显而易见。下句用“抱”字将“晴天影”拟人化。晴天的日光，自应普照大千世界，可如今只紧抱岳阳楼，与“晚木声”震撼旷野形成了强烈对比，其象征意蕴也耐人寻味。颈联上句着重抒情、下句着重写景。用“侵”、用“吐”，也将“风露”“江湖”拟人化。四年逃难，饱受“风露”的侵凌，这“风露”当然不仅是自然界的风霜雨露，还有人事方面的诈伪险阻。十月的“江湖”，“吐”出许多“乱洲”，造句新颖，写景如画；但那个“乱”字，也容易唤起祸乱迭出的联想。

作者作此诗时，高宗驻跸扬州，奸臣黄潜善、汪伯彦当国，力主一味逃窜。长江上流的岳州一带，更无抗敌的准备。诗人在《里翁行》里大声疾呼：“君不见巴丘古城如培塿，鲁肃当年万人守！”这两句诗，正可以作为《巴丘书事》尾联的注脚。“未必上流须鲁肃”——长江上流的军事要地巴丘，吴国曾派鲁肃率领万人镇守，如今金兵南侵，大约未必须要像鲁肃那样的将领来驻守吧！正话反说。对黄潜善之流的投降派给予辛辣的讽刺。正因为朝廷中的投降派认为“上流”无须设防，而作者认为是急需设防的，因而结尾发出了“腐儒空白九分头”的慨叹：我这个“腐儒”尽管为“上流”毫无御敌准备而急白了九成头发，也只是“空”着急，有什么用处呢？

全诗抒写乱离，忧心国事，首尾呼应，中间两联意境雄阔。对仗精妙而又富于变化，“酣”“抱”“侵”“吐”四字，尤精彩、生动，声调、音节，洪亮、沉着，得杜甫七律神髓而有新的时代色彩。

怀天经智老因访之

陈与义

今年二月冻初融，睡起苕溪绿向东。
客子光阴诗卷里，杏花消息雨声中。
西庵禅伯方多病，北栅儒先只固穷。
忽忆轻舟寻二子，纶巾鹤氅试春风。

绍兴五年（1135），陈与义提举江州太平观，卜居青镇（今属浙江桐乡），作此诗。

诗题的意思是：怀念天经、智老，因而去拜访他们。据《吴兴备志》卷一二《人物》引《乌青志》：

叶懋，字天经，少师简斋陈与义。初，与义劝之仕，懋不答。及与义参知政事，动见格于执政，气抑郁不得伸，乃叹曰："吾今始知天经之高也。"

这说明天经是位高士，与作者关系很深。至于洪智，乃是一位和尚，作者与他时相往来，有《九日示大圆洪智》等诗。

以"今年二月冻初融"开头，用一"初"字，表明"今年"春天来得晚。诗人的住处可以望见"向东"流去的"苕溪"，水面冰融，所以"睡起"一望，便出现了"苕溪绿向东"的画面，意味着春天将临，因而引出第二联。

诗人"睡起"，望见"苕溪"冰融水绿，而窗外响起"雨声"，便想到"杏花"该要开放了吧！于是吟成了"杏花消息雨声中"的佳句，微妙地表现了余寒未退的初春景象和诗人渴望春暖花开的情怀。这句诗已经很精彩，但更精彩的是诗人把它作为这一联诗的下句，用来衬托上句"客子光阴诗卷里"。"客子光阴"，只在"诗卷里"消磨，其寂寞、无聊，可想而知。而寒雨霏霏，"杏花消息"尚在"雨声中"滞留，上下句互相衬托，其蕴含更深更广，耐人寻味。而怀人之意，已跃然纸上。这两句诗，魏庆之《诗人玉屑》刊入"宋朝警句"，并把这一类对句称为"轻重对"。方回《瀛奎律髓》解释说："以'客子'对'杏花'，以'雨声'对'诗卷'，一我一物，一情一景，变化至此，乃老杜'即今蓬鬓改，但愧菊花开'，贾岛'身世岂能遂，兰花又已开'，翻窠换臼，至简斋而益奇也。"

第三联上句怀智老、下句怀天经，一个"多病"，一个"固穷"，因而想去访问。第四联写往访，但只是动了念头，还未行动；乘"轻舟"，"试春风"，都出于想象。"试春风"又与"冻初融”“绿向东”“杏花消息”一脉相承，不仅针线细密，而且相互生发，扩展了读者驰骋想象的空间。

伤　　春

陈与义

庙堂无策可平戎，坐使甘泉照夕烽。
初怪上都闻战马，岂知穷海看飞龙。
孤臣霜发三千丈，每岁烟花一万重。
稍喜长沙向延阁，疲兵敢犯犬羊锋。

唐代宗广德元年（763）十月吐蕃陷长安，代宗逃往陕州。杜甫于次年春在蜀中得悉此事，作《伤春》五言排律五首，抒写忧国伤时的激情，表达还京兴国的渴望。陈与义借杜甫诗题作此诗，可谓异代同悲。

前四句大气盘旋，把金兵长驱直入、皇帝辗转逃窜归因于“庙堂无策可平戎”，抒发了对投降派误国殃民的愤慨。后四句一气贯注，既伤国事，又叹自身，而以向子諲敢以“疲兵”抗敌与“庙堂”的逃跑主义相对照，用“稍喜”二字给予赞颂。一褒一贬，爱憎分明。

第三联用李白、杜甫诗句，而于两相对照中赋予新意。“孤臣”二字，流露了对于自己孤危处境的慨叹。“霜发三千丈”，极言愁多，联系前四句，便知这愁主要是国愁。“烟花”，即李白名句“烟花三月下扬州”中的“烟花”，泛指春景。从自然界看，春天来临，柳总要绿，花总要开，自从逃难以来，每遇春天，祖国大地依然是“烟花一万重”，可是国破家亡，于颠沛流离中“霜发”满头的“孤臣”，又有什么心情欣赏呢！只有“感时花溅泪，恨别鸟惊心”罢了。以此联承上转下，兼寓“伤春”之旨，无意扣题而自不离题，真大家手笔。

牡　丹

陈与义

一自胡尘入汉关，十年伊洛路漫漫。
青墩溪畔龙钟客，独立东风看牡丹。

此诗作于绍兴六年（1136）春，作者当时引疾去官，寓居桐乡青墩寿圣院塔下。

洛阳是作者的故乡，北宋时期，洛阳牡丹极著名，欧阳修作有《洛阳牡丹记》。此诗以“牡丹”命题，通过怀念洛阳牡丹抒发怀念故乡之情。

绝句只有四句，浅露质直，便淡乎寡味，不耐咀嚼。这首诗的好处是内容深厚，却含而不露，意在言外。“胡尘”与“汉关”对照，“胡尘入汉关”，则金人入侵，中原沦陷已蕴含其中。“一自”与“十年”呼应，“一自”中原沦陷，至今已有“十年”，而北望“伊洛”，长“路漫漫”，则颠沛流离之苦、思念故乡之殷、盼望收复之切，已蕴含其中。老态龙钟，仍在作客，不是在洛阳与亲友们一同看牡丹，而是在异乡“独立东风看牡丹”，则衰贫交加，孤独落寞、思亲念友，厌乱伤离之类的苦况与忧思，已蕴含其中。

题为《牡丹》，前两句无“牡丹”字样，而言外之意是已有十年无法看到洛阳牡丹。后两句写看牡丹，眼里看的是“青墩溪畔”的牡丹，心里想的是故乡洛阳的牡丹。而牡丹，实际上是触发无限联想的触媒剂。联系前三句读“独立东风看牡丹”，自会触发无限联想，品尝出无穷诗味。

朱　弁

（1085—1144），字少章，号观如居士，徽州婺源（今属江西）人。高宗建炎元年（1127）冬，以通问副使赴金，被拘留而坚贞不屈，历十五年始放归。有《曲洧旧闻》《风月堂诗话》。

送　春

朱　弁

风烟节物眼中稀，三月人犹恋褚衣。
结就客愁云片段，唤回乡梦雨霏微。
小桃山下花初见，弱柳沙头絮未飞。
把酒送春无别语，羡君才到便成归。

这是作者被金国拘留期间所作的一首七律，前三联即景抒情。已经是“三月”天气，但还脱不掉棉衣，春天的景物十分稀少。望天空，云朵凝结“客愁”，雨丝“唤回乡梦”。“乡梦”的内容是什么，没有说，却是可以想见的。因为那“乡梦”既然是“雨霏微”唤起的，就包含这样的暗示：江南“三月”细雨霏霏，百花盛开，春色无际。接下去，由梦境回到现实：“山下”“沙头”，虽然比较暖和，可在那里也不过是“小桃”初见花朵、“弱柳”尚未飞絮，春天才刚刚由南方走来啊！

尾联的春天“才到”是从前三联所写的景色中概括出来的，并无新奇之处。但从整体看，却很新奇、很精彩。既然春天“才到”，那么天气会愈来愈暖，桃花会由初开而盛开，柳梢会由吐芽而飞絮，总之，春色会愈来愈浓，为什么要“把酒送春”呢？为什么说春天“才到便成归”呢？有些分析文章说作者“极力描写塞北春天的迟到速归，短促得几乎使人感受不到春天已经来临”，“塞北春迟、速归，好似昙花一现”。这其实是误解。“送春”“春归”，是就首联的“三月”说的。阴历的春夏秋冬四季，每季占三个月。“三月”是春季的最后一月，进入四月，便算夏季了。作者多年羁留异国，见云而结“客愁”，望雨而惹“乡梦”，时时盼望南归，于是从“三月”（当然是三月底）着眼，借“送春”发挥，写出了“把酒送春无别语，羡君才到便成归”的警句，用以反衬自己久到不能归的痛楚，把全诗的意境提升到身处异域而不忘故国的高度。

萧德藻

字东夫，号千岩老人，长乐（今属福建）人。绍兴二十一年（1151）进士，曾官乌程（今浙江湖兴）令。杨万里称其诗“工致”。原有《千岩择稿》，今佚。厉鹗《宋诗纪事》，光聪谐《有不为斋随笔》皆辑有他的诗。

登岳阳楼

萧德藻

不作苍茫去，真成浪荡游。
三年夜郎客，一舵洞庭秋。
得句鹭飞处，看山天尽头。
犹嫌未奇绝，更上岳阳楼。

萧德藻曾从曾几学诗，又是姜夔的老师和岳父。杨万里很推崇他的诗，把他与尤袤、范成大、陆游并列，称为“近代风骚四诗将”。因诗集久佚，存诗不多，故逐渐被人遗忘。

这首诗见杨万里《诚斋诗话》，前面有“信脚到太古，又登岳阳楼”两句，前一句五字皆仄声，后一句与结尾重复，显然是误抄上去的。删去这两句，便是一首完美的五律。

首句衬托次句，意思是：我不曾在苍茫辽阔的江南烟水之乡遨游，却来到夜郎、洞庭一带浪荡。次句领起以下三联：夜郎远在天边，我却在那里作客长达三年之久；洞庭湖波翻浪涌，浩渺无际，我却在那里孤舟漂流；得句（得到诗句）于白鹭飞处，承“洞庭”；看山于青天尽头，承“夜郎”；结尾“上岳阳楼”，当然也是“浪荡游”的内容。

在洞庭、夜郎一带长期漂泊，本来是并不得意的事，作者却写得兴会淋漓，豪情满怀。全诗造句新颖，属对精工，一气旋转，灵动洒脱。以“浪荡游”启下，以“犹嫌未奇绝”上包二、三联内容，又引出结句“更上岳阳楼”。这真是“浪荡游”，真是“奇绝”，更“奇绝”的“浪荡游”！读此诗至结尾，不禁联想起苏轼《六月二十日夜渡海》的尾联“九死南荒吾不恨，兹游奇绝冠平生！”

次韵傅惟肖

萧德藻

竹根蟋蟀太多事，唤得秋来篱落间。
又过暑天如许久，未偿诗债若为颜。
肝肠与世苦相反，岩壑嗔人不早还。
八月放船飞样去，芦花丛外数青山。

古人作诗，先作的称原唱，就原唱酬答的，叫和诗。和诗如果依次用原唱的脚韵，叫次韵或步韵。这首诗，便是依次用原唱的脚韵酬答傅惟肖的，可惜原唱没有流传下来。

这是一首完全符合格律的七律，却未受格律束缚，句法、章法，都活泼、跳脱，显示了作者的深厚功力和独特的艺术风格。

看样子，傅惟肖早在“暑天”就作了诗，要求作者“次韵”，他没有马上作次韵诗回报，这就欠下了“诗债”。如今已到秋天，如果还不还债，就太难为情了，所以提笔作此诗。弄清了这一层，便会看出前四句作得多么巧！从事件发展的顺序看，友人作诗索和在“暑天”，他和诗回报在秋天。按这个顺序作诗，就太平板了。所以颠倒过来，先从眼前的秋天写起。秋天如何写，也关系到诗的优劣。如果写成：“啊！秋天已经来了！”那也不像样子。作者用的是触景生情法，这也不新鲜，但他写得很新鲜。忽然听见屋外的竹丛下面传来蟋蟀的叫声，意识到秋天来临，这已经不算平庸，出人意外的是他跨越一层，责怪蟋蟀：“躲在竹根边的蟋蟀啊！你太多事了！为什么要把秋天唤到我的篱落之间呢?”如此写秋天来临，何等新奇！当然，蟋蟀在秋天叫，但秋天并不是它唤来的。怨蟋蟀，怨得很无理，却十分有趣。古典诗词中，是有不少无理而有趣的佳句的。在点出秋天之后，突然回到暑天：“啊，度过暑天已经这么久了！可我还没有偿诗债，面子上怎么过得去呢!”这两句，还是讲究对仗的，却一气贯串，活泼自然，令人感觉不到这是对偶句。应该指出，这是一种很高明的手段。

前四句写“次韵”还诗债，后四句，大约是联系原作的内容，自写怀抱，打算辞官归隐。“肝肠与世苦相反”一句有如奇峰突起，不知道他要说明什么问题，看下句，其寓意便清楚了。肝肠与世人完全合拍，比如世人趋炎附势，你也趋炎附势；世人巧取豪夺，你也巧取豪夺；世人以权谋私，你也以权谋私；上司喜欢受贿，你便请客送礼；如此这般，自然官运亨通，青云直上。而“肝肠与世苦相反”，什么都和人家唱反调，那根本就不是做官的料子。不要说世人，连故乡的“岩壑”都看透“我”不是做官的那块料，嗔怪道：“你为什么不早点回来呢?”开头是作者埋怨蟋蟀，这里又是岩壑责怪作者，同样用拟人化手法，却花样翻新，各显风韵。作此诗时蟋蟀唤秋，大约是阴历七月。七月打算退隐，说退便退，因而预想到了“八月”，便辞官放船，像苍鹰急飞那样回到故乡的岩壑，在芦花丛外数（读 shǔ，动词）青山了。杜甫《闻官军收河南河北》的尾联“即从巴峡穿巫峡，便下襄阳向洛阳”，写想象中的行程其疾如飞，生动地表现了急于还乡的心情，而多年来的战乱流离之苦，见于言外。这首诗的尾联“八月放船飞样去，芦花丛外数青山”，写想象中的行程速度更快，生动地表现了急于归隐的心情，而多年来浮沉宦海的辛酸，也见于言外。

古梅二首

萧德藻

湘妃危立冻蛟脊，海月冷挂珊瑚枝。
丑怪惊人能妩媚，断魂只有晓寒知。

百千年藓著枯树，三两点春供老枝。
绝壁笛声那得到，只愁斜日冻蜂知。

方回《瀛奎律髓》卷六评萧德藻《次韵傅惟肖》诗云：“其诗苦硬顿挫而极其工。”前面刚讲过的《次韵傅惟肖》七律，说它“顿挫”，说它“极工”，都不错；说它“苦硬”，似乎并不恰切。把“苦硬”二字用来评这两首七绝，倒切合实际。

先看第一首。

作者咏“古梅”，当然要写梅的“古”。梅的花不可能“古”，其“古”只能从枝干上表现。一、二两句，比古梅的老干硬枝为“冻蛟脊”“珊瑚枝”，比清冷的梅花为“湘妃”“海月”，而以“危立”“冷挂”表明两者的关系。连缀起来，便是：湘妃耸立在冻蛟的脊梁上，海月冷挂在珊瑚的枝丫上。这样描状古梅，真有点“苦硬”。从声调看，第一句平平平仄仄平仄，第二句仄仄仄仄平平平，都是拗句，声调也“苦硬”。

范成大《梅谱后序》云：“梅以韵胜、以格高，故以横斜疏瘦与老枝奇怪者为贵。”明乎此，就看出作者以“冻蛟脊”“珊瑚枝”为喻，正是要写出古梅“瘦”“老”“奇怪”的可贵之处的。当然，如果只有“瘦”“老”“奇怪”的枝干，而不缀以“湘妃”“海月”般清丽的花朵，也算不得“韵胜”“格高”。梅圣俞《东溪》七律中的名句“老树着花无丑枝”，便说明了这个问题。作者很懂得这个道理，所以用画龙点睛之笔，写出第三句：“丑怪惊人能妩媚”。其枝干“丑怪惊人”而又“能妩媚”，就因为它能开放清丽绝俗的花朵。作者特用“妩媚”一词，可能是想起了唐太宗的名言。《旧唐书》卷七一《魏征传》载：魏征常常当众谏诤，太宗感到难堪，便对魏征说：我当众提出的主张，你何必当众反对，事后再向我说，也来得及嘛！魏征回答道：当年大舜告诫群臣：“尔无面从，退有后言！”我如果像您要求的那样做，岂不是当面不讲背后讲，不把您当尧舜看待了吗？太宗听了这番议论，便笑着说：“人言魏征举动疏慢，我但觉妩媚，适为此耳。”魏征的妩媚，正是从疏慢举动（当面谏诤，不留情面）所体现的高贵品格中流露出来的。然而这样的“妩媚”，只有开创贞观盛世的一代英主唐太宗才能看出，才能赞赏。古梅的妩媚，也并非一般人都能赏识，这就有了第四句。

从第四句的“晓寒”可以看出，这首诗所咏的是凌晨开放的古梅。梅花开时，正当严冬，天气很冷，凌晨更冷，故前面用了“冻蛟”“冷挂”之类的字面。古梅于百花凋谢的季节凌寒独放，这也是它的“妩媚”之处。然而能从它的“丑怪惊人”中欣赏其“妩媚”的，能有几人呢？“断魂只有晓寒知”，这是诗人发出的深沉慨叹。好的咏物诗都有寄托，此诗作于隐居屏山之时，其借梅自喻的深层意蕴，是不难领会的。

陈衍《宋诗精华录》卷三评此诗：“梅花诗之工，至此可叹观止，非林和靖所想得到矣。”

再看第二首。

首句是说古梅的树干上长满苔藓，“藓”前加“百千年”，极言古梅之“古”。次句是说因为枝老，开花不多。“三两点春”，即三两朵梅花。南朝宋陆凯《赠范晔》云：“折梅逢驿使，寄与陇头人。江南无所有，聊赠一枝春。”这便是以“春”代梅的先例。陈衍《宋诗精华录》云：“首二句，可作前一首注解。”

后两句是说古梅生长于“绝壁”，不会有人来这里吹笛，只怕冻蜂嗅到香味，飞来打扰。之所以用“笛声”，是因为笛曲有《梅花落》《梅花引》，李白便有“黄鹤楼中吹玉笛，江城五月落梅花”的诗句。这两句和前一首的结句从不同角度表现了古梅超尘绝俗的清操。“只有晓寒知”，是说人间没有知音；“笛声那得到”而只愁“冻蜂知”，是说无人知正好，还生怕有人来干扰呢！作者隐居于乌程屏山，那里千岩竞秀，因自号千岩老人。其退隐之故与终隐之志，都通过这两首咏梅诗表现出来，而又物我交融，浑化无迹。就声调说，第二首的前两句“著”字宜平而用仄，“供”字宜仄而平，是所谓“拗救”。第三句只有“声”字是平声，又是拗句，以苦硬的文词、不谐律的声调，表现不谐俗的品格，内容与形式达到了完美的统一。

韩元吉

(1118—1187)，字无咎，号南涧，开封雍丘(今河南杞县)人，徙居上饶(今属江西)。以荫补龙泉县主簿。累官吏部尚书，封颍川郡公。与朱熹友善。曾与叶梦得、曾几、陆游、陈亮等相唱和。有《南涧甲乙稿》。

送陆务观福建提仓

韩元吉

觥船相对百分空，京口追随似梦中。
落纸云烟君似旧，盈巾霜雪我成翁。
春来茗叶还争白，腊尽梅梢尽放红。
领略溪山须妙语，小迂旌节上凌风。

宋孝宗淳熙五年（1178）春，陆游奉调离蜀，秋抵杭州，除提举福建路常平茶事（简称福建提仓）。冬季赴任，韩元吉作此诗送行。韩元吉当时任吏部尚书，不安其位，不久即出守东阳。

首句写设宴饯行。“觥船”并不是“载酒的船”，“百分空”也不是“万事皆空”。清人厉鹗《瓶花斋百八瓷酒器歌》云：“就中我爱小觥船，不酹亦复堪流涎。”说明觥船是一种容量大的饮酒器。“觥船相对百分空”，是写二人相对，各用大杯饮酒，一杯又一杯，都百分之百地喝干了。饯行诗如此开头，自能涵盖全篇，领起以下各句。他们是志同道合的老朋友，都力主抗金而受制于奸臣，不得行其志。当即将分手之时，以“觥船”饮酒直至“百分空”，其抚今忆昔、依依不舍之情见于言外。次句紧承首句，写忆昔。孝宗隆兴二年（1164），陆游任镇江通判，闰十一月，韩元吉来镇江省亲，与陆游相聚，“相与道旧故，问朋游，览观江山，举酒相属，甚乐”（陆游《京口唱和序》）。又同登焦山，“踏雪观《瘗鹤铭》，置酒上方。烽火未息，望风樯战舰，在烟霭间，慨然尽醉”（陆游《焦山题名》）。回忆起来，这已是十五年前的事了。“京口追随似梦中”一句所包含的谈话内容之多和感慨之深，于此可见。第三、四句忆昔抚今：昔年“京口追随”之时，每见“君”挥毫急书，“落纸云烟”（《焦山题名》，即陆游书写、圜禅师刻石），如今相聚，“君”依旧挥毫落纸如云烟，豪情不减当年；而我呢，那时正当壮年，如今已霜雪满头，变成老翁了（韩元吉长陆游七岁，这时已六十有一）！陆游善草书，其《题醉中所作草书卷后》诗云：“胸中磊落藏五兵，欲试无路空峥嵘。酒为旗鼓笔刀槊，势从天落银河倾。端溪石池浓作墨，烛光相射飞纵横。须臾收卷复把酒，如见万里烟尘清。……”这是说他胸有甲兵而欲试无路，便借作草书纵横驰骋，略显身手；草书作完，仿佛已扫清万里烟尘。韩元吉的这两句诗只说陆游依旧作草书，自己已成老翁，似乎很平淡，实际上蕴含着壮志难酬的感慨。

后四句转向送行。陆游出任的是管理福建茶叶事务的闲官，赴任之时，正当“腊尽”，沿途“梅梢尽放红”，不妨尽情观赏；进入福建境内，已经“春来”，遍山名茶该已争吐白芽，可以及早品尝。你稍稍绕点路，到我当年修建的凌风亭上去，领略溪山之美，作几首好诗寄我读，以慰我对旧游之地的怀念。四句诗，清新明丽，楚楚动人。

王　质

(1127—1189)，字景文，号雪山，原籍郓州（今山东东平）。绍兴三十年（1160）进士。孝宗朝，历枢密院编修官、出判荆南府。诗风流畅俊爽，近似苏轼，亦以苏轼继承人自命。有《雪山集》《绍陶录》。

山行即事

王　质

浮云在空碧，来往议阴晴。
荷雨洒衣湿，蘋风吹袖清。
鹊声喧日出，鸥性狎波平。
山色不言语，唤醒三日酲。

和梅尧臣的《鲁山山行》相比，南宋诗人王质的《山行即事》所写的又是另一番情景。

这是一首五律，首联写天气，统摄全局。云朵在碧空浮游，本来是常见的景色，诗人用“浮云在空碧”五字描状，也并不出色。然而继之以“来往议阴晴”，就境界全出，百倍精彩。这十个字要连起来读，连起来讲：浮云在碧空里来来往往，忙些什么呢？忙于开碰头会。碰头“议”什么？“议”关于天气的事：究竟是“阴”好，还是“晴”好。“议”的结果怎么样，没有说，接着便具体描写“山行”的经历、感受。“荷雨洒衣湿，蘋风吹袖清”——下起雨来了；“鹊声喧日出，鸥性狎波平”——太阳又出来了。看起来，碰头会上主“阴”派和主“晴”派的意见都没有通过，只好按折中派的意见办，来了个时雨时晴。

宋人诗词中写天气，往往用拟人化手法。潘牥《郊行》云："云来岭表商量雨，峰绕溪湾物色梅"；王观《天香》云："重阴未解，云共雪商量不了"；陆游《枕上》云："商略明朝当少霁，南檐风佩已锵然"；姜夔《点绛唇》云："数峰清苦，商略黄昏雨"；林希逸《秋日凤凰台即事》云："断云归去商量雨，黄叶飞来问讯秋"，其中的"商量""商略"，和王质所用的"议"都是同义词。这些句子，各有新颖独到之处，姜夔的两句尤有名。但比较而言，王质以"议阴晴"涵盖全篇，更具匠心。

"荷雨"一联，承"阴"而来。不说别的什么雨，而说"荷雨"，一方面写出沿途有荷花，丽色清香，已令人心旷神爽，另一方面，又表明那"雨"不很猛，并不曾给行人带来困难，以致影响他的兴致。李商隐《宿骆氏亭寄怀崔雍崔衮》七绝云："秋阴不散霜飞晚，留得枯荷听雨声。"雨一落在荷叶上，就发出声响。诗人先说"荷雨"，后说"洒衣湿"，见得先闻声而后才发现下雨，才发现"衣湿"。这雨当然比"沾衣欲湿杏花雨"大一些，但大得也很有限。同时，有荷花的季节，衣服被雨洒湿，反而凉爽些，"蘋风吹袖清"一句，正可以补充说明。宋玉《风赋》云："夫风生于地，起于青蘋之末。"李善注引《尔雅》："萍，其大者曰蘋。"可见"蘋风"就是从水面浮萍之间飘来的风，诗人说它"吹袖清"，见得风也并不狂。雨已湿衣，再加风吹，其主观感受是"清"而不是寒，说明如果没有这风和雨，"山行"者就会感到炎热了。

"鹊声"一联承"晴"而来。喜鹊厌湿喜干，所以又叫"干鹊"，雨过天晴，它就高兴得很，叫起来了。陈与义《雨晴》七律颔联"墙头语鹊衣犹湿，楼外残雷气未平"，就抓取了这一特点。王质也抓取了这一特点，但不说鹊衣犹湿，就飞到墙头讲话，而说“鹊声喧日出”，借喧声表现对“日出”的喜悦——是鹊的喜悦，也是人的喜悦。试想，荷雨湿衣，虽然暂时带来爽意，但如果继续下，没完没了，“山行”者就不会很愉快；所以诗人写鹊“喧”，也正是为了传达自己的心声。“喧”后接“日出”，造句生新。从表面看，“喧”与“日出”，似乎是动宾关系。实际上，“喧”并不是及物动词，“日出”不可能作它的宾语。这句诗用现代汉语翻译，应该是这样的：“喜鹊喧叫：‘太阳出来了！’”

“鹊声喧日出”一句引人向上看，由“鹊”及“日”；“鸥性狎波平”一句引人向下看，由“鸥”及“波”。鸥，生性爱水；但如果风急浪涌，它也受不了。如今呢，雨霁日出，风也很柔和，要不然，“波”怎么会“平”呢？“波平”如镜，爱水的“鸥”自然就尽情地玩乐。“狎”字也用得好。“狎”有“亲热”的意思，也有玩乐的意思，这里都讲得通。

尾联“山色不言语，唤醒三日酲”，虽然不如梅尧臣的“人家在何许，云外一声鸡”有韵味，但也不是败笔。像首联一样，这一联也用拟人化手法，所不同的是前者是正用，后者是反用。有正才有反。从反面说，“山色不言语”；从正面说，自然是“山色能言语”。惟其能言语，所以下句用了一个“唤”字。乍雨还晴，“山色”刚经过雨洗，又加上阳光的照耀，其明净秀丽，真令人赏心悦目。它“不言语”，已经能够“唤醒三日酲”，一“言语”，更会怎样呢？在这里，拟人化手法由于从反面运用而加强了艺术表现力。“酲”是酒醒后的困惫状态。这里并不是说“山行”者真的喝多了酒，需要解酒困，而是用“唤醒三日酲”夸张地表现“山色”的可爱，能够使人神清气爽，困意全消。

以“山行”为题，结尾才点“山”，表明人在“山色”之中。全篇未见“行”字，但从浮云在空，到荷雨湿衣、蘋风吹袖、鹊声喧日、鸥性狎波，都是“山行”过程中的经历、见闻和感受。

合起来，就是所谓“山行即事”。全诗写得兴会淋漓，景美情浓，艺术构思也相当精巧。

附带谈谈这首诗的平仄问题。

这是平起的五律，首句的声调应该是平平平仄仄，但“浮云在空碧”，却是平平仄平仄，三、四两字，平仄对调。这是格律诗首句不入韵时常用的格式。“荷雨”一联和“山色”一联，都应该是仄仄平平仄，平平仄仄平，但作者却将上句的末三字改成仄平仄，将下句的末三字改成平仄平，即将上下两句的倒数第三字平仄对换。杜甫的律诗，偶有这种句子，如“鸿雁几时到，江湖秋水多”等。中晚唐以来，有些诗人有意采用这种声调。例如温庭筠《商山早行》的首联“晨起动征铎，客行悲故乡”、颈联“槲叶落山路，枳花明驿墙”，梅尧臣《鲁山山行》的首联“适与野情惬，千山高复低”，就都是这样的。也是上下句倒数第三字平仄对调。一对调，就可以避免音调的平滑，给人以峭拔的感觉。读中晚唐以来的格律诗，应该懂得诗的拗救形式才好。

苏轼的七律《新城道中》，也是写“山行”的：

东风知我欲山行，吹断檐间积雨声。
岭上晴云披絮帽，树头初日挂铜钲。
野桃含笑竹篱短，溪柳自摇沙水清。
西崦人家应最乐，煮芹烧笋饷春耕。

写雨后山行，风景如画，洋溢着满眼生机和满怀喜悦，可与王质的诗并读。

陆　游

（1125—1210），字务观，号放翁，越州山阴（今浙江绍兴）人。孝宗初，赐进士出身，历任镇江、隆兴、夔州通判。力主抗金而为投降派所阻，报国无门，其爱国忧民之激情一发于诗，雄放豪迈，前无古人。其抒写日常生活之作则清新圆润，别饶韵味，今存诗九千余首。亦工词，散文、书法成就皆高，尤长于史学。有《剑南诗稿》《渭南文集》《放翁词》《南唐书》《老学庵笔记》等。

度浮桥至南台

陆　游

客中多病废登临，闻说南台试一寻。
九轨徐行怒涛上，千艘横系大江心。
寺楼钟鼓催昏晓，墟落云烟自古今。
白发未除豪气在，醉吹横笛坐榕阴。

绍兴二十九年（1159），陆游任福州司理参军，此诗乃到任不久时所作。

首联上句衬托下句，“多病废登临”而带病试登南台，则从别人口中听到的南台胜境令作者神往，可想而知，从而为以下写“度浮桥至南台”做好了铺垫。次联写“度浮桥”。无数车马行人分为许多行列，安稳地并行于怒涛之上，仅用七个字描绘出的这幅壮阔、奇特的场景，不禁引起读者的疑问：“怒涛上”怎能“徐行”？读完下句，才知道作者有意颠倒顺序，先写“浮桥”的功用，然后才描状“浮桥”本身，从而获得了异常惊耸的艺术效果。用“千艘横系大江心”写“浮桥”本身，也真切而生动。据《三山志》记载：由福州城到南台，江广三里，北宋元祐八年（1093）连舟造浮桥，“北港五百尺，用舟二十”，“南港二千五百尺，用舟百”，舟上架板，“翼以扶栏，广丈有二尺”，“植石柱十有八”，用大藤缆挽直桥路。诗人用“九轨”“千艘”，自然语带夸张，但更能突出地表现这座浮桥的雄伟气象。第三联写“至南台”的见闻感受。据《三山志》记载：南台临江的天宁寺内，“危楼万仞，波光入户”。附近还有泗州堂、钓鱼台院、高盖院等许多寺观，晨钟暮鼓，声传数里。诗人闻“寺楼钟鼓”之声而感到它在“催昏晓”，便有壮志未酬、时不我与的感慨。以这样的心情，远望散布各处的“墟落”俱在“云烟”霭霭之中，便又触发“云烟自古今”而人世有沧桑的感慨。尾联开头的“白发”，显然承“催昏晓”“自古今”而来。作者这时三十五岁，不算老，也未必有“白发”，但对于以救国救民为己任的陆游来说，在这样的年龄还虚度光阴，自然会有盛年难再的感伤。用“白发”，正出于这样的心态。然而接下去，又突然转向昂扬振奋。“未除豪气”，是陈元龙“豪气未除”的倒用。尽管已生“白发”，但“白发”并未消除一贯的豪气，还希望大有作为。“坐榕阴”而“醉吹横笛”，便是豪气仍在的具体表现。

次联写景，境界阔大，气象峥嵘。三联景中含情，寄慨遥深。全诗雄伟瑰丽，体现了陆游前期诗歌的主要风格。

秋夜读书每以二鼓尽为节

陆　游

腐儒碌碌叹无奇，独喜遗编不我欺。
白发无情侵老境，青灯有味似儿时。
高梧策策传寒意，叠鼓冬冬迫睡期。
秋夜渐长饥作祟，一杯山药进琼糜。

此诗作于乾道元年（1165）秋初任隆兴（治所在今江西南昌）通判时，年四十一。

陆游一生好学不倦，专写读书的诗，约一百首，把他的房子取名“书巢”，“饮食起居，疾痛呻吟，悲忧愤叹，未尝不与书俱”（《书巢记》）。他读书是为了学以致用，济世救民。《读书》诗说：“归老宁无五亩园，读书本意在元元。”“元元”指老百姓。《夜读兵书》诗说：“孤灯耿霜夕，穷山读兵书。平生万里心，执戈王前驱。”读兵书的目的是驱逐金兵，收复失地。《读书》诗说：“读书四更灯欲尽，胸中太华蟠千仞。……策名委质本为国，岂但空取黄金印。”读书是为了救国、治国。《久无暇近书卷慨然有作》诗说：“少小喜读书，事业期不朽，致君颇自许，书卷常在手。”读书是了致君尧舜，做一番不朽的事业。《五更读书示子》云：“暮年于书更多味，眼底明明见莘渭。……万钟一品不足论，时来出手苏元元。”伊尹耕于有莘之野，后来辅佐商汤；吕尚钓于渭滨，后来辅佐周武王。作者于读书时看到伊尹、吕尚的事迹而受到鼓舞，希望有一天也能得到重用，拯救受苦受难的黎民。《冬夜读书示子聿》诗说：“纸上得来终觉浅，绝知此事要躬行。”《睡觉闻儿子读书》诗说："人人本性初何欠，字字微言要力行。"又强调把从书本里学到的知识付诸实践。以上略举数例，对于理解《秋夜读书每以二鼓为节》这首七律会有些帮助。

首联点题。作者自许"塞上长城"，自知并非"腐儒"；自称"胸藏五兵"，自知并非"碌碌无奇"。"腐儒碌碌叹无奇"，用一"叹"字，其不见重于当权者的无限感慨已洋溢纸上。"遗编不我欺"，是说古书里所讲的致君泽民之道是正确的，因而要"秋夜读书"；而在前面加上"独喜"二字，则他在现实生活中受尽欺凌，已不言而喻。次联极精彩：如今白发见侵，已入老境，而"青灯"映黄卷，读得津津"有味"，还像"儿时"一样。这两句诗，看起来很平淡，但凡是自幼好学不倦的老年人读起来都会为诗人描绘的夜读情景所陶醉，对自己儿时夜读的乐趣无限神往。五、六两句写读书至二更已尽的情景；先是窗外的梧桐叶策策作响，传来寒意，接着是连续的更鼓冬冬报时，告诉他自定"以二鼓尽为节"的时限已经迫近，应该准备睡觉。这时候，肚子饿了，吃一杯煮山药，比富贵人家喝琼浆玉液都香。作者这时做地方官，官虽小，但还是有权的。从本意只在描写夜读实况的这几句诗看，自定"睡期"而不敢延长，是因为明日要处理公务，必须早起；他赋闲家居的时候，则常常夜读至四更、五更。其充饥之物只是"一杯山药"，却吃得那么香；但他并不是只知道山药可以充饥，还知道有所谓"琼糜"。凡是写出真情实况的好诗，读者都会在诗人的本意之外领会到许多东西。读这几句诗，诗人居官勤谨、作风廉洁、生活清苦、安贫乐道、好学不倦的高风亮节，不是历历如在目前吗？可是人家却视为"腐儒"，笑他"碌碌无奇"（诗人如此评论自己，乃愤激之词，实际上是当权者嫌他迂腐，不肯重用），岂不可"叹"！

游山西村

陆　游

莫笑农家腊酒浑，丰年留客足鸡豚。
山重水复疑无路，柳暗花明又一村。
箫鼓追随春社近，衣冠简朴古风存。
从今若许闲乘月，拄杖无时夜叩门。

乾道二年（1166），作者在隆兴通判任，因支持张浚北伐，被投降派以“交结台谏，鼓唱是非，力说张浚用兵”的罪名弹劾，免官回到故乡山阴，卜居于镜湖附近的三山。这首《游山西村》，作于第二年春天。山西村，即三山西边的村子。

首联写游到山村，被农家邀去做客，硬留他吃饭。因为遇上丰年，又准备过春社，所以用酒肉待客。上年腊月酿的米酒虽然浑一些，但鸡肉、猪肉只管往上端，足够吃。两句诗，把农民的热情、好客和丰收之年的喜悦表现得活灵活现，令人神往。

细玩诗意，诗人用了倒叙手法。先写在农家做客，然后补写来到这个村子的沿途景物及村中景象。诗人从他居住的那个村子出发，信步漫游，并无明确的目的地。走过几重山，绕过几条水，只见前面“山重水复”，好像“无路”可走。可是继续前进，忽觉豁然开朗，出现在眼前的是“柳暗花明又一村”。两句诗，委婉明丽，状难状之景如在目前，其中又蕴涵人生哲理。不论是干事业、做学问，都会遇到类似的境界，因而常被人引用，至今传诵不衰。诗人来到这个“柳暗花明”的村子，只见“衣冠简朴”的村民们有的吹箫，有的打鼓，互相“追随”，热闹非凡。原来这里“古风”犹存，大家正准备过春社呢！古代民俗，春社祝祷丰收，民众竞技、奏乐，进行各种表演，并集体欢宴。唐人王驾《社日》诗云：“鹅湖山下稻粱肥，豚栅鸡栖半掩扉。桑柘影斜春社散，家家扶得醉人归。”到了南宋，这种民俗还未改变，陆游的这两句诗，正展现了南宋农村的风俗画。

从顺序看，首联所写的农家留客情景，应该是出现在三联展现的场景之后的，因而以“从今若许闲乘月，拄杖无时夜叩门”收束全诗。“门”就是留他吃饭的那个“农家”的“门”。诗人从应试到罢官归里，受尽了上层统治者的打击迫害，真有“山重水复疑无路”的感觉，可是一到上层统治者当牛马看待的农民家里，受到热情款待，便感到无限温暖，顿觉“柳暗花明”。因而以“莫笑”领起，先赞赏淳朴的“农家”，结尾又说从今以后，不要说白天，就是月明之夜，也要“叩门”来访的。读完全诗，令人感到作者游山西村，发现了一片淳朴可爱的新天地。如果用记流水账的办法写，就很难收到这样的艺术效果。

剑门道中遇微雨

陆 游

衣上征尘杂酒痕，远游无处不消魂。
此身合是诗人未？细雨骑驴入剑门。

这是一首脍炙人口的小诗，但理解上却颇有分歧。例如或认为诗人“从生活中抓取出富有趣味的又能够表现人物思想感情的小片段来加以描绘，调子是轻松愉快的”；或认为作者“因当前富有诗意的生活而联想到以前诗人骑驴的故事，有尚友古人的意思”；或认为“在这首诗里，表现出诗人善于即景生情地发掘生活中的诗意，并且随手拈来，似乎全不费力地构成一个诗情荡漾的境界”；或认为“这首诗看是自喜实是自嘲，寓沉痛悲愤于幽默之中，婉约而富有情趣”；或认为“并没有自嘲的意思，他还是相当欣赏这种有浪漫情调的诗人生活呢”。有些意见，还是针锋相对的。

“颂其诗，读其书，不知其人，可乎?”读这样理解上有分歧的诗，更有必要“知其人”。因而不妨粗略地看看陆游写这首诗之前的生活经历和写这首诗之时的境遇和心情。

陆游这位杰出的爱国诗人“少小遭丧乱，妄意忧元元”，二十岁之时，就渴望“上马击狂胡，下马草军书”，为收复中原、统一祖国效力，但由于秦桧之流把持朝政，他的理想无法实现。乾道三年（1167），他已经四十三岁，才做个隆兴通判的小官，又以“力说张浚用兵”抗金的罪名，遭到罢斥，回到山阴老家。乾道五年，起为夔州通判；次年闰五月自山阴出发，十月抵夔州，沿途写了著名的《入蜀记》。乾道八年（1172），被四川宣抚使王炎辟为干办公事。三月，他赶到南郑（今陕西汉中），积极参加了收复长安的准备工作。半年之内，西到仙人原、两当县，北到黄花驿、金牛驿，南到飞石铺、橘柏渡，或防守要塞，或侦察敌情，还参加过强渡渭水的战役和大散关的遭遇战。但正当收复长安的事业有了希望的时候，王炎被调回临安，陆游被改任成都府安抚司参议官。满怀希望，又化为泡影。这年十一月，陆游携同家眷赴成都，过剑阁之时，写了一首五律《剑门关》：

剑门天设险，北乡（同“向”）控函秦。
客主固殊势，存亡终在人。
栈云寒欲雨，关柳暗知春。
羁客垂垂老，凭高一怆神。

“存亡终在人”，然而人事又如何呢？收复长安的计划已然落空，在“垂老”之年，作为“羁客”，于“栈云寒欲雨”的愁惨氛围中爬上剑阁，怎能不“凭高一怆神”？

《剑门道中遇微雨》和《剑门关》是同时的作品，互相印证，可以帮助我们比较准确地把握它们的精神实质。

现在让我们看看《剑门道中遇微雨》这首七绝究竟写了些什么，是怎样写的。

人在“剑门道中”奔波，又“遇微雨”，衣服就会淋湿，因而首句便从“衣上”着笔，却又不说雨湿征衣，而说“衣上征尘杂酒痕”，正表现了大诗人在开掘题材、提炼主题方面的功力。雨湿征衣，只能说明旅途的艰苦而已，何况这一层意思，已包含在题中了。而“征尘杂酒痕”，则深刻地概括了诗人的处境和心境。“征尘”，首先来自从南郑到剑门的长途跋涉，但同时也来自“铁马秋风大散关”的战斗生活。那战斗生活只留下“衣上征尘”，不可复得；如今离开前线到后方的成都去做那个英雄无用武之地的参议官，“衣上”徒然增添旅途的“征尘”，怎能不百感丛生！“渭水函关原不远，着鞭无日涕空横”（《嘉州铺得檄遂行中夜次小柏》），未离南郑时尚且如此，何况如今呢？于是，唯一的办法就是借酒浇愁解闷，“衣上征尘”，又杂有“酒痕”了。诗人在此后所作的《长歌行》中声明他“平时一滴不入口”，并非一贯贪杯，只是在“国仇未报壮士老”的悲愤无由消除的情况下才“剧饮”的。

第二句“远游无处不消魂”，是个陈述句。从先后次序上看，应该先说“远游”，然后对“远游”情景作具体描写。然而“文似看山不喜平”，这样写，虽易于理解，却未免平庸。诗人且不说“远游”，一上来就用了个描写句，用“衣上征尘杂酒痕”一句描绘“远游”情景，并以实写虚，展现了“远游”者的内心世界，这才用“远游”二字点明，既使得起势突兀，一上来就抓住读者，又获得形象的鲜明性，加强了艺术感染力。王维《观猎》一开头就写“风劲角弓鸣”，第二句才点明“将军猎渭城”；杜甫《画鹰》第一句就写“素练风霜起”，接着才说“苍鹰画作殊”。两首都用的是这种“逆起”法。

“远游”的“游”含义很丰富，不单指游玩、游览、游乐。它是相对于家居而言的，在家的人叫“居人”，出门的人就叫“游人”“游子”。至于出门去干什么，或游宦，或游学，则视具体情况而定。具体到这首诗，“远游”指诗人从南郑到成都的长途旅行，但实际上，还可以追溯得更远。从乾道六年（1170）离开山阴老家赴夔州，奔南郑，直到现在去成都，调动频繁，仆仆风尘，都是这“远游”的具体内容。正因为这样，就感到这“远游”“无处不消魂”了！“消魂”这个古代汉语中的词其含义相当丰富、复杂，用现代汉语中的任何一个词，都无法准确地对译。江淹《别赋》：“黯然消魂者，唯别而已矣。”李善注云：“夫人魂以守形，魂散则形毙。今别而散，明恨深也。”这解释当然是正确的。但“消魂”又不限于形容愁恨悲伤一类的感情。有时又用以表现喜悦，如说“真个消魂”之类。大致说来，凡因外界感触而使得心情激动，都可用“消魂”，究竟是愁是喜，是恨是乐，也要看具体情况。这里的“远游无处不消魂”，只有联系上下文才能得到确切的理解。上文已作了一些分析，且看下文。

“此身合是诗人未?”——我这个人，应该算是诗人呢？还是不应该算是诗人?

这一问，问得很突然，问得出人意外。他早已是出名的诗人了，而且算不算诗人，他岂能没有自知之明，何必多此一问？何况这一问和上句的“消魂”之间，又很难找到内在的联系。

看看下句，才知道先后次序又被颠倒了。

第二句中的“无处”当然包括此处：“剑门道中”。“消魂”也当然指“远游”至“剑门道中”，使诗人深有感触，心情激动。但光说“消魂”，毕竟很抽象，于是在“衣上征尘杂酒痕”的基础上作进一步的形象描绘，写出了“细雨骑驴入剑门”这句绝妙好诗，那位“远游”者的神态及其旅途景物，便都跃然纸上。这就是说，按顺序“细雨骑驴入剑门”，应该紧接“远游无处不消魂”；那一问，则是由此激发出来的，应该移在后面，而作者却把它提前了。一提前，就突出了那一问的重要性，使读者急于得到答案。而读了第四句，又发现那并非答案，而是提出问题的根据。问而不答，就不能不引人深思，从而收到了言已尽而意无穷的艺术效果。

“衣上征尘杂酒痕”“细雨骑驴入剑门”，此情此景，引起了诗人的许多联想。自己骑驴远游，衣有“酒痕”，就联想到许多诗人也骑驴，也好酒。例如李白就乘醉骑驴游华阴（见王琦《李太白全集注》卷三十六引《合璧事类》）。杜甫则“骑驴十三载，旅食京华春”（《奉赠韦左丞丈二十二韵》），又往往把诗和酒联系起来，如说：“醉里从为客，诗成觉有神”（《独酌成诗》）等等。早在陆游之前，就有《杜子美骑驴图》（见《广川画跋》卷四）和《醉杜甫像》（见《画声集》卷一）流传。至于孟浩然骑驴踏雪寻梅、贾岛骑驴赋诗、孟郊骑驴苦吟、李贺骑驴觅句、郑綮“诗思在灞桥风雪中驴子背上”，则更为人所熟知。而自己过剑门入蜀，又自然联想到杜甫过剑门入蜀的经历，联想到以《蜀道难》诗赢得“谪仙”称号的蜀中诗人李白，联想到杜甫、黄庭坚入蜀以后在诗歌创作上取得的杰出成就。这许多联想，就引出了意味深长的一问。既然许多前代的著名诗人都如此，我亦如此，那么，我究竟该不该算是个诗人呢?

这一问意味深长，不能用简单的“是”或者“不是”来回答。

让我们看看陆游的《读杜诗》:

城南杜五少不羁，意轻造物呼作儿。
一门酣法到孙子，熟视严武名挺之。
看渠胸次隘宇宙，惜哉千万不一施。
空怀英概入笔墨，《生民》《清庙》非唐诗。
向令天开太宗业，马周遇合非公谁?
后世但作诗人看，使我抚几空嗟咨!

满怀壮志，满腹经纶，却得不到马周遇太宗那样的机缘，因而一筹莫展，只能“空怀英概入笔墨”，而世人又不明真相，仅仅将其看作诗人，真使人抚几嗟叹，感慨万千！这是讲杜甫吗?是的，是讲杜甫，但也是讲自己。

在《长歌行》里，陆游就明确地为自己报国无门而提出诘问：“岂其马上破贼手，哦诗长作寒螀鸣?”而这一问，又是自己无法回答的。

“此身合是诗人未?”这一问，他自己也无法回答。就主观方面说，在南郑的时候，陆游就主张先收复长安，再经略中原，用“会看金鼓从天下，却用关中作本根”“莫作世间儿女态，明年万里驻安西”之类的豪壮诗句抒发过宏伟的理想。直到晚年，仍然梦想“驱铁马”“渡桑乾”“北定中原”“为国戍轮台”，何尝甘愿“哦诗常作寒螿鸣”，仅仅做个诗人?然而客观现实不许可实现自己的理想，又有什么办法?如今被迫离开了边防前线，不是“驱铁马”，而是“骑蹇驴”，不是“凯旋宴壮士”，而是独自喝闷酒，不是“追奔露宿青海月，夺城夜踏黄河冰”，而是“衣上征尘杂酒痕”“细雨骑驴入剑门”。这岂不是仅仅落得个诗人的下场了吗?

为了进一步理解“此身合是诗人未”的内涵，不妨再看看诗人入蜀以后所作的《夏夜大醉醒后有感》:

少时酒隐东海滨，结交尽是英豪人;
龙泉三尺动牛斗，《阴符》一编役鬼神。
客游山南(“山南”指南郑——引者)夜望气，颇谓王师当入秦;
欲倾天上河汉水，净洗关中胡虏尘。
那知一旦事大谬，骑驴剑阁霜毛新;
却将覆毡草檄手，小诗点缀西州春!
素心虽愿老岩壑，大义未敢忘君臣;
鸡鸣酒解不成寐，起坐肝胆空轮囷。

附带一提:我们的堪称“伟大”的古典诗人，其最高理想都不是做一个诗人而已，而是“余事作诗人”。陆游晚年教导他的儿子说:“汝若欲学诗，工夫在诗外。”这“诗外工夫”，一般理解为生活阅历，当然不算错，但陆游的本意，主要指在做人上下功夫，做一个有益于国家民族的人。在国家民族危急存亡之秋，那就要“忘家思报国”，“万里扫尘烟”，扶颠持危，活国济民。

综合以上的分析，这首《剑门道中遇微雨》的情调不能说是“轻松愉快的”，更不能说作者“相当欣赏这种有浪漫情调的诗人生活”。就基本内容而言，这首诗与《读杜诗》《长歌行》《夏夜大醉醒后有感》相类似，抒发了壮志难酬的愤懑，但在艺术表现上却另辟蹊径。前三首，直抒胸臆，激情喷涌；这一首，含蓄婉约，意在言外。孤立地看：衣有“征尘”，只说明赶路而已；衣有“酒痕”，只说明喝酒而已；“远游”“消魂”，其含义又丰富、复杂，难以确指。“远游”如果是为了欣赏自然风景，那么“微雨”中的剑阁七十二峰也煞是好看，能给人以美的享受，令人“消魂”。“骑驴”寻诗，又有其悠久的传统，“细雨骑驴入剑门”，就更有诗意。“诗人”的桂冠，也是令人歆羡的，“此身合是诗人未”，未尝不可以理解为以“合是诗人”“自喜”。然而在顾及作者“全人”的同时细读“全诗”，便于含蓄中见忧愤，于婉约中见感慨。惟其含蓄，忧愤更其深广；惟其婉约，感慨更其沉痛。

长　歌　行

陆　游

人生不作安期生，醉入东海骑长鲸；
犹当出作李西平，手枭逆贼清旧京。
金印煌煌未入手，白发种种来无情。
成都古寺卧秋晚，落日偏傍僧窗明。
岂其马上破贼手，哦诗长作寒螿鸣？

兴来买尽市桥酒，大车磊落堆长瓶；
哀丝豪竹助剧饮，如钜野受黄河倾。
平时一滴不入口，意气顿使千人惊。
国仇未报壮士老，匣中宝剑夜有声。
何当凯旋宴将士，三更雪压飞狐城！

《昭昧詹言》卷十二引姚鼐云：

放翁兴会飙举，辞气踔厉，使人读之，发扬矜奋，兴起痿痹矣；然苍黝蕴藉之风盖微。所谓“无意为文而意已独至者”，尚有待欤？

大致说来，这看法并不错。但陆游“六十年间万首诗”，题材、体裁、风格相当多样，一概而论，自难准确。例如《剑门道中遇微雨》《楚城》这样的小诗，绝非“苍黝蕴藉之风盖微”，而是含蓄蕴藉，含不尽之意见于言外。至于他那些悲愤激昂、热情喷涌、大声疾呼的爱国诗，可以说“蕴藉之风盖微”，但这是这类诗的特点，很难说是什么缺点。要恰如其分地表现火山爆发似的激情，是难得含蓄的。让我们谈谈这类诗的代表作《长歌行》。

“人生不作安期生，醉入东海骑长鲸；犹当出作李西平，手枭逆贼清旧京。”一起直抒壮怀，“辞气踔厉”，有如长江出峡，涛翻浪涌，不可阻遏。从语法结构上看，这四句诗实际上是一个包含两个分句的复句。两个分句，又不是并列关系，它们以“人生”为共同主语，“不作……”只起陪衬作用，由于这个分句的陪衬，突出了“犹当出作……”的意义。正因为这四句诗并不是各自独立的四句诗，而是由两个一衬一正的分句组成的复句，所以必须一口气读到底，从而显示其奔腾前进、骏迈无比的气势。当然，形式决定于内容，又为内容服务。但就文艺创作而言，并不是有了什么样的内容就自然而然地有了相适应的形式。作者的壮志豪情有如岩浆沸腾，需要相适应的语言形式加以表达，而作者经过艰苦的构思，终于用旧体诗中罕见的二十八个字构成的长句出色地表达了他的壮志豪情，这就是“创作”。

这个长句里的安期生，相传是古代仙人。《史记·封禅书》及《列仙传》都说他往来于东海边及蓬莱山，食枣、卖药，已逾千岁，并未提到醉酒骑鲸。醉酒骑鲸，则是诗人的想象。杜甫《送孔巢父谢病归游江东兼呈李白》云：“巢父掉头不肯住，东将入海随烟雾。……南寻禹穴见李白，道甫问讯今何如。”“南寻禹穴见李白”一句，有的版本则作“若逢李白骑鲸鱼”。其他如苏轼《次韵张安道读杜诗》有“骑鲸遁沧海”之句，《送杨杰》也说“醉舞崩崖一挥手……笑厉东海骑鲸鱼”。陆游把关于神仙的传说和诗人的想象结合起来，构成第一个分句，表达一种非凡的“人生”理想。

这个长句里的李西平指李晟（727—793）。李晟，字良器，洮州临潭（今属甘肃）人，初为西北边镇裨将，因屡立战功，调任右神策军都将。唐德宗时，率军讨伐藩镇田悦、朱滔、王俊武的叛乱；太尉朱泚叛唐称帝，他回师讨平，收复长安。任凤翔、陇右节度等使，兼四镇、北庭行营副元帅，封西平郡王。《旧唐书》卷一三三、《新唐书》卷一五四有传。陆游突出其平叛收京的史实，构成了第二个分句，表达他梦寐以求的人生理想。

这个长句用现代汉语翻译，那就是：人生如果不能做一个像安期生那样的仙人，醉骑长鲸，在汪洋大海里纵横驰骋，就应当做一个像李西平那样的名将，消灭逆贼，收复旧京，使天下清平。用安期生的传说和李西平的史实，这是古典诗歌中常见的“使事”（或称“用典”“用事”“用书卷”）手法。“使事”要“切”要“活”，忌“泛”忌“死”。赵翼曾说陆游“使事必切”，又说陆游“才气豪健，议论开辟，引用书卷，皆驱使出之，而非徒以数典为能事，意在笔先，力透纸背”（《瓯北诗话》卷六），这可以说相当准确地概括了陆游“使事”极“切”极“活”的特点。就这个长句而言，“用事”的“切”和“活”表现在借古喻今，用李西平的史实确切地抒发了自己的抱负，“用事”实际上起了比喻的作用。李西平的史实是具体的、丰富的，借以自比，就不仅把自己的抱负表达得很具体、很形象，而且连自己所处的环境也和盘托出，收到了“词约义丰”的效果。谁都可以看出，“手枭逆贼”中的“逆贼”是以朱泚比喻女真侵略者，“清旧京”中的“旧京”是以朱泚占据的唐京长安比喻沦陷于女真奴隶主贵族之手的宋京开封。北中国被侵占，南宋偏安一隅的历史形势，不都表现得一清二楚吗？

有些评论家用“一泻千里”之类的词语赞扬诗文气势的雄壮豪放，这是值得商榷的。实际上，这一类词语含有贬义。《丽泽文说》云：“鼓气以势壮为美。势不可以不息，不息则流宕而忘返。”《春觉斋论文・气势》云：“文之雄健，全在气势。气不王（旺），则读者固索然；势不蓄，则读之亦易尽。故深于文者，必敛气而蓄势……苏明允《上欧阳内翰书》称昌黎之文‘如长江大河，浑浩流转，鱼鳖蛟龙，万怪惶惑，而抑遏蔽掩，不使自露’，此真知所谓气势，亦真知昌黎能敛气而蓄势者矣。”文固如此，诗亦宜然。杜甫的诗，特别是五七言古体诗，沉郁顿挫，曲折变化，抑扬跌宕，浑浩流转，故尺幅有万里之势。王士禛认为陆游“七言逊杜、韩、苏、黄诸大家，正坐沉郁顿挫少耳”，“少”到何种程度，他没有说。总之，就算“少”吧，“少”并不等于“无”。就是说，陆游的七言古风，还是沉郁顿挫的，并非“一泻千里”，“流宕忘返”，以致气衰势穷，语意俱竭。即如这首《长歌行》，突然而起，二十八字的长句有如长风鼓浪，奔腾前进，但当其全力贯注于“手枭逆贼清旧京”之后，即不复继续前进，来了个“逆折”，折向相反的方面：“金印煌煌未入手”，壮志难酬，不胜愤懑！忽顺忽逆，忽扬忽抑，形成了第一个波澜。乍看变幻莫测，细玩脉络分明。李西平之所以能“手枭逆贼清旧京”，他的爱国心，他的将才等等，当然都起了作用，但更重要的是他得到执政者的重用，掌握兵权，肘悬煌煌金印。自己呢，虽有将才和爱国心，而未能如李西平那样掌握兵权，“手枭逆贼清旧京”的壮志又怎能实现？

“金印煌煌未入手”一句连“折”带“抑”，“白发种种来无情”一句再“抑”，“成都古寺卧秋晚，落日偏傍僧窗明”两句更“抑”，直把起头用二十八字长句所抒发的涛翻浪涌，一往无前的壮志豪情“抑”向低潮。“金印煌煌”，目前虽“未入手”，但如果是壮盛之年，来日方长，还可以等待时机。可是呢，无情白发，已如此种种（《左传》昭公三年：“余发如此种种。”杜注曰：“种种，短也。”）！来日无多，何能久等呢？“成都古寺卧秋晚，落日偏傍僧窗明”，既补写出作者投闲置散、独居古寺僧寮的寂寞处境，又抒发了眼看岁月流逝、时不我与的焦灼心情。就一生说，已经白发种种，年过半百；就一年说，已到晚秋，岁聿其暮；就一日说，日已西落，黑夜将至。真所谓“志士愁日短”！而易逝的时光，就在这“古寺”中白白消磨，这对于一个渴望“手枭逆贼清旧京”的爱国志士来说，怎能不焦灼，怎能不痛心！

一“抑”再“抑”之后，忽然用一个反诘句平空提起：“岂其马上破贼手，哦诗长作寒螿鸣？”形成又一波澜。“破贼手”的“手”，不是“未入手”的“手”，而是“选手”“能手”“突击手”的“手”。这两句诗从语法结构上看，不是两句，而是一句，即所谓“十四字句”。用现代汉语翻译，那就是：难道我这个马上破贼的英雄，就只能无尽无休地像寒蝉悲鸣般哦诗吗？平空提起，出人意外，然而细按脉理，仍从“犹当出作李西平，手枭逆贼清旧京”而来。穷极变化而不离法度，此所谓“纪律之师”，与一味“野战”者不同。

接下去，通过描写“剧饮”抒发“手枭逆贼清旧京”的理想无由实现的悲愤：“兴来买尽市桥酒，大车磊落堆长瓶；哀丝豪竹助剧饮，如钜野受黄河倾。”真有“长鲸吸百川”的气概。但一味夸张地描写“剧饮”，难免给人以“酒徒”酗酒的错觉，因而用“平时一滴不入口”陡转，用“意气顿使千人惊”拍合，形成第三个波澜。接下去，波澜迭起，淋漓酣纵：“国仇未报壮士老”一句，正面点明“剧饮”之故，感慨万端，颇含失望之情；“匣中宝剑夜有声”一句，侧面烘托誓报国仇的决心，又燃起希望之火，从而引出结句：“何当凯旋宴将士，三更雪压飞狐城！”

结句从古寺“剧饮”生发，又遥应首句，而境界更其阔大。“飞狐城”指飞狐口，在今河北涞源县北，古代为河北平原与北方边郡间的咽喉。诗人希望有一天能够掌握兵权，在收复北宋旧京之后继续挥师前进，尽复北方边郡，在飞狐城上大宴胜利归来的将士，痛饮狂欢，直至三更；大雪纷飞，也不觉寒冷。读诗至此，才意识到前面写“剧饮”排闷，正是为结句写凯旋欢宴作铺垫。而“三更雪压飞狐城”一句，又是以荒寒寂寥的环境，反衬欢乐热闹的场面。王夫之《姜斋诗话》云：“‘昔我往矣，杨柳依依；今我来思，雨雪霏霏。’以乐景写哀，以哀景写乐，一倍增其哀乐。”这里的“雪压”，正与“雨雪霏霏”相似，正用了“以哀景写乐”的艺术手法。

陆游的古体诗，有人“以其平易近人，疑其少炼”。赵翼解释说：“抑知所谓炼者，不在乎奇险诘曲，惊人耳目，而在乎言简意深，一语胜人千百。此真炼也。放翁工夫精到，出语自然老洁，他人数言不能了者，只用一二语了之。此其炼在句前，不在句下。观者并不见其炼之迹，乃真炼之至矣。试观唐以来古体诗，多有至千余言四五百言者；放翁古诗，从未有至三百言以外，而浑灏流转，更觉沛然有余，非其炼之极功哉！”这首《长歌行》，不过二十句一百四十字，却写得波澜壮阔，内容深广。的确“不见其炼之迹”，但不是压根儿没有炼，而是炼到了炉火纯青的地步，所以只见其字字自然，句句浑成。即如“金印煌煌未入手”“白发种种来无情”两句，“金印”承“犹当出作李西平”而来，意指兵权。不说兵权而说“金印”，化虚为实，又用“煌煌”形容，更加强了形象性。此其一。先说“金印煌煌”，倘继之以“大如斗”，色彩形态毕现，用典使人不觉（《晋书·周颉传》：“取金印如斗大系肘。”），也何尝不是好句。然而七个字只写了印，此印与主人公有何关系，还得在下句说明。作者的高明之处，在于先说“金印煌煌”以引起读者的注意：那金印究竟怎么样呢？倘若“入吾手”或“系肘后”，岂不是就可以真做李西平了吗？然而不然，作者却接以“未入手”，一句之中有转折，由壮志凌云转向壮志难酬，而南宋统治者的苟安偷活、爱国志士的请缨无路，都见于言外。此其二。此句又与下句“白发种种来无情”对偶。“金印”对“白发”，“白”是色彩，而“金”非色彩；但“金印”之“金”本是黄色，《史记·蔡泽传》云：“吾怀黄金之印，结紫绶于要（腰）。”其对仗之精工，即此可见。起头用二十八字长句，一气贯注，故以偶句承之，于奔放中见严整。此其三。“金印煌煌”与“白发种种”，都形色鲜明，从而形成了强烈的对照：前者体现权力，后者见其老态。“白发种种”之年始能掌握“金印”，已嫌太晚，何况“金印”尚“未入手”，而“白发”又“来无情”呢？此其四。“入”特别是“来”这两个动词，都是精心挑选出来的。“未入手”，反映了自壮盛之年就盼其入手、直盼到“白发种种”而仍未入手的漫长过程，从而表现了希望与失望反复交错的复杂心情。“来无情”呢，也反映了时间不断推移的过程。如果不用“来”而用“生”，那就显不出时间的推移。“白发”这东西，谁愿它“来”？对于渴望金印入手，“手枭逆贼清旧京”的爱国志士来说，更其如此。然而金印尚未入手，它却“来”了，而且月月“来”，年年“来”，继续不断地“来”，真是“无情”啊！“无情”两字，也用得好。因为这不是在一般的叹老嗟卑的情况下骂白发“无情”，而是在白发之“来”与金印未入手相联系的情况下骂它“无情”。那么，白发固然“无情”，金印难道就有情吗？此其五。

赵翼所说的“炼在句前”，主要指在命意、谋篇方面的艰苦构思。这首《长歌行》写于淳熙元年（1174），即作者“细雨骑驴入剑门”之后的第二年秋天。当时他已五十岁，离蜀州通判任，寓居成都安福院僧寮。如果不精心结撰而摇笔即来，就很可能从几年来的经历和当前的处境写起，写上好几句。作者却另辟蹊径，先写报国宏愿及其无由实现的愤懑，直写到“白发种种来无情”，才用“成都古寺卧秋晚，落日偏傍僧窗明”点明了当前的处境。然而这两句诗由于紧承上文而来，其作用又不仅是点处境，这在前面已作过分析。于此可见，作者很重视“句前”的“炼”。仅就这两句诗本身而言，在炼字炼句炼意方面也独具匠心。按通常的造句习惯，“成都古寺卧秋晚”应该写成：（我）秋晚卧于成都古寺。即以“古寺”作“卧”的补语，以“秋晚”作“卧”的状语，与陆游原句刚好相反。“秋晚”移前作状语，只能说明“卧”的时间是“秋晚”；移后作补语，则表明“我”在成都古寺里已“卧”到“秋晚”，“卧”得很焦急、很不耐烦，其意味便大不相同。“卧”在这里不是“睡”或“躺”的意思，而是指“闲居”。李白《送梁四归东平》云：“莫学东山卧，参差老谢安。”杜甫《秋兴八首》之五云：“一卧沧江惊岁晚，几回青琐点朝班。”两首诗都用的是这个“卧”字。一个念念不忘“手枭逆贼清旧京”的志士竟然在古寺里闲住，直住到“秋晚”，其心绪如何，不难想见。这七个字，真可以说“言简而意深”。“落日偏傍僧窗明”一句，其中的“僧窗”与上句中的“成都古寺”相补充，写足了“卧”的环境。又一身而二任，用以承受“落日”的光辉；而身在“窗”内、眼看“落日”的人，不仅神态可见，连声音也依稀可闻：“咳，一天又白白过去了！”“偏”字用得好。一用“偏”字，就表现出“窗”内人不愿日落、怕见“落日”的独特心情。“明”字也很精彩。不愿日落，而日已西落；日已西落，不看见也罢了，而“落日”却“偏傍僧窗明”，“明”得耀眼，硬是要让“窗”内人看见，使他烦躁不安。这样的诗句，不经过锤炼能够写得出来吗？

钟嵘在《诗品》中评论谢朓说：“善自发诗端，而末篇多踬，此意锐而才弱也。”诗歌创作，工于发端已不那么容易，要同时工于结尾，通篇无懈可击，就更加困难。陆游的诗，起势雄迈俊伟者很不少，结句有兴会，有意味，而无鼓衰力竭之态者尤其多。但首尾皆工，通体完美的作品在全集中所占的比例也不太大。这首《长歌行》则是首尾皆工，通体完美的代表作之一，方东树说它是陆游诗的“压卷”（《昭昧詹言》卷十二），并非无的放矢。

楚　城

陆　游

江上荒城猿鸟悲，隔江便是屈原祠。
一千五百年间事，只有滩声似旧时。

淳熙五年（1178）正月，宋孝宗召陆游东归。二月，陆游离成都，顺长江东下，五月初到达归州，作《楚城》及《屈平庙》等诗。

关于“楚城”，陆游于乾道六年（1170）自山阴赴夔州途中所写的《入蜀记》里，有如下记述：

> 归之为州，才三四百家，负卧牛山，临江。州前即人鲊瓮。城中无尺寸平土，滩声常如暴风雨至。隔江有楚王城，亦山谷间，然地比归州差平。或云：“楚始封于此。”《山海经》：“夏启封孟除于丹阳城。”郭璞注云：“在秭归县南。”疑即此也。

又据陆游《归州重五》诗原注云：“屈平祠在州东南五里归

乡沱。”

陆游所见的“楚城”环境，大致如此。简单地说：它在长江之南的“山谷间”，与归州（秭归）城及其东南五里的屈原祠隔江相望；而江中“滩声常如暴风雨至”。

弄清了“楚城”的环境，就让我们来欣赏陆游的这首《楚城》七绝。

题为《楚城》，而诗却只用第一句写“楚城”，第二句和三、四两句，则分别写“屈原祠”和江中“滩声”。构思谋篇，新颖创辟，匪夷所思。

“江上荒城猿鸟悲”，先点明“城”在“江上”，并用“荒”和“悲”定了全诗的基调。题目已标明《楚城》，故第一句只说“城”而省去“楚”字，留出地步下一“荒”字，而满目荒凉之状与今昔盛衰之感，都跃然纸上。“楚城”即“楚王城”，“楚始封于此”，是楚国的发祥地。楚国强盛之时，它必不荒凉；如今竟成“荒城”，就不能不使人“悲”！接下去，作者就用了一个“悲”字，但妙在不说人“悲”，而说“猿鸟悲”，用了拟人法和侧面烘托法。“猿鸟”何尝懂得人世的盛衰？说“猿鸟”尚且为“楚城”之“荒”而感到悲哀，则人之百倍悲哀已因拟人法和烘托法的运用而得到充分表现。但这又不同于一般的烘托法。一般的烘托法，客体只起烘托主体的作用，而这里的“猿鸟悲”，却不仅烘托人“悲”而已。楚国强盛之时，“楚城”热闹繁华，怎会有“猿”？如今呢？“猿鸟”竟然以“楚城”为家，就说明此城早已“荒”无人迹。可以看出，“猿鸟”除起烘托作用之外，还具体地表现了“城”之“荒”，从而也强化了人之“悲”。

“江上”二字，在本句中点明“楚城”的位置，在全诗中则为第二句的“隔江”和第四句的“滩声”提供根据，确切不可移易。

当年热闹繁华的“楚王城”竟沦为“猿鸟”为家的“荒城”，其荒凉以至于使“猿鸟”都为之悲哀，就不能不激起人们的思潮，问一个为什么。然而接下去，诗人并没有直接回答“楚城”为什么“荒”的问题，却仿佛是借宾定主，用“隔江便是屈原祠”一句进一步确定“楚城”的地理位置。当然，有了这一句，“楚城”的地理位置就更其清楚了，但这难道仅仅是为了确定“楚城”的地理位置吗？如果仅仅如此，为什么不说隔江便是秭归城，偏偏要突出“屈原祠”呢？

与此同时，陆游还写了两首关于屈原的诗，一首是《屈平庙》：

委命仇雠事可知，章华荆棘国人悲。
恨公无寿如金石，不见秦婴系颈时。

另一首是《归州重五》：

斗舸红旗满急湍，船窗睡起亦闲看。
屈平乡国逢重五，不比常年角黍盘。

正像写“楚王城”而要提到“屈原祠”一样，分明以《屈平庙》为题，却先写楚王。第一句是说，秦国是楚国的仇敌，楚怀王和顷襄王却不抗秦而去亲秦，把自己的命运交给仇敌，其国事的前途如何，就不问可知了。第二句的“章华”即楚国的离宫章华台，用以代表楚国的宫殿。宫殿化为荆棘，国人为之悲伤。这一句的构思，和“江上”句颇有类似之处，所不同的只是“章华荆棘国人悲”，乃是面对“屈平庙”而引起的联想和想象，“江上荒城猿鸟悲”，则是目击“楚王城”的荒芜而即景抒情。三、四两句，才写到屈原，以屈原未能亲见秦国的灭亡为恨，至于屈原是怎样死的，却只字未提，只说他“无寿如金石”而已。

《归州重五》只写他在“屈平乡国”过端阳节，从船窗里看龙舟竞渡，不能像以往那样心情宁静地吃粽子，再什么也没有说。而屈原之投江和他为什么要投江以及投江前后楚国的形势变化等无限往事，都见于言外，诗人被那无限往事勾起的关于现实的种种联想和无限感慨，也见于言外。

写“屈平庙”而先说“委命仇雠事可知，章华荆棘国人悲”，因为这二者之间有密不可分的联系。屈原辅佐楚怀王，主张彰明法度，举贤授能，东联齐国，西抗强秦，却遭谗去职。怀王违反屈原联齐抗秦的主张，使楚陷于孤立，为秦惠王所败。此后，怀王又不听屈原的劝告，应秦昭王之约入秦，被扣留，死在秦国。楚顷襄王继立，信赖权奸，放逐屈原，继续执行亲秦政策，国事日益混乱，秦兵侵凌不已。屈原目睹祖国迫近危亡，悲愤忧郁，自投汨罗江而死。至秦始皇二十四年（前223），楚国终为秦国所灭。春秋之世，楚庄王曾为霸主，战国时楚国的疆域不断扩大，怀王前期，又攻灭越国，国力更强。怀王、顷襄王倘能接受屈原的意见，哪会导致“章华荆棘国人悲”的结局！

明乎此，就不难理解：《楚城》之所以仅用第一句写“楚城”，紧接着即把笔触移向“屈原祠”，不仅因为“楚城”与“屈原祠”只隔一条江，举目可见，而且因为楚国的命运与屈原的遭遇密不可分，诗人看见“楚城”的荒芜，就立刻想到了屈原的遭遇。

“江上荒城——猿鸟悲！”从语气看，这是慨叹；就文势说，这是顿笔。林纾《春觉楼论文·用顿笔》云："文之用顿笔，即所以息养其行气之力也。惟顿时不可作呆相，当示人以精力有余，故作小小停蓄，非力疲而委顿于中道者比。若就浅说，不过有许多说不尽、阐不透处，不欲直捷宣泄，然后为此关锁之笔，略为安顿，以下再伸前说耳。"这讲得很不错。先说"江上荒城"，仅四字，接着即用"猿鸟悲"一顿。连猿鸟都为之悲伤啊！这无限感慨中的确蕴蓄了"许多说不尽、阐不透处"，使读者期待下文"直捷宣泄"。下文"隔江便是屈原祠"，是"宣泄"却并不"直捷"。而且，就语气来说，又是慨叹；就文势说，也是顿笔。楚城如此荒凉，连猿鸟都为之悲伤，而楚城的隔江，便是屈原的祠庙啊！这无限感慨中又蕴蓄了多少说不出、说不尽处，使读者期待下文"再伸前说"。

"便是"一词，把"江上荒城"与"屈原祠"联系得十分紧密。正因为联系得十分紧密，所以尽管作者只用"便是"一词把"江上荒城"与"屈原祠"联系在一起而来了个停顿，别的什么都不曾说，却不能不使人思索那楚城与屈祠二者之间的关系。原来，"猿鸟悲"的那个"悲"字不是随便用上去的，其内涵十分深广。不仅"悲"楚城之"荒"，而且"悲"楚城之所以"荒"；而"悲"楚城之所以"荒"，又不仅悲楚怀王和顷襄王之昏庸误国，而且"悲"屈原之正确主张终不见用、目睹祖国危亡而无可奈何。如果楚王实行屈原的主张，楚城又何至于如此荒凉呢？楚城只有"猿鸟"，而屈原尚有祠庙，两相对比，体现了人心所向。"委命仇雠"者早与草木同腐，爱国志士虽然饮恨而死，却永远活在人们心中。

两句诗，欲吐又吞，低徊咏叹，吊古伤今，余意无穷。吊古，前面已谈了不少；伤今，即寓于吊古之中。南宋的统治者，不正在沿着类似楚怀王和顷襄王的老路往下走，而诗人和一切主张抗金的爱国志士，也不都像屈原那样遭受排挤打击，一筹莫展吗？

三、四两句，仍然是“再伸前说”，但那说法也出人意外。按照一般人的思路，一、二两句，只用“便是”绾合“江上荒城”与“屈原祠”，接下去，自然应该伸说那二者之间的关系了。在三、四两句里把我们在前面所谈的那些关系加以概括，不是也很有意义吗？然而这样写，其意便浅，令人一览无余。所以，诗人不去说明那些关系，而是别出心裁，照应着第一句的“江上”与第二句的“隔江”去写“滩声”：

一千五百年间事，只有滩声似旧时！

此诗作于公元1178年，上推一千五百年，即公元前322年，正当楚怀王统治初期，屈原风华正茂，楚国繁荣富强。而曾几何时，楚王重用权奸，排除贤臣，委命仇雠，一切便都起了剧烈的变化。从那时到现在，时间已过了一千五百年，除了江上的“滩声”仍像一千五百年前那样“常如暴风雨至”而外，人间万事都不似旧时。“滩声”依旧响彻“楚城”，而“楚城”已不似旧时；“滩声”依旧响彻归州，而归州已不似旧时。陵变谷移，城荒猿啼，一切的一切，都不似旧时啊！

“楚城”在“江上”，“屈原祠”所在的归州在“隔江”，江中的“滩声”当然两地都可以听到。诗人在此以少总多，纳“楚城”和“屈原祠”于“滩声”之中，并以“滩声”的“似旧”反衬人间万事的非旧，而“楚城”之所以“荒”、“猿鸟”之所以“悲”、屈原之所以被后人修祠纪念，以及诗人抚今思昔、吊古伤今的无限情意，也都蕴涵其中。因此，三、四两句，也算是对上文两次停蓄的“伸说”，但这又是多么含蓄、多么超妙的“伸说”啊！这“伸说”落脚于“只有滩声似旧时”，就语气来说，是慨叹，就文势说，仍然是顿笔。许多不便说、说不尽处，都蕴蓄于慨叹和停顿之中，令人寻味无穷。全诗也就到此结束，不再“伸说”，也无须“伸说”。

“滩声”之类的客观事物、自然景象，是相对不变的，与此相对照，人间万事则是多变的。以不变反衬多变，会收到强烈的艺术效果。古代诗人在咏怀古迹、抒发今昔盛衰之感时往往运用这种反衬手法。李白《苏台览古》云：

旧苑荒台杨柳新，菱歌清唱不胜春。
只今惟有西江月，曾照吴王宫里人。

这首诗的意思是说，只有“曾照吴王宫里人”的“西江月”至今未变，而当年富丽堂皇的吴王宫已变为“旧苑荒台”，宫人们的轻歌曼舞，已换成民间妇女的“菱歌清唱”。李白的《越中怀古》也同样用反衬法，其新颖之处在于：连用“越王勾践破吴归，战士还家尽锦衣。宫女如花满春殿”三句诗说盛，然后用“只今惟有鹧鸪飞”一句扳转，当年盛况，立刻化为乌有。其他如刘禹锡的“人世几回伤往事，山形依旧枕寒流”（《西塞山怀古》）、“淮水东边旧时月，夜深还过女墙来”（《石头城》），许浑的“英雄一去豪华尽，唯有青山似洛中”（《金陵怀古》），韦庄的“无情最是台城柳，依旧烟笼十里堤”（《台城》），李拯的“唯有终南山色在，晴明依旧满长安”（《退朝望终南山》），都用的是这种反衬手法而各有特点。

陆游的这首七绝，在运用反衬手法上更有独创性。这表现在：第一句写楚城在“江上”，第二句写屈原祠在“隔江”，从而以两个“江”字引出响彻两岸的“滩声”，使四句诗形成了天衣无缝的整体，而古今不变的“滩声”，既反衬了人世的沧桑巨变，又仿佛在倾诉着什么。戴叔伦《题三闾大夫庙》云：

湘江流不尽，屈子怨何深！

江水流怨，“滩声”吐恨，那流经“楚城”与“屈原祠”之间，阅尽楚国兴亡和人世巨变的江水及其“常如暴风雨至”的“滩声”，是为屈原倾吐怨愤之情呢？还是为南宋时期与屈原有类似遭遇的一切爱国志士倾吐怨愤之情呢？

夜泊水村

陆　游

腰间羽箭久凋零，太息燕然未勒铭。
老子犹堪绝大漠，诸君何至泣新亭。
一身报国有万死，双鬓向人无再青。
记取江湖泊船处，卧闻新雁落寒汀。

淳熙八年（1181），陆游奉调提举淮南东路常平茶盐公事，因臣僚以“不自检饬，所为多越于规矩”论罢，闲居山阴老家。第二年，除朝奉大夫、主管成都府玉局观。宋朝制度，指明主管或提点某宫、某观，只是给一个领取干俸的空名，根本不须到那里去干什么实事。这首诗，即作于此年山阴赋闲之时。

题为《夜泊水村》，按照触景生情的规律，通常的写法应该是先从眼前景落墨。诗人摆落凡近，别出心裁，将眼前景留在结尾，却用以借景抒情。从实质上说，通篇八句，都用来直抒胸臆，从而在最大限度上扩展了倾泻情感波涛的空间。

通篇抒情，容易流于抽象化。诗人的高明之处正在于通篇抒情，却形象鲜明，具有强烈的艺术感染力。

前四句的形象性来自借古事以抒今情。且看首联：杜甫用"良相头上进贤冠，猛将腰间大羽箭"再现凌烟阁上功臣们的画像（见《丹青引》）；东汉车骑将军窦宪率部击败北匈奴的侵略军，登燕然山（今蒙古国杭爱山），令班固作铭，刻石纪功而还（见《后汉书·窦宪传》）。其人其事，都是诗人所向往的，故首联即取材于此而自铸伟词。自顾腰间，羽箭犹在，表明始终渴望驰驱沙场，收复失地，然而羽箭久已凋零，却依然投闲置散，何时才能像窦宪与凌烟猛将那样大显身手，为国立功？两句诗，历史与现实交错，遭遇与愿望对立，从而激发读者的无穷想象，而诗人流落江湖的身影与壮志难酬的心态，也于广阔的历史背景中闪现，如闻"太息"之声。多情的读者也会为之"太息"的。如果是意志薄弱的碌碌之辈，继一声"太息"，必将进而大发牢骚，倾泻绝望情绪。作为杰出爱国诗人的陆游，却不如此。且看次联：

次联以"老子"与"诸君"对举，用了两个典故。《史记·卫将军骠骑列传》记载：骠骑将军霍去病出塞三千余里，大破匈奴，天子用"绝大漠……执卤获丑"等语赞扬他的赫赫战功。诗人从这里吸取“绝大漠”三字，隐然以霍去病自比。但霍去病横渡大漠之时，正年富力强，而诗人此时已五十八岁，故自称“老子”，又于“绝大漠”之前加“犹堪”二字，表明自己虽然年老，仍然能够长驱直入，杀敌制胜。这句诗，以“绝大漠”表现抗金雄心，用典贴切。用“犹堪”作状语，更蕴涵深广，耐人寻味。诗人少壮之年，“楼船夜雪瓜洲渡，铁马秋风大散关”，已自许“塞上长城”，如果得到重用，早可以追踪卫霍。可是直到老年，还夜泊水村，一筹莫展！用“犹堪”二字，其岁月蹉跎的悲慨已见言外。然而作为“绝大漠”的状语，这种言外之意反而强化了百折不挠的坚强意志，真可谓“烈士暮年，壮心不已”！其爱国激情、献身豪气，令人感发兴起。如果当权“诸君”都像他这样，那么南宋的偏安局面，不就可以彻底改变了吗？然而“诸君”的表现，却与此形成强烈的对照。大家都很清楚：当时南宋政府奉行投降政策，对金称臣、纳贡、割地以求苟安。诗人在这里不愿正面提出这一类事情痛加斥责，而是委婉地用了一个典故：晋室南渡，过江诸人常在新亭饮宴，周侯叹息说：“风景不殊，正自有河山之异！”大家都相视流泪。王导批评道：“当共勠力王室，克复神州，何至作楚囚相对！”（《世说新语·言语》）诗人将这个典故锤炼成精彩的诗句，与上句合成有机联系的一联：我年近花甲，倘有用武之地，还能像霍去病那样横渡大漠，诸君大权在握，又何至于束手无策，像南渡诸人那样对泣新亭呢？“当共勠力王室，克复神州”之意，已溢于言表。

三联上句“一身报国有万死”，紧承次联，进一步表明决心：誓雪国耻，万死不辞。然而问题的关键仍在于“报国欲死无战场”，因而以“双鬓向人无再青”转向尾联。韶华易逝，时不我与，再蹉跎下去，双鬓飞雪，还能有什么作为呢？这里当然有自惜自叹的成分，但更重要的则是向当权者提出希望和警告。

尾联点题。“江湖泊船处”，紧扣题目中的“泊水村”。最后一句，则通过自我情态和客观景物的生动描绘托出题目中的“夜”字。白天当然也可以“卧”，但如果是白天，则“新雁落寒汀”自然明白可见，不必用那个“闻”字。“卧闻新雁落寒汀”，首先展现的是诗人夜卧船舱、侧耳静听的神态。既用“闻”字，则只能闻其声，不能见其形。他听见雁声自远而近，由高向低，最后来自“寒汀”，便通过“通感”作用，在想象中浮现“新雁落寒汀”的动景。“汀”不会感到“寒”，说它“寒”，乃是诗人触觉的外射。“寒”与“新雁”相联系，再结合山阴的气候特点，便可以看出诗人通过听觉和触觉，多么细致入微地写出了江南水村最富特征性的冬夜景色。

尾联写出了“夜泊水村”的荒寒情景，但用“记取”领起，便非单纯写景，而是由三联下句转出，慨叹时光的不断流逝。“新雁落寒汀”、这一年不又进入秋末冬初季节了吗？时不再来的忧伤，请缨无路的焦灼，北定中原的渴望，都随雁唳的声声入耳而激荡跃动，化为汹涌澎湃的情感波涛。这首爱国诗歌激动人心的艺术魅力，正来自这种情感波涛的奔腾流注。国仇未报，壮士空老！千载之下，每一位有爱国心的读者都不能不为作者的遭遇感到痛惜，一洒同情之泪。

关　山　月

陆　游

和戎诏下十五年，将军不战空临边。
朱门沉沉按歌舞，厩马肥死弓断弦。

戍楼刁斗催落月，三十从军今白发，
笛里谁知壮士心，沙头空照征人骨。
中原干戈古亦闻，岂有逆胡传子孙，
遗民忍死望恢复，几处今宵垂泪痕。

此诗淳熙三年（1176）作于成都。

高宗绍兴九年（1139）宋金议和，宋对金称臣，岁贡银、绢各二十五万两、匹；绍兴十二年又定和议，宋金以大散关、淮河为界。孝宗即位，开始尚有抗金决心。隆兴二年（1164）三月，张浚以右丞相督视江淮兵马，驻节镇江；陆游初任镇江通判，以世谊晋谒，颇受器重，便"力说张浚用兵"，对恢复大业充满希望。但不久张浚罢相，投降派势力又占主导地位。隆兴二年十一月，孝宗遣王抃使金，称叔侄之国，地界如绍兴之时。第二年，"隆兴和议"成立，至陆游作此诗，将近十五年。

全诗以"和戎诏下十五年"领起，下面从各个方面写因"和戎"而出现的典型景象："朱门"——富贵人家，包括朝廷中的权豪势要，正好及时行乐，歌舞升平；将军不战，厩马肥死，武备废弛；渴望收复失地的壮士无用武之地，徒添白发，吹笛抒愤；沦陷区的遗民在水深火热之中顽强挣扎，垂泪南望，期待王师解救他们，却始终不见王师的踪影。前四句押平声韵，中间四句换入声韵，后四句换平声韵，仅用十二句诗，高度概括地描绘出"隆兴和议"以来十多年间中国历史的基本面貌和不同人物的处境、心态，而作者忧国忧民的激情，洋溢于字里行间，感人肺腑。

书　愤

陆　游

早岁那知世事艰，中原北望气如山。
楼船夜雪瓜洲渡，铁马秋风大散关。
塞上长城空自许，镜中衰鬓已先斑。
出师一表真名世，千载谁堪伯仲间。

此诗作于淳熙十三年（1186）春，当时闲居故乡山阴，已六十二岁。

这是陆游七律名篇之一。首句“早岁那知世事艰”，其言外之意是“如今深知世事艰”，“早岁”与“如今”暗含今昔对比，全诗即按今昔对比布局。先写“早岁那知世事艰”；因为不知世事艰，所以北望中原，气壮山河，于夜雪中长驱楼船，渴望渡江进驻瓜洲，北上杀敌，于秋风中驰骋铁马越过大散关，切盼收复长安。三句诗，激昂雄壮，活画出一位爱国英雄的形象，其“早岁”的豪情壮举，跃然纸上，而“那知世事艰”之意，亦得到充分表现。第五句承上转下：自许“塞上长城”，乃是对前三句的高度概括；妙在着一“空”字，文气陡转，转出以下各句。捍卫祖国的壮志之所以落“空”，其原因不在自身，而在于投降派专权，其“世事艰”之意，已暗寓其中。一句诗承中有转，显示了作者深厚的艺术功力。

“楼船夜雪”一联，全用名词而无一关联字，意象具足，雄奇壮丽。“塞上长城”一联，则开合动宕，感慨淋漓。从“早岁”即自许“塞上长城”，奔走号呼，渴望驰驱疆场，收复失地，可是这种报国宏愿至今未能实现，而对镜自照，两鬓已经斑白，其报国宏愿还能实现吗？可贵之处在于诗人既知“世事艰”而仍未灰心，以渴望“出师”收束全篇。诸葛亮《出师表》中有“奖率三军，北定中原。……兴复汉室，还于旧都”等语，上表之后，即出师北伐，这正是陆游一生所向往的，因而在《病起书怀》《游诸葛武侯读书台》《感秋》等许多作品中都颂扬诸葛亮和他的《出师表》。“出师一表真名世，千载谁堪伯仲间”，既含受投降派阻挠，未能出师北伐的感慨，又含终于能够出师北伐的期望，苍凉悲壮，感人肺腑。

临安春雨初霁

陆　游

世味年来薄似纱，谁令骑马客京华。
小楼一夜听春雨，深巷明朝卖杏花。
矮纸斜行闲作草，晴窗细乳戏分茶。
素衣莫起风尘叹，犹及清明可到家。

此诗作于淳熙十三年（1186）春。作者被召入京，暂住临安。首联点出“客京华”，次联、三联，写“客京华”时的闲情逸趣，与首联“世味薄”、尾联“风尘叹”拍合。因已深知“世事艰”，故厌倦官场，不愿入京；而被召入京，也不肯趋炎附势，只以“听春雨”“闲作草”“戏分茶”消磨时光，并且急于回到山阴，免受京城中的风尘污染。首尾呼应，章法井然。

此诗以次联出名。刘克庄《后村诗话》载：“放翁少时调官临安，得句云：‘小楼一夜听春雨，深巷明朝卖杏花。’传入禁中，思陵（高宗）称赏，由是知名。”按作者作此诗时已六十二岁，并非“少时”，当时的皇帝是孝宗而非高宗，不是“调官临安”，而是被召入京，除朝请大夫，知严州（今浙江建德）。刘克庄把事实全弄错了，但说这一联诗在当时已受到赞赏，该是真实的。作者可能被陈与义的名句“杏花消息雨声中”触发灵感，从“一夜听春雨”联想到“明朝卖杏花”，成此佳联。沿街喊叫卖花，是南宋京城临安的风尚，陆游的朋友王季夷的《夜行船》词，即有“小窗人静，春在卖花声里”之句。

九月一日夜读诗稿有感走笔作歌

陆　游

我昔学诗未有得，残余未免从人乞。
力孱气馁心自知，妄取虚名有惭色。
四十从戎驻南郑，酣宴军中夜连日。
打球筑场一千步，阅马列厩三万匹。
华灯纵博声满楼，宝钗艳舞光照席。
琵琶弦急冰雹乱，羯鼓手匀风雨疾。
诗家三昧忽见前，屈贾在眼元历历。
天机云锦用在我，剪裁妙处非刀尺。
世间才杰固不乏，秋毫未合天地隔。
放翁老死何足论？广陵散绝还堪惜。

这是作者总结创作经验的诗，于绍熙三年（1192）作于山阴。他从军南郑，亲身经历了富有浪漫主义激情的军旅生活，使他的诗歌创作出现了惊人的飞跃。他由此领悟到要做杰出的诗人，必须从现实斗争、时代风云中吸取素材和灵感，才能妙境天成，写出富有独创性的好诗。他在《示子聿》里告诉儿子："汝若欲学诗，工夫在诗外。"也是这个意思。如果没有"诗外工夫"，单纯就诗学诗，一味摹仿别人的作品，不可能成为杰出诗人。这是"诗家三昧"，也是一切文学艺术家的"三昧"。

十一月四日风雨大作

陆　游

僵卧孤村不自哀，尚思为国戍轮台。
夜阑卧听风吹雨，铁马冰河入梦来。

此诗作于绍熙三年（1192）闲居山阴时。首句句内含转折，已经六十八岁的老人"僵卧孤村"，本来应该为自己的处境而悲哀，却偏说"不自哀"。与"自身"相对待的是国家民族，所以"不自哀"的言外之意是为国家民族的现状和前途而担忧。"不自哀"与"尚思"呼应，正因为虽然"僵卧孤村"，仍关心国事，所以"尚思为国戍轮台"，捍卫祖国。两句诗，生动地表现了生命不息，战斗不止的抗金决心。

"僵卧孤村"而"夜阑卧听风吹雨"，如果是只知"自哀"的人，就会更加感到悲凉；而对于"尚思"抗金报国的陆游来说，却由风声雨声联想到驰"铁马"、踏"冰河"的杀伐战斗之声，因而在蒙眬入睡之后，"铁马冰河"的战斗场景便闯入梦境。作者

《秋雨渐凉有怀兴元（南郑）》组诗第三首云："忽闻雨掠蓬窗过，犹作当时铁马声。"《弋阳道中遇大雪》云："夜听簌簌窗纸鸣，恰似铁马相磨声。起倾斗酒歌出塞，弹压胸中十万兵。"这几首都出于同样的创作心理，因而其艺术构思，也相似或相通。

沈园二首

陆　游

城上斜阳画角哀，沈园非复旧池台。
伤心桥下春波绿，曾是惊鸿照影来。

梦断香消四十年，沈园柳老不吹绵。
此身行作稽山土，犹吊遗踪一泫然。

这是陆游悼念前妻唐氏之作，庆元五年（1199）写于山阴。

陆游的爱情悲剧，宋人刘克庄《后村诗话》续集卷二、周密《齐东野语》卷一、陈鹄《耆旧续闻》卷十均有记载，略有出入。基本情况是：陆游与姑表妹唐氏结婚，伉俪情深，但陆游的母亲却厌恶唐氏，迫其离婚，唐氏改嫁赵士程，陆游另娶王氏。后数年春天，陆游游沈氏园，赵士程和唐氏也恰在园中，不期而遇，触景生情，在花园墙上题了一首《钗头凤》词，诉说内心的痛苦。唐氏读后十分感伤，不久即抑郁而死。按唐氏本无名字流传，说她名琬，或蕙仙，以及说她和了一首《钗头凤》词，都不大可靠。

陆游游沈园题《钗头凤》乃绍兴二十五年（1155），时年三十一岁。其《钗头凤》载《渭南文集》卷四九，词云：

红酥手，黄藤酒。满城春色宫墙柳。东风恶，欢情薄。一怀愁绪，几年离索。错！错！错！

春如旧，人空瘦。泪痕红浥鲛绡透。桃花落，闲池阁。山盟虽在，锦书难托。莫！莫！莫！

丁传靖《宋人轶事汇编》引《香东漫笔》云：放翁出妻姓唐名琬，和放翁《钗头凤》词，见《御选历代诗余》及《林下词选》，词云：

世情薄，人情恶。雨送黄昏花易落。晓风干，泪痕残。欲笺心事，独语斜阑。难！难！难！

人成各，今非昨。病魂常似秋千索。角声寒，夜阑珊。怕人寻问，咽泪妆欢。瞒！瞒！瞒！

距题《钗头凤》四十四年之后，陆游重游沈园，吟成脍炙人口的《沈园二首》。

第一首：首句以“城上斜阳”与角声的哀鸣烘托悲怆的氛围和心态。次句写经过数十年的沧桑变化，沈园的楼台已非当年与唐氏相遇时的楼台，抚今忆昔，以物换暗寓人亡。三、四两句触景怀人，时空叠合，再现了四十四年前的一个特写镜头，真是神来之笔！当然，影视中的特写镜头长于写景而短于抒情，而这两句诗，则是情景交融的。“桥下春波绿”，本是美景，却冠以“伤心”二字。为什么见“桥下春波”而“伤心”，就因为当年唐氏从桥上走过的时候，“桥下春波”曾照出她的倩影。可是如今呢？连她的影子也没有了！

第二首：首句叙事，写唐氏抑郁而死，至今已四十余年。次句因景兴情，以物喻人。当年与唐氏相遇之时所见的柳树，已经枯老得不生柳絮，人安得不老？第三句正面写人老，却不用衰老之类的词语作抽象说明，而说“此身行作稽山土”，哀婉动人，由此托出结句。结句句首的“犹”字，承上转下，既承第三句，也承前两句。时间过了这么久，“柳老不吹绵”，人将埋在稽山，化为尘土，四十多年前的往事应该淡忘了。可是，还是忘不掉，还是凭吊遗踪，忍不住泫然泪下。其爱恋之深，忆念之切，恻恻感人，读者不能不一洒同情之泪。

就在这一年，陆游还作了同一题材的一首七律，题目是《禹迹寺南，有沈氏小园。四十年前，曾题小词一阕壁间。偶复一到，而园已三易主，读之怅然》。诗云：

枫叶初丹槲叶黄，河阳愁鬓怯新霜。
林亭感旧空回首，泉路凭谁说断肠。
坏壁醉题尘漠漠，断云幽梦事茫茫。
年来妄念消除尽，回向禅龛一炷香。

陈衍《宋诗精华录》卷三评此诗及《沈园二首》云：“古今断肠之作，无如此前后三首者。”“无此绝等伤心之事，亦无此绝等伤心之诗。就百年论，谁愿有此事？就千秋论，不可无此诗。”

范成大

（1126—1193），字致能，号石湖居士，平江（今江苏苏州）人。绍兴二十四年（1154）进士。乾道六年（1170），奉命使金，坚贞不屈，几被杀，终不辱使命。其诗广益多师，题材丰富：或抒发爱国激情；或记述山川风物；或描写田园生活，皆甚擅场。与尤袤、杨万里、陆游并称南宋四大家。有《石湖居士诗集》《石湖词》《桂海虞衡志》《吴船录》等。

催租行

范成大

输租得钞官更催，踉跄里正敲门来。
手持文书杂嗔喜："我亦来营醉归尔！"
床头悭囊大如拳，扑破正有三百钱：
"不堪与君成一醉，聊复偿君草鞋费。"

范成大的《催租行》，只八句五十六字，却有情节、有人物，展现了一个颇有戏剧性的场面，使人既感到可笑，又感到可恨、可悲。

第一句单刀直入，一上来就抓住了"催租"的主题。全篇只有八句，用单刀直入法是适宜的，也是一般人能够想到也能够做到的。还有，"催租"是个老主题，用一般人能够想到也能够做到的单刀直入法写老主题，容易流于一般化。然而一读诗，就会感到不但不一般化，而且很新颖。这新颖，首先来自作者选材的角度新。请看："输租得钞"这四个字，已经简练地概括了官家催租、农民想方设法交清了租并且拿到了收据的全过程。旧社会的农村流传着一句老话："早完钱粮不怕官。"既然已经交清租，拿到了收据，这一年就可以安生了！诗人《催租行》的创作，也就可以搁笔了！然而不然，官家催租的花样并不一般化。农民欠租，官家催租，这是老一套；农民交了租，官家又来催，这是新名堂。范成大只用"输租得钞"四个字打发了前人多次表现过的老主题，接着用"官更催"三个字揭开了前人还不太注意的新序幕，令人耳目一新。这新序幕一揭开，一个"新"人物就跟着登场了。

紧承"官更催"而来的"踉跄里正敲门来"一句极富表现力。"踉跄"一词，活画出"里正"歪歪斜斜走路的流氓神气。"敲"主要写"里正"的动作，但那动作既有明确的目的性——催租，那动作的承受者就不仅是农民的"门"，而且是农民的心！随着那"敲"的动作落到"门"上，在我们面前就出现了简陋的院落和破烂的屋子，也出现了神色慌张的农民。凭着多年的经验，农民从急促而沉重的敲门声中已经完全明白敲门者是什么人、他又来干什么，于是赶忙来开门。接下去，自然是"里正"同农民一起入门、进屋，农民低三下四地请"里正"就座、喝水。……这一切，都没有写，但都在意料之中。没有写而产生了写的效果，这就叫不写之写。在这里，不写之写还远不止此，看看下文就会明白。"手持文书杂嗔喜"一句告诉我们："里正"进屋之后，也许先说了些题外话，但"图穷匕首见"，终于露出了催租的凶相。当他责问"你为什么还不交租"的时候，农民就说："我已经交清了！"并且呈上官府发给的收据。"里正"接过收据，始而发脾气，想说"这是假的"，然而看来看去，千真万确，只好转怒为喜，嬉皮笑脸地说:“好!好!交了就好!我没有别的意思,只不过是来你这儿弄几杯酒,喝它个醉醺醺就回家罢了!”通过“杂嗔喜”的表情和“我亦来营醉归尔”的语气,把那个机诈善变、死皮赖脸、假公济私的狗腿子的形象,勾画得多么活灵活现!

在诗歌创作的天地里,不写之写的领域十分宽广,而适当的跳跃,就是其中之一。从“敲门”到“手持文书”,跨度就相当大,但作者跨越的许多东西,读者都不难通过想象再现出来。——这就是适当的跳跃。相反,如果作者跨越的东西读者无从想象,乃至茫然不解,那么这种跳跃就很不适当。不适当的跳跃只能说是“不写”,不能算是“不写之写”。

“里正”要吃酒,农民将如何对付呢?

催租吏一到农家,农民就得设宴款待,这在唐诗中已有过反映。柳宗元《田家》里说:“蚕丝尽输税,机杼空倚壁。里胥夜经过,鸡黍事筵席。”李贺《感讽》里说:“越妇通言语,小姑具黄粱;县官踏餐去,簿吏更登堂。”唐彦谦《宿田家》里说:“忽闻叩门急,云是下乡隶。……阿母出搪塞,老脚走颠踬。小心事延款,酒余粮复匮。东邻借种鸡,西舍觅芳醑。再饭不厌饱,一饮直呼醉。”范成大《催租行》里的这个“里正”既然明说要尽醉方归,那么接下去,大约就该描写农民如何借鸡觅酒了。然而出人意外,作者却掉转笔锋,写了这么四句:“床头悭囊大如拳,扑破正有三百钱:‘不堪与君成一醉,聊复偿君草鞋费。’”钱罐“大如拳”,极言其小;放在“床头”,极言爱惜。小小的钱罐里好容易积攒了几百钱,平时舍不得用,如今逼不得已,只好敲破罐子一股脑儿送给“里正”,还委婉地赔情道歉说:“这点小意思还不够您喝一顿酒,您为公事把鞋都跑烂了,姑且拿去贴补草鞋钱吧!”写到这里，就戛然而止，下面当然还有些情节，却留给读者用想象去补充，这也算是不写之写。

“里正”要求酒席款待，农民却只顾打破悭囊献上草鞋钱，分明牛头不对马嘴，难道不怕碰钉子、触霉头吗？不怕。因为“里正”口头要酒，心里要钱，农民懂得他内心深处的潜台词。何况他口上说的与心里想的并不矛盾：有了钱，不就可以买酒吃吗？范成大的组诗《四时田园杂兴》里有一首就刻画了一个公然要酒钱的公差，诗是这样的：

黄纸蠲租白纸催，皂衣旁午下乡来：
“长官头脑冬烘甚，乞汝青钱买酒回。”

朝廷下诏免了租，皂衣（公差）却拿着县官的公文下乡催租。及至农民一说明，便撒野放刁，说什么：“县官糊涂得很，管不了事，做好做歹全由我，你得孝敬我几个钱儿买酒喝!”

同这位“皂衣”相比，《催租行》里的“里正”就奸滑得多。他不直截了当地说“乞汝青钱买酒回”，却纡回曲折地说“我亦来营醉归尔”。作者的高明之处，在于他跨越“里正”的潜台词以及农民对那潜台词的心照不宣，便去写送钱。“扑破”一句虽无人指出，实际上用了杜诗“径须相就饮一斗，恰有三百青铜钱”的典故。扑破“悭囊”，不多不少“正有三百钱”，说明农民针对“里正”“醉归”的要求，正是送酒钱，却又不直说送的是酒钱，而说“不堪与君成一醉，聊复偿君草鞋费”，其用笔之灵妙，口角之生动，也值得我们赞赏和揣摩。

苏辙在《诗病五事》里举《诗经·大雅·绵》及杜甫的《哀

江头》为例，说明“事不接，文不属，如连山断岭，虽相去绝远，而气象联络，观者知其脉理之为一”，是“为文之高致”。与此相对照，又指出白居易“寸步不遗，犹恐失之”，是“拙于纪事”的表现。叶燮在《原诗》里又加以发挥说：“辙此言讥白居易长篇拙于叙事，寸步不遗，不得诗人法。然此不独切于白也，大凡七古必须事文不相属，而脉络自一。唐人合此者亦未可概得，惟杜则无所不可。亦有事文相属，而变化纵横，略无痕迹，竟似不相属者，非高、岑、王所能及也。”这里所说的“事不接，文不属”或“事文不相属”，也就是我们所说的“跳跃”。

这首《催租行》在纪事方面就不是“寸步不遗”，而是大幅度地跳跃。八句诗四换韵：“催”“来”押平声韵，“喜”“尔”押上声韵，“拳”“钱”押平声韵，“醉”“费”押去声韵。韵脚忽抑忽扬，急遽转换，也正好与内容上的跳跃相适应。

后催租行

范成大

老父田荒秋雨里，旧时高岸今江水。
佣耕犹自抱长饥，的知无力输租米。
自从乡官新上来，黄纸放尽白纸催。
卖衣得钱都纳却，病骨虽寒聊免缚。
去年衣尽到家口，大女临岐两分首。
今年次女已行媒，亦复驱将换升斗。
室中更有第三女，明年不怕催租苦！

《催租行》写农民交完了租，里正又来催，还能拿出“草鞋钱”打发他。《后催租行》所写的境况就更加凄苦：田禾被水淹没，颗粒未收，给地主出卖劳力，还是经常饿肚子；但官府仍然催租，先是卖衣服，接着卖家口。诗是用“老父”自诉的口气写的，他说去年卖了大女，今年卖了次女，明年呢，家里还有个小女子，不怕催租的来了受酷刑！他把卖女交租的惨事说得很平淡，养了三个女子，去年、今年都混过来了，明年也不怕。那么后年呢？大后年呢？语愈淡而情愈悲，令人不忍卒读。

州　　桥

范成大

州桥南北是天街，父老年年等驾回。
忍泪失声询使者：“几时真有六军来？”

“州桥南北是天街”，表明那是当年北宋皇帝的车驾经行的御路；如今呢，当然满街是金人横冲直闯。次句的“驾”与首句的“天街”呼应。“父老”不堪金人的压迫，“年年”在“天街”“等”皇帝的车“驾”回来，盼望何等殷切！可是“年年”盼望，“年年”失望！如今见到南宋的使者，不禁“忍泪失声”地询问：“几时真有六军来？”“年年”“真有”，交织着沦陷区人民几十年来的盼望、失望和盼望。正如潘德舆《养一斋诗话》所评：“沉痛不可多读。此则七绝至高之境，超大苏（苏轼）而配老杜（杜甫）者矣。”

比范成大出使金国晚三年的韩元吉《望灵寿致拜祖茔》诗云：

“白马冈前眼渐开，黄龙府外首空回。殷勤父老如相识，只问‘天兵早晚来?’” “早晚来”，即“何时来”。构思与范成大《州桥》相类，可参看。盼望南宋军队打回老家，乃是中原人民的共同心愿。

会　同　馆

范成大

万里孤臣致命秋，此身何止一沤浮?
提携汉节同生死，休问羝羊解乳不。

据作者自注，这首诗是听到金国要扣留他时写的。悲壮激越，正气凛然，弘扬了高昂的民族气节。

乾道六年（1170），宋孝宗赵昚想收回河南陵寝，改变“跪拜受书”的屈辱礼仪，别人不敢出使，而范成大慨然请行。这年闰五月，命他为起居郎、假资政殿大学士，为“祈请国信使”。临行，赵昚问他：这种人皆畏怯的差使，你究竟有没有勇气承担?他说：“无故遣泛使（贺正旦，生辰是常使，此外是泛使——引者），近于求衅，不戮则执。臣已立后（后嗣），仍区处家事，为不还计，心甚安之。”正式国书中，只写了收回河南陵寝的事；取消跪拜礼的事，则不敢写入，要范成大当面交涉。金法严厉，不准使臣递私人书奏。范成大在递交国书之后，突然拿出关于取消跪拜礼的私书，硬要金国皇帝接受。金世宗大怒，百般恫吓，范成大屹立不动，声言不接私书，便不肯退去。金世宗无法，只好接受。事后，得知金国太子当时就要杀他，经人劝阻，才未动手。

看惯了南宋使臣卑躬屈膝丑态的金国臣僚看到范成大坚毅不屈的气概，无不惊异，事后当面对他表示钦敬。后来金国使臣到了临安，还向宋臣详述了当时的情状。由此可见，《会同馆》一诗所表现得不辱汉节、为国献身的决心，是发自肺腑的，是经过事实检验的，与搞“假、大、空”美化自己者毫无共同之处。

秋日田园杂兴十二绝（录三）

范成大

垂成穑事苦艰难，忌雨嫌风更怯寒。
笺诉天公休掠剩，半偿私债半输官。

新筑场泥镜面平，家家打稻趁霜晴。
笑歌声里轻雷动，一夜连枷响到明。

租船满载候开仓，粒粒如珠白似霜。
不惜两钟输一斛，尚赢糠覈饱儿郎。

第一首，写“靠天吃饭”的农民在庄稼快要成熟的时候特别辛苦、艰难，因为这时候的庄稼已经结籽、灌浆，需要风和日朗的好天气，才能熟得好。刮大风，下连阴雨，天气乍寒，都很不利。农民针对这许多不利因素采取力所能及的措施，仍做不到人定胜天，就只好祈求天公了。前两句，写农民“忌雨嫌风又怯寒”的心理活动真切感人；后两句，先写农民乞求老天爷别把自己的劳动果实全部夺去，千万得留一点；这已经激起读者的无限同情。然而读者总以为农民请求留一点给全家人糊口；谁知读完结句，农民乞求天公的全部愿望，只是留一些粮食“半偿私债半输官”！缴官租，还私债，早在秋收之前就给农民的心灵深处笼罩上多么浓重的阴影、形成多么严酷的压力，都从这几句诗中表现出来，动人心魄。

第二首写打稻脱粒。先在收过庄稼的地里筑一块场子，然后用连枷打稻，也并不是很轻松的农活。然而这是辛苦一年、收回劳动成果的最后一道工序，如果收成很好，又遇上大晴天，那么打稻便是农民最快活的劳作。在《秋日田园杂兴》这组诗里，诗人已有一首诗写割稻前后农民渴望天晴：“秋来只怕雨垂垂，甲子无云万事宜。获稻毕工随晒谷，直须晴到入仓时。”这首打稻诗的前两句“新筑场泥镜面平，家家打稻趁霜晴”，便表现了对于“霜晴”的喜悦。后两句极生动，“笑歌声里轻雷动，一夜连枷响到明”，语调轻快，场景鲜活，家家打稻的欢歌笑语声与连枷声合谱成欢快的乐曲，使有过类似经历的读者为之神往。陆游《晚秋》诗云：“新筑场如镜面平，家家欢喜贺秋成。老来懒惰惭丁壮，美睡中闻打稻声。”范成大的诗写农家打稻，自己并未介入，只在以欢快的人物和场景表现农家秋收喜悦的同时流露了自己的欣慰之情。陆游的诗，虽有与范诗类似的词句，却从不同的角度切入，通过主观与客观的结合，着重抒写自我情怀。紧承一、二句写“老来懒惰惭丁壮”，其言外之意是：自己未老之时曾经打过稻，与农民共享过秋收的欢乐。如今“老”了，“懒惰”了，入夜便睡，未能与“丁壮”们一起打稻，对于那些彻夜打稻的“丁壮”们，多么“惭”愧啊！但那彻夜的连枷声传进耳里，又唤起往日与“丁壮”们一同打稻的回忆，为农民收回劳动成果的欢乐而感到无限欣慰，因而安心地睡着了，“睡”得很“美”。“美睡中闻打稻声”，这意境多么美！

第三首写交官租。“粒粒如珠白似霜”的米，当然是精心筛选出来的；剩下的，便只是些“糠覈”，已为结句留伏笔。把这样好的米装满船，运到官仓前面等候验收入仓，该不会遇到困难吧！然而不然。我年轻时曾交过“公粮”，由于同时来交“公粮”的人很多，首先遇到的困难是等上几天几夜，偏不收你的，要轮到你，得送“红包”；轮到你了，但不管你的粮食多么好，却总是验不上，要验上，还得塞“红包”。范成大所写的那位交租农民肯定会遇到这些困难，作者却略去了，以便留出余地突出主要情节。“不惜两钟输一斛”中的“不惜”二字包含无限辛酸，经过收租者的百般刁难，农民没有别的办法，只好豁出去，“不惜”任何代价，只要交清官租、免挨拷打就好。然而他付出的代价太高昂了！一斛等于十斗。一钟等于六斛四斗，这里以“钟”代“斛”，即交一斛租，要付出两斛粮。杨万里《诚斋集》也有“旧以一斛交一斛，今以二斛交一斛矣”的记载，可见这已是当时的普遍现象。南宋吏治之坏，令人吃惊！

白居易的《杜陵叟》在写到“典桑卖地纳官租，明年衣食将何如”之后，让那位老农出面控诉：“剥我身上帛，夺我口中粟，虐人害物即豺狼，何必钩爪锯牙食人肉?”这表现了中国农民在不堪剥削、压迫的时候敢于抗争的可贵品质。范成大反映田家生活的许多诗，则侧重于表现农民的勤劳、节俭、善良和豁达。“不惜两钟输一斛”，把全年的劳动成果全部交了租，不但没有愤怒的斥责，还自我安慰：“尚赢糠覈饱儿郎”——还留下些谷糠和碎米，让娃娃们填肚子！这和《后催租行》的结尾“室中更有第三女，明年不怕催租苦”的表现方式是类似的，其艺术效果亦相似。把这么好的农民掠夺到这步田地，怎能不激起读者对统治者的无比愤恨！

杨万里

（1127—1206），字廷秀，号诚斋，吉州吉水（今属江西）人。绍兴二十四年（1154）进士。其诗初学江西派，后又学王安石、晚唐体。最后“忽若有悟”，师法自然，讲求奇趣、活法，形成自己风格，时称“诚斋体”。诗风洒脱明丽，构思新巧。有《诚斋集》。

过百家渡四绝句（其一）

杨万里

园花落尽路花开，白白红红各自媒。
莫问早行奇绝处，四方八面野香来。

此诗作于隆兴元年（1163）春，作者正任零陵丞。

首句以“园花”衬“路花”，领起以下三句。护养在人家园子里的花开得早，也落得早；当“园花”落尽之时，“路”两边的野花正争奇斗丽，独领风骚。不说“野花”而说“路花”，表明诗人正在“路”上行走，“路花开”，这是在“路”上行进时看到的。

次句就“路花开”作具体描绘，仅用“白白红红”两组叠词，便渲染出繁花遍野、绚丽夺目的视觉形象；然而新奇之处还在于“各自媒”。在古代，男女结合必须经过“媒”人介绍，所以美好的少女常为没有良媒而自伤。杨万里在这里信手拈来一个“媒”字，已将“野花”比为美好的少女，而将自己及一切观赏者比为少男。那么，谁当媒人呢？古人认为“自媒”是一种丑行，所以即使讲到“花”，也要为它们安排什么“蜂媒蝶使”。杨万里在这一点上思想很开放，在他笔下，那“白白红红”的野花根本不需要任何媒人，而是自己做媒，以各自的美色丰姿吸引“路”上的行人。仅用“白白红红”，色彩虽然富丽，却是静态的。缀以“各自媒”，便为遍野繁花赋予人的思想情感，其相互争奇斗艳的动态立刻浮现纸上。

第三句中的“早行”与首句的“路”呼应。“奇绝处”，则双绾第二句所写的视觉形象和第四句所写的嗅觉形象。有色无香，不算好花。一“路”“行”来，遍野繁花“白白红红”，鲜艳夺目；浓郁的花香又从“四方八面”飘来，令人陶醉。“奇绝”二字，从视觉和嗅觉两方面得到了极生动的展现。

路边野花开放，这是人们不大重视的寻常景象，没想到作者竟写出了这么一首兴味盎然，引人入胜的好诗。

闲居初夏午睡起二绝句（其一）

杨万里

梅子留酸软齿牙，芭蕉分绿与窗纱。
日长睡起无情思，闲看儿童捉柳花。

前两句写初夏最有特色的景物。诗人在家闲居，初夏季节，吃了还未熟透的梅子，便去午睡；一觉醒来，梅子的酸味还留在口中，酸得连牙齿都感到发软。吃过酸果子的人都有这样的体验，但用“留酸软齿牙”五个字准确地表现出来，这还是第一次。初夏季节，芭蕉绽开新叶，一派浓绿，人在室内透过窗纱观赏芭蕉，感到它把窗纱映得更绿，凡在南方居住过的人也多有同样的经历。

但把芭蕉拟人化，说它嫌那绿窗纱已经褪色，因而把自己的浓绿分出一部分给予窗纱，却不能不说是一种艺术创造。一个“留”字、一个“分”字，的确用得巧。

第四句用第三句托出，倍见精彩。夏日初长，午睡起来，闲着没有事干，感到浑身懒洋洋的、毫无情趣，便“闲看儿童捉柳花”。“儿童捉柳花”，五个字活画出一幅“童戏图”，多么天真活泼，富有情趣！然而忙人未必能停下来从容观赏。用“日长睡起无情思”托出，把“儿童捉柳花”作为自己“闲看”的对象，就更能衬托出自己的“闲”。

这首诗作于乾道二年（1166），作者正丁忧家居。他有志于恢复中原，想干一番事业，却闲着没事干。诗以《闲居……》为题，全篇都表现一个“闲”字，但并不是安于“闲”，这是不难领会的。

这首诗，当时就受到作者最尊敬的抗金名将张浚的称赞，稍后的周密，也说它“极有思致”，又被选入《千家诗》，因而历久传诵不衰。

至于那个“捉”字，当然用得好，但那是前人已经用过的。白居易《前日〈别柳枝〉绝句，梦得继和，又复戏答》云：“谁能更学孩童戏，寻逐春风捉柳花。”

晓出净慈寺送林子方

杨万里

毕竟西湖六月中，风光不与四时同。

接天莲叶无穷碧，映日荷花别样红。

淳熙十四年（1187），作者在南宋都城杭州任尚书省左司郎中，六月的一天，“晓出”西湖西南边的净慈寺，送友人林枡（子方）到福建去做转运判官，看见西湖的十里荷花，触景生情，写出了这首万口传诵的七绝。

苏轼“欲把西湖比西子，淡妆浓抹总相宜”的名句，杨万里当然很熟悉，平时与西湖验证，大约也认为苏轼讲得好。然而这次一出净慈寺门突然看见六月间的西湖奇景，不禁惊喜不已，冒出了新看法：六月中的西湖风光，“毕竟”特别美，不与其他季节相同啊！按正常语序，“毕竟”应置于“风光”之后，而作者却移置首句之首，使它直贯以下十二字，将两句诗变为不可分割的一个“十四字句”。一开口即说“毕竟”，给人以突如其来之感，恰切地表现了诗人被突然闯入眼帘的美景所打动的真切感受。

后两句承前两句作具体描状，表明六月中的西湖风光“毕竟”不与四时同。“接天莲叶无穷碧”一句，以“接天”与“无穷碧”配合描状“莲叶”，则“莲叶”茂密，叶叶相连，直接天际的碧绿世界立即浮现眼前。用“接天”，不仅表现出“莲叶”一望无垠，而且，“天”是碧色的，“碧”叶与“碧”天相接，更突出了碧绿“无穷”。“映日荷花别样红”一句，以“映日”与“别样红”配合形容“荷花”，突出了“荷花”的“红”艳醉人。“日”光是“红”色的，六月清“晓”的日光又特别“红”，“红”色的荷花“映日”，就显得“别样（不同一般）红”。更何况，先写莲叶而后写荷花，意在以叶衬花，以“碧”衬“红”；两句诗互成对偶，又有互文见义的作用，莲叶“接天”，则荷花亦“接天”。以“接天莲叶”的“无穷碧”烘托“映日荷花”的“别样红”，则“碧”者更“碧”，“红”者更“红”。这，便是“西湖六月”中的“风光”啊！尽管说西湖的风光四季都很美，但西湖六月的风光具有独特的魅力，是与其他季节的风光“毕竟”不同的。

历来的咏荷诗，尽管各有特色，但其风格多属于清新、婉丽一类。杨万里的这一首，则华美中见壮阔，明快中见豪放，至今脍炙人口，并不是偶然的。

过扬子江二首

杨万里

只有清霜冻太空，更无半点荻花风。
天开云雾东南碧，日射波涛上下红。
千载英雄鸿去外，六朝形胜雪晴中。
携瓶自汲江心水，要试煎茶第一功。

天将天堑护吴天，不数殽函百二关。
万里银河泻琼海，一双玉塔表金山。
旌旗隔岸淮南近，鼓角吹霜塞北闲。
多谢江神风色好，沧波千顷片时间。

淳熙十六年（1189）秋，杨万里在秘书监任上，被任为借焕章阁学士，作为金国贺正旦使的接伴使，负责迎接、陪伴金国派来祝贺绍熙元年（1190）元旦的使者，一路上写了许多有价值的好诗。这两首七律，是过扬子江时写的。

第一首，前四联写眼前秋景。霜天晴明，风平浪静；“天开云雾”，东南一望碧绿；“日射波涛”，上下一片通红。残留的半壁江山，依然十分壮丽。第三联借古吊今：“千载英雄”，包括孙权以来在这一带建功立业的许多英雄人物，着重指宋室南渡以来以岳飞为代表的抗金名将。这些英雄人物，都已远在“鸿去外”，离开我们了！“六朝形胜”，指从三国东吴以来的东南半壁江山，着重指南宋小朝廷的残山剩水。这些江山形胜，虽然还在“雪晴中”，但抗金名将，一个个被排挤、迫害而死，谁来保卫呢？两句诗，回环往复，感慨深沉。紧接这一联的结尾两句如何理解，颇有争议。清代诗评家纪昀说：

> 结乃谓人代不留，江山空在，悟纷纷扰扰之无益，且汲水煎茶，领略现在耳。

把这首诗的意境理解得如此衰飒、消沉，可以说完全弄错了。

据陆游《入蜀记》记载：金山绝顶建有“吞海亭”，乃登览胜境。然而到了南宋，这座亭子却蒙受耻辱。每当金国的使者到南宋来，一渡江，便照例要请上吞海亭，“烹茶”款待。诗人作为“接伴使”，这种差使是无法避免的。因而在全诗结尾写了这么两句：

> 携瓶自取江心水，要试煎茶第一功！

用现代汉语翻译，那就是：亲自取水煎茶侍奉金国的使臣，这就是我这个“接伴使”为朝廷建立的“第一功”啊！

颈联以雄阔的境界寓忧国之思，尾联以超旷的风格抒屈辱之感，深婉含蓄，极耐寻绎。粗率浏览，便如猪八戒吃人参果，食而不知其味。

第二首，前两联写长江天险，雄奇壮丽，护卫了江南半壁江山。颈联写遥望江北的见闻感受：隔岸不远，便是南宋与金兵对垒的淮南要地，旌旗迎风招展，鼓角凌霜鸣奏。用一“近”字，表明长江虽是天堑，然而敌兵近在咫尺。用一“闲”字，表明敌兵占有优势，好整以暇。尾联写“过扬子江”遇上了好风，“沧波千顷”，片刻就渡过了！表面上庆幸“江神”助力，平安而又迅速地渡过了长江天堑；而深层意蕴则是：淮北被敌兵占据，鼓角可闻，如果遇上顺风南渡长江，不也是“沧波千顷片时间”吗？全诗起势雄峻；中间意境雄阔，词彩壮丽；结尾风格轻快，且含喜慰之情。然而强兵之压境，南宋之危弱，“天堑”之不可恃，亦灼然可见。诗人的深忧远虑，须从言外领取。

初入淮河四绝句

杨万里

船离洪泽岸头沙，人到淮河意不佳。
何必桑乾方是远，中流以北即天涯！

刘岳张韩宣国威，赵张二相筑皇基。
长淮咫尺分南北，泪湿秋风欲怨谁？

两岸舟船各背驰，波痕交涉亦难为。
只余鸥鹭无拘管，北去南来自在飞。

中原父老莫空谈，逢着王人诉不堪。
却是归鸿不能语，一年一度到江南。

这四首七绝，是作者北上迎接金国使臣、渡过长江、初入淮河时所作。第一首中的“人到淮河意不佳”，为整个组诗定下了基调，以下从各个角度展示“意不佳”的原因。桑乾河以北，本来都是北宋领土，后来金兵不断南侵，桑乾一带沦陷，成了“天涯”。如今呢，宋、金以淮河“中流”分界，“何必桑乾方是远，中流以北即天涯！”追昔抚今，语意沉痛感人。

第二首追溯南宋初期，刘锜、岳飞、张俊、韩世忠、赵鼎、张浚诸位名将、贤相力主抗金，轰轰烈烈，造成了可以收复中原的大好形势。而朝廷却被投降派把持，自毁长城，坐失良机。时至今日，眼前竟是“长淮咫尺分南北”的惨象，能不令人“泪湿秋风”吗！把国家弄成这种局面，究竟该“怨谁”？不直接指斥包括高宗、秦桧在内的统治者，而以“却怨谁”收尾，委婉中含怨刺，比直接指斥更引人深思、发人深省。

第三首就眼前所见抒发感慨。“两岸舟船各背驰”，即使船上人本来是世代来往的乡亲，也不敢互越中分线一步。千百年来属于祖国的淮河明明是一条河，如今竟以“中流”为界，连南北船只激起的“波痕”互相交叉都会引起纠纷，能不令人痛心吗？三、四两句，以“鸥鹭”的自由反衬两岸人民的不自由。“只余鸥鹭无拘管，北去南来自在飞”，这和“两岸舟船各背驰”对比何等鲜明！把二者联系起来，产生了强烈的艺术效果。

第四首表现了对沦陷区人民的同情和对朝廷的怨愤。“中原父老”遇见南宋使臣，总要诉说不堪压迫的痛苦和“王师”收复中

‘高台多悲风’，亦惟所见；‘清晨登陇首’，羌无故实；‘明月照积雪’，讵出经史？观古今胜语，多非补假，皆由直寻。”此后，主张从自然风景和社会生活中觅诗者代不乏人，这里只引几首宋人的诗以见一斑。

史尧弼《湖上》：

浪涌涛翻忽渺漫，须臾风定见平宽。
此间有句无人得，赤手长蛇试捕看。

陈与义《春日》：

朝来庭树有鸣禽，红绿扶春上远林。
忽有好诗生眼底，安排句法已难寻。

史尧弼的“浪涌涛翻忽渺漫，须臾风定见平宽”，陈与义的“朝来庭树有鸣禽，红绿扶春上远林”，都是来自大自然的诗句。他们或者说“此间有句无人得，赤手长蛇试捕看”，或者说“忽有好诗生眼底，安排句法已难寻”，意在强调“此间”“眼底”的好诗还不止那一些，让读者通过想象去捕捉。

再看陆游的两首诗：

奇峰迎马骇衰翁，蜀岭吴山一洗空。
拔地青苍五千仞，劳渠蟠屈小诗中。

——《过灵石三峰》

乌桕微丹菊渐开，天高风送雁声哀。
诗情也似并刀快，剪得秋光入卷来。

——《秋思》

这是说，他把“眼底”的“好诗”，都收拾到自己的诗篇里了。

“万象毕来，献予诗材”，这是不错的，但不同的诗人有不同的表现手法。关于杨万里的表现手法，即所谓“活法”，当时人张镃是这样形容的：

造化精神无尽期，跳腾踔厉及时追。
目前言句知多少，罕有先生活法诗。

钱锺书在《谈艺录》里讲得更透彻：

以入画之景作画，宜诗之事赋诗，如铺锦增华，事半而功则倍。虽然，非拓境宇、启山林手也。诚斋、放翁，正当以此轩轾之。人所曾言，我善言之，放翁之与古为新也；人所未言，我能言之，诚斋之化生为熟也。放翁善写景，而诚斋善写生。放翁如画图之工笔，诚斋如摄影之快镜：兔起鹘落，鸢飞鱼跃，稍纵即逝而及其未逝，转瞬即改而当其未改，眼明手捷，踪矢蹑风，此诚斋之所独也。

先看杨万里的《插秧歌》：

田夫抛秧田妇接，小儿拔秧大儿插。
笠是兜鍪蓑是甲，雨从头上湿到胛。
唤渠朝餐歇半霎，低头折腰只不答。
秧根未牢莳未匝，照管鹅儿与雏鸭。

这真像“摄影之快镜”，连续摄下了一个个镜头，令人应接不暇。

现在再谈《桑茶坑道中》。

这是八首七绝，写桑茶坑路上所见。这里只谈其中的四首。

第一首，总写全景。“田塍莫道细于椽，便是桑园与菜园。”极写山农对于土地的珍惜及其利用率之高。田塍（chéng），这里指“畦埂子”。“细于椽”，是说那畦埂子比屋上的木椽还细，其对土地之珍惜，已不言而喻。这样细的田塍，也没有让它闲着，而是充分地利用来或种桑，或种菜。“莫道”与“便是”呼应紧密。这两句一翻译，就是这样的意思：不要说田塍比椽子还细，那就是桑园子和菜园子啊！光写了田塍，没有写田，但田塍与田塍之间，就是田，谁都可以想象出来。“如摄影之快镜”，不过是个比喻，作诗与摄影毕竟有区别，诗的形象，还需要在读者想象中再现和补充。

三、四两句更精彩。“岭脚置锥留结屋”，这又是一个镜头。“置锥”一词，作者不一定有意用典，但它不能不使人想起《汉书·食货志》中的话：“富者田连阡陌，贫者亡（无）立锥之地。”这句诗是说，农民在岭脚留出一点仅可“置锥”的地方，准备搭房子，其贫困已不难想见。怎么知道那“置锥”之地是“留结屋”的呢？大约由于那里堆放了些“结屋”的材料，才作出了那样的判断。按农家的习惯，屋子周围，是要种些果树的。如今只留“置锥”之地“结屋”，自然无地再种果树，于是诗人又摄取了一个镜头：“尽驱柿栗上山巅。”农家把本来应该种在屋子周围的柿栗一股脑儿赶到山顶上去了。——这写得多么“活”！

读了这首诗，不禁使人联想到作者的另一首诗《过石磨岭，岭皆创为田，直至其顶》：

翠带千镮束翠峦，青梯万级搭青天。
长淮见说田生棘，此地都将岭作田。

“长淮”指当时的沦陷区。联系这首诗，更可以看出前面讲过的那首诗不仅摄取了几个镜头而已，还有言外之意可寻。

第二首，写山农的耕作之苦。“沙鸥数个点山腰，一足如钩一足翘。”写沙鸥，形态逼真。但“山腰”怎会有“沙鸥”呢？仔细一看，原来不是“沙鸥”，——“乃是山农垦斜崦，倚锄无力政（正）无聊。”“斜崦”，就是山坡。如前一首所写，山农对土地那么珍惜，那么充分利用，但还不满足，还要“垦斜崦”，这究竟是为什么？当然是因为已有的土地收入，还不足以养家糊口。那“倚锄无力”的神态和“政无聊”的心情，都可以使读者想得很多、很远。

第三首，写秧田和水源。“秧畴夹岸隔深溪”，写景如在目前。但作者并不是悠闲地欣赏这田园风光，而是看到“溪”那么“深”，关心“东水何缘到得西？”再一看，放心了，高兴了，于是又摄了一个镜头：“溪面只消横一枧，水从空里过如飞。”这个镜头不仅摄得很巧妙，还在明快的色调中蕴含了对山农的劳动和智慧的赞颂之情。

第四首，写儿童牧牛情景。“晴明风日雨干时，草满花堤水满溪。”山农尽管贫苦，但自然风光还是美好的。风日晴明，又刚下过雨，溪里水满，地面初干，堤上野花盛开，草当然也很肥美。这“花堤”上，不是正好牧牛吗？于是，诗人用“摄影之快镜”，又摄下了两个镜头："童子柳阴眠正着，一牛吃过柳阴西。"

诗人的高明之处，在于本来是动的景物，他准确地摄下了动的画面，如"水从空里过如飞""一牛吃过柳阴西"等等，本来是静的景物，他也能写活，如"尽驱柿栗上山巅""沙鸥数个点山腰"等等。还有，画面里都或多或少地含蕴着思想意义，并非一览无余。

元朝人刘祁在《归潜志》卷八里说：李之纯"教后学为文，欲自成一家"。晚年"甚爱杨万里诗"，称赞道："活泼剌底，人难及也。"清新、活泼，这的确是"诚斋体"的特点。

重九后二日同徐克章登万花川谷月下传觞

杨万里

老夫渴急月更急，酒落杯中月先入；
领取青天并入来，和月和天都蘸湿。
天既爱酒自古传，月不解饮真浪言；
举杯将月一口吞，举头见月犹在天。
老夫大笑问客道："月是一团还两团？"
酒入诗肠风火发，月入诗肠冰雪泼。
一杯未尽诗已成，诵诗向天天亦惊。
焉知万古一骸骨？酌酒更吞一团月！

此诗作于绍熙五年（1194），作者退休家居。

这是一首频频换韵的七言古体诗，其"活法"的运用，不在于用“快镜”摄影；而在于想象新奇，转折灵动，奇峰迭起，新意频出，反说正说，横说竖说，无不出人意表，而仔细想来，又无不在人意中。

全诗内容，不过与客人饮酒而已。大约诗人在未得“活法”之时，根本写不出诗来；现在呢，却真是“万象毕来，献予诗材，……前者未雠，而后者已迫”。开头四句写月下酌酒。李白“举杯邀明月，对影成三人，月既不解饮，影徒随我身”，已令人感到新奇。杨万里一上来却说他自己酒渴已急，而月亮还比他更渴更急；他刚酌酒入杯，月亮就抢先跑进杯里。月亮不光自己来抢酒喝，还带领青天一起来，同时攒入酒杯，弄得和月带天都湿漉漉的。杯中酒满，会映出明月和青天的倒影，凡在月下饮过酒的人大都看见过这种景象，但谁能把这种景象写得这么活泼，这么热闹？这四句押入声韵，声调急促，与月渴已急，抢先入杯的内容十分和谐。

接着的六句换平声韵，虽然声调较前舒缓，但仍然一句一转，一转一境，波澜迭起，令人目不暇接。前面已写酌酒，接着便以天、月陪衬，写作者自己饮酒，并插入向客人的提问。“天既爱酒自古传”，这是根据孔融“天有酒旗之星”和李白“天若不爱酒，酒星不在天”的论调，为前面写青天与月同来饮酒进行辩解。“月不解饮真浪言”，则是反驳李白“月既不解饮”的诗句。其反驳的理由是：天既爱酒，月为何不爱酒？它和青天一起，不都在我的酒杯里蘸湿了吗？当然，真正喝到酒的还是诗人自己。开头便说他已经“渴急”，所以尽管明月、青天都已泡在酒杯里，他还是举杯一饮而尽。可是仰首一望，明月依然在青天里闪耀。前七句所写，都新奇得出人意外，读完第八句，便又觉得在人意中。接下去，读者总以为再翻不出什么新花样来了；不料忽然“大笑问客”：“月是一团还两团?”意思是：酒杯里的一团月分明被我喝进肚里了，怎么天上还有一团呢?问得很天真，却极有情趣，这正是诗中妙境。

后六句每两句一韵，三次换韵，诗意亦层折递进，奇趣横生。酒发热；月亮则冰清玉洁，就其色调说，属于冷色。诗人由此生发，写出了“酒入诗肠风火发，月入诗肠冰雪泼”一组排偶句。“入诗肠”叠用，给人以突出感受，先声夺人，引起对酒、月俱“入诗肠”会产生什么结果的悬念。而其结果，也出人意料：“风火发”“冰雪泼”，冷、热相战，并没有使诗人闹肚子，而是在“诗肠”里凝成了诗：“一杯未尽诗已成”。喝了酒便作诗，古代的许多大诗人都如此，并不稀奇，奇的是紧接着写了这么一句：“诵诗向天天亦惊。”老天爷听了他的诗也大吃一惊，并非说大话；因为在他的诗里，他竟敢说青天、明月都跑进他的酒杯里抢酒喝，泡得浑身是酒，被他一股脑儿吞进肚里去了！

结尾两句，既照应前文，又奇峰突起。“万古一骸骨”，本是杜甫《写怀二首》中的诗句，是说人都要死掉变成一把“骸骨”“万古”如斯，无一例外。杨万里信手拈来，前加“焉知”二字，立刻化消极为积极，表达了旷达的胸襟，为结句蓄势：我哪里知道人世间有这样的倒霉事，只知道“渴急”便喝酒。如果月亮抢先入杯，我便“举杯将月一口吞”；它又来抢酒，我便“酌酒更吞一团月”！真可谓豪情壮采，石破天惊！

作者的同乡晚辈罗大经在《鹤林玉露》里说：“杨诚斋月下传杯诗云，……余年十许岁时，侍家君竹谷老人谒诚斋，亲闻诚斋诵此诗，且曰：‘老夫此作，自谓仿佛李太白。’”可见作者对他的这首诗很得意。就其气势豪迈方面说，的确有点像李白的七古；但篇幅短而层次多，层层转换，愈转愈奇，构思新巧，用笔活泼，在学习李白的基础上又有新的变化和新的开拓，从而形成了不同于李白的“诚斋体”。熟读这首诗，对所谓“活法”会有比较深入的体会。

小　池

杨万里

泉眼无声惜细流，树阴照水爱晴柔。
小荷才露尖尖角，早有蜻蜓立上头。

题为《小池》，首句写池子的源头活水。因为是“细流”，所以它“无声”。妙在用一“惜”字，把“泉眼”拟人化，说它非常爱惜水，卡得很紧，绝不肯挥霍浪费，让水哗哗乱流。而“池”之所以“小”，其原因正在这里。次句不过是说池面为树荫所覆盖，却写得极有情趣。池边有树，池面上自然有“树阴”；作者却说“树阴照水”，用一“照”字，赋予“树阴”以人的意志，好像它有主动权，想“照”谁就“照”谁，如今它“照”着池“水”。接着用一“爱”字，赋予“树阴”以人的情感，说它不“照”别的，只“照”池水，是因为它喜爱池面上明净而温柔的微波，恋恋不舍。

诗的最精彩处还在后两句，前两句只是为后两句所写的景物烘托环境。后两句所写的景，其实并没有什么，说穿了，不过是水面露出的新荷叶顶端落了一只蜻蜓。这样的景，是引不起一般人的注意的，然而作者觉得美，立刻用“摄影之快镜”拍了下来：“小荷才露尖尖角，早有蜻蜓立上头。”把杨万里的“活法”说成用“快镜”摄影，只不过是讲他善于抓取镜头而已。作诗，从本质上说，并不同于摄影。比如这两句所写的景，摄像机只能拍出新荷叶上有蜻蜓的图像，拍得再好，也说不上有多少诗意。而读这两句诗，意味便大不相同。“才露”与“早有”呼应，不仅句法灵动，而且富有暗示性：小荷未露尖尖角，蜻蜓已在“小池”上面款款飞，有时还点水飞，但找不到“立”脚点，多么希望新荷出水啊！因此，“小荷才露尖尖角”，游人并未注意，却“早”被蜻蜓发现了；刚一发现，便即刻飞来“立”在那“尖尖角”上，何等得意！而且，那得意还不仅在于已有立脚点，更在于小荷既然露出“尖尖角”，那么荷叶满池、荷花映日的美景就为期不远了！这一切，都不是“摄影之快镜”所能拍摄出来的。

尤 袤

（1127—1194），字延之，号遂初居士，无锡（今属江苏）人。绍兴十八年（1148）进士。其诗与杨万里、范成大、陆游齐名，称“南宋四大家”。惜诗作大都失传，后人辑有《梁溪遗稿》。

题米元晖潇湘图二首

尤 袤

万里江天杳霭，一村烟树微茫。
只欠孤篷听雨，恍如身在潇湘。

淡淡晓山横雾，茫茫远水平沙。
安得绿蓑青笠，往来泛宅浮家。

这是两首题画的六言绝句。画家米友仁（1086—1165），字元晖，是宋代杰出书画家米芾的儿子，画史上与其父并称“二米”或“大米、小米”。“二米”擅长山水画，称“米家山水”。此诗所题的“元晖潇湘图”，即小米的代表作《潇湘奇观图卷》，现藏上海博物馆。长丈余，卷后有洪适、洪迈、朱敦儒、朱熹等十几位南宋名家的题跋；尤袤有跋有诗，诗后署“淳熙辛丑仲春十八日梁溪尤袤观于秋浦”。淳熙辛丑，即宋孝宗淳熙八年（1181），这时尤袤五十五岁，正提举江东常平。

“二米”的山水画，属水墨大写意。米友仁的《潇湘奇观图卷》，最能体现其水墨山水画的独特风格，是其得意之作。他自题此卷云：“此卷乃庵上所见，大抵山水奇观，变态万层，多在清晨晦雨间，世人鲜复知此。余生平熟潇湘奇观，每予观临佳处，辄复得其真趣，成长卷以悦目。”可见他画的“潇湘奇观”，是亲临其地，熟观默察，于“清晨晦雨间”把握其“变态万层”而“得其真趣”之后的写意佳作。

尤袤题此画的诗，既表现出此画的特点，又抒发了自己的观感。

第一首，先以“万里江天”写大景、远景，后以“一村烟树”写小景、近景，大、小、远、近结合，又以“杳霭”“微茫”表现其烟雨迷蒙、云树苍茫的景象。仅用十二字，“米家山水”的气象、神韵已和盘托出。三、四句倒装，既是表现对此画的观感，又是对此画艺术魅力的赞扬。因为所画者乃“潇湘奇观”，所以细观此画，“恍如身在潇湘”；画里有水而无船，所以说：我恍惚之间已经身在潇湘，如果纵一叶扁舟“听雨”该多好！可是呢，别的什么已应有尽有，就“只欠”一只小船。“只欠孤篷听雨”一句当然不是说没画孤篷是个缺点，而是用跳脱的诗句赞颂此画有“移情”魅力；又顺便补出一个“雨”字，为前面的“杳霭”迷“茫”点睛。

第二首，前两句“淡淡晓山横雾，茫茫远水平沙”，进一步为“万里江天杳霭，一村烟树微茫”补景。这么一补，江、天、树、村以及晓山、远水、平沙等等，都迷蒙于云雾烟雨之间，因云雾烟雨的变化而“变态万层”，顿成“奇观”。诗人面对“潇湘奇观”，萌生了弃官归隐，徜徉于“潇湘奇观”之间的意念，写出了后两句：“安得绿蓑青笠，往来泛宅浮家。”以《渔歌子》著名的唐代诗人张志和，肃宗时待诏翰林，后来隐居江湖间，自号烟波钓徒。“颜真卿为湖州刺史，志和来谒。真卿以舟敝漏，请更之。志和曰：‘愿为浮家泛宅，往来苕、霅间’”。（《新唐书》卷一九六《隐逸传》）张志和的《渔歌子》，又有“青箬笠，绿蓑衣，斜风细雨不须归”之句。很明显，尤袤题画诗结尾两句中的“泛宅浮家”和“往来”“绿蓑”“青笠”，都取自张志和的言论和诗句，其借题发挥之意是十分明显的。就是说，他厌倦仕途，想学张志和做烟波钓徒了；然而弃官归隐，又有许多实际困难，两句诗以“安得”领起，表现了难言的苦衷。题画诗，也以“诗中有我”为高格。既展现《潇湘奇观图》的气象神韵，又自抒怀抱，二者妙合无垠，正是这两首题画诗的高明之处。

六言绝句，因不便使用单音节词，故诗句往往流于板滞；四句配合，也难获致婉转动宕，风神摇曳之美，故作者不多。唐代诗人中，只有王维、刘长卿擅长此体。王维的《田园乐》组诗尤脍炙人口。宋代诗人作六言绝句者较唐人稍多，以王安石的《题西太一宫壁》二首最著名。尤袤的这两首，也是难得的佳作。

朱　熹

（1130—1200），字元晦，一字仲晦，号晦庵，又号晦翁，别称紫阳，徽州婺源（今属江西）人。绍兴十八年（1148）进士。历泉州同安县主簿、秘阁修撰、焕章阁待制等职，卒谥“文”。论学主居敬穷理，集北宋以来理学之大成。通经史、文学、乐律，对自然科学亦有所贡献。诗亦富意趣。有《四书章句集注》《周易本义》《诗集传》《楚辞集注》《朱文公集》《朱子语类》等。

观书有感二首

朱　熹

半亩方塘一鉴开，天光云影共徘徊。
问渠那得清如许？为有源头活水来。

昨夜江边春水生，蒙冲巨舰一毛轻。
向来枉费推移力，此日中流自在行。

宋代理学（或称道学）兴盛。理学家一方面说什么“文词害道”，反对作诗，另一方面又大作其诗，用诗讲道学。正如南宋刘克庄所说：“近世贵理学而贱诗，间有篇咏，率是语录讲义之押韵者耳。”（《后村大全集》卷一一一《吴恕斋诗稿跋》）像金履祥道学诗选《濂洛风雅》中的作品，大抵是“语录讲义之押韵者”，味同嚼蜡，算不得诗，也自然谈不上艺术生命力，在群众中没有流传。

在宋代理学家中，朱熹的老师刘子翚可算优秀诗人。他的那些愤慨国事的作品，像组诗《汴京纪事》二十首，就写得很感人，在南宋传诵极广。朱熹本人的许多诗，也很少“语录讲义”的气味，值得一读。他的那首《春日》七绝：“胜日寻芳泗水滨，无边光景一时新。等闲识得东风面，万紫千红总是春”，至今还被人们引用。下面谈谈他的《观书有感》。这两首诗中的第一首，也常被人们引来说明某种道理。

从题目看，这两首诗是谈他“观书”的体会的，意在讲道理、发议论，弄不好，很可能写成“语录讲义之押韵者”。但他写的却是诗，因为他没有抽象地讲道理、发议论，而是从自然界和社会生活中捕捉了形象，让形象本身来说话。

先看第一首。

“半亩方塘一鉴开，天光云影共徘徊”，这景象就很喜人。“半亩方塘”，不算大，但它像一面镜子那样澄澈明净，“天光云影”，都被它反映出来，闪耀浮动，情态毕见。

作为景物描写，这也是成功的。这两句展示的形象本身，能给人以美感，能使人心情澄净，心胸开朗。

这感性形象本身还蕴含着理性的东西，最明显的一点就是：“半亩方塘”里的水很深很清，所以能够反映“天光云影”，反之，如果很浅、很污浊，就不能反映，或者不能准确地反映。诗人正抓住了这一点，作进一步的挖掘，写出了颇有“理趣”的三、四两句：

问渠那得清如许？为有源头活水来。

“渠”是个代词，相当于“他”“她”“它”，这里代“方塘”。“清”已包含了“深”，因为塘水如果没有一定的深度，即使很清，也反映不出“天光云影共徘徊”的情态。诗人抓住了塘水深而且清就能反映天光云影的特点，但没有到此为止，进而提出了一个问题："方塘"为什么能够这样"清"？而这个问题，孤立地看"方塘"本身，是无从找到答案的。诗人于是放开眼界，终于看到"源头"，找到了答案：就因为这"方塘"不是无源之水，而是有那永不枯竭的"源头"，源源不断地为它输送"活水"。

后两句，当然是讲道理、发议论，但这和理学家的"语录讲义"很不相同：第一，这是对前两句所描绘的感性形象的理性认识；第二，"清如许"和"源头活水来"，又补充了前面所描绘的感性形象。因此，这是从客观世界提炼出来的富有哲理意味的诗，而不是"哲学讲义"。用古代诗论家的话说，它很有"理趣"，而无"理障"。

"方塘"由于有"源头活水"不断输入，所以永不枯竭，永不陈腐，永不污浊，永远深而且"清"，"清"得不仅能够反映出"天光云影"，而且能够反映出它们"共徘徊"的细微情态。——这就是这首小诗所展现的形象及其思想意义。

朱熹给这诗标的题目是《观书有感》，也许他"观书"之时从书中受到了什么启发，获得了什么新知，因而联想到了"方塘"和"活水"，写出了这首诗。如果是这样，那么他所说的"源头活水"，就是指书本知识。其用意是劝人认真读书、博览群书，不断从那里吸取前人的间接经验。

朱熹还作过一首七律《鹅湖寺和陆子寿》：

德义风流夙所钦，别离三载更关心。
偶扶藜杖出寒谷，又枉篮舆度远岑。
旧学商量加邃密，新知培养转深沉。
却愁说到无言处，不信人间有古今。

这个诗题及整篇诗，大概很少人能记得，但其中的“旧学商量加邃密，新知培养转深沉”两句，至今还被一些学者引来谈治学经验。用来谈治学经验，当然是可以的，但作为“诗”，却远不如“半亩方塘”一首有诗味。尽管在朱熹那里，“旧学商量”“新知培养”，很可能和“源头活水”是一回事。

不管朱熹的本意如何，“半亩方塘”这首诗由于取材客观实际，诉诸艺术形象，其形象及其思想意义，很有普遍性。比如说，为了使我们的“方塘”不枯竭、不陈腐、不污浊，永远澄清得能够反映客观事物及其细微变化，就得不断学习，不断实践，不断调查新情况、研究新问题、吸收新知识，就得让我们的知识不断更新，避免老化。这一切，当然超出了朱熹的创作意图。然而这又是符合艺术规律的：具有典型性的艺术形象，其客观意义往往大于作家的主观思想。

再谈第二首。

“昨夜江边春水生，蒙冲巨舰一毛轻”，其中的“蒙冲”也写作“艨艟”，是古代的一种战船。因为“昨夜”下了大雨，“江边春水”，万溪千流，滚滚滔滔，汇入大江，所以本来搁浅的“蒙冲巨舰”，就像鸿毛那样浮了起来。这两句诗，也对客观事物作了描写，形象比较鲜明。但诗人的目的不在单纯写景，而是因“观书有感”而联想到这些景象，从而揭示一种哲理。

“向来枉费推移力，此日中流自在行”，就是对这种哲理的揭示。当“蒙冲巨舰”因江水枯竭而搁浅的时候，多少人费力气推，力气都是枉费，哪能推动呢？可是严冬过尽，“春水”方“生”，形势就一下子改变了，从前推也推不动的“蒙冲巨舰”，“此日”在一江春水中自在航行，多轻快！

“蒙冲巨舰”，需要大江大海，才能不搁浅，才能轻快地、自在地航行。如果离开了这样的必要条件，违反了它们在水上航行的规律，硬是要用人力去“推移”，即使发挥了人们的冲天干劲，也还是白费气力。——这就是这首小诗的艺术形象所包含的客观意义。作者的创作意图未必完全如此，但我们作这样的理解，并不违背诗意。

前一首，至今为人们所传诵、所引用，是公认的好诗。后一首，似乎久已被人们遗忘了，但它同样是好诗，能给人以哲理的启迪：别做在干岸上推船的蠢事，而应为“蒙冲巨舰”的自在航行输送一江春水。

类似这样的哲理诗，宋诗中还有一些。苏轼的《题西林壁》，先说“横看成岭侧成峰，远近高低各不同”，然后再揭示诗人从中领会到的哲理：“不识庐山真面目，只缘身在此山中。”

当然，哲理诗的写法也是各种各样的。有鲜明的形象，由形象本身体现理趣，固然好；但也不一定非如此不可，例如苏轼的《琴诗》：

若言琴上有琴声，放在匣中何不鸣？
若言声在指头上，何不于君指上听？

两个假设，两个提问。假设有道理，提问更有道理。问而不答，耐人寻味。说这有“禅偈的机锋”，当然是可以的。但如果从中领会出这样一种道理：只有很好的客观条件，或者只有很好的主观条件，都不行；而把二者完美地结合起来，就能取得很好的效果。这也不能算违反诗意吧！

这首诗，既有理趣，也有诗味，应该算是较好的哲理诗。纪昀“此随手写四句，本不是诗”的看法是值得商榷的。

至于理学家所写的那些“语录讲义”式的所谓诗，道理粗浅，议论陈腐，语言枯燥乏味，就不算诗。例如徐积的那首长达两千字的《大河上天章公顾子敦》："万物皆有性，顺其性为大。顺之则无变，反之则有害。……"（《节孝诗钞》）这怎能算诗呢？

春　　日

朱　熹

胜日寻芳泗水滨，无边光景一时新。
等闲识得东风面，万紫千红总是春。

题为《春日》，首句一开头便说"胜日寻芳"，自然是踏青游春、赏花观柳之作。次句从宏观上写春日寻芳的所见和所感："无边光景"，包括目光所能看到的广阔范围里的一切景象；"一时新"，则是出门"寻芳"的突然感受。如果不出门"寻芳"，尽管客观上"无边光景"已焕然一"新"，主观上也不会有这种"新"的感受。三、四两句所写，乃是对"寻芳"观感的具体化和认识上的深化。平日常说"东风"如何好，但对它的面貌如何，却缺乏具体了解。如今来"寻芳"，看见"无边光景""万紫千红"，一派"新"气象，"等闲"之间便"识得东风面"了！就是说，那"万紫千红"的无边春色、无边"新"光景，都是"东风"的体现，也就是"东风"的面貌。

这首诗，按照春日"寻芳"的主题和词、句的意义作这样的理解，应该说是符合实际的。而且，作这样的理解，已经是一首景美情浓、景中含理的好诗。

然而单纯作游春理解，却有一个问题。"泗水"在山东境内，早被金人占领，张孝祥早在作于隆兴元年（1163）的《六州歌头》里已抒发过"洙、泗上，弦歌地，亦膻腥"的愤慨，朱熹怎能

“寻芳泗水滨”？朱熹是一位理学家，他念念不忘孔夫子和他所传的“道”。“泗水滨”，乃是孔子讲学传道的圣地。“寻芳泗水滨”在朱熹笔下，不是“赋”而是“比”，比喻向孔门寻求生意盎然的“道”特别是“仁”。按照这种思路读全诗，“东风”“万紫千红”等等，也都是比喻。全诗通过“寻芳”的所见和新感受、新认识，比喻他求道忽有所得。其创作动机与表现手法，都与《观书有感》类似。但题为《春日》，全诗都写“寻芳”，比喻的痕迹含而不露，又形象鲜明，情景生动，读之但觉春光满眼，不注意它还有什么深层意蕴。

这本来是一首好诗，又由于《千家诗》入选，因而传诵至今。尤其是“万紫千红总是春”一句，常被人们引用，还被改造和补充，写出“一花独放不算春，万紫千红才是春”之类的句子，广为流传，颇有教育意义。

林　升

字梦屏，温州平阳（今属浙江）人。约活动于孝宗淳熙（1174—1189）时期。

题临安邸

林　升

山外青山楼外楼，西湖歌舞几时休？
暖风熏得游人醉，直把杭州作汴州。

《西湖游览志余》卷二《帝王都会》载此诗，并云：“绍兴、淳熙之间，颇称康裕，君相纵逸，耽乐湖山，无复新亭之泪。士人林升者，题一绝于旅邸云……”原诗无题，清人厉鹗《宋诗纪事》收此诗，加了《题临安邸》这个题目。

南宋统治者对金人妥协投降，将大半壁河山拱手让人，以种种屈辱条件换取偏安，不惜敲剥民脂民膏以满足其荒淫腐朽生活。这首诗的作者从外地来到临安，就眼前的荒淫景象抒发感慨，极富艺术感染力。

首句从空间着眼，写华丽的楼台鳞次栉比，从近处的青山延伸到山外的青山，一望无际。次句将空间与时间叠合，写围绕西湖的所有楼台都轻歌曼舞，无尽无休，不知几时才能休止。第三句“暖风熏得游人醉”，用一“醉”字，展现了君臣上下文酣武嬉、醉生梦死的群体形象。连写三句，突然以“直把杭州作汴州”收尾，为前三句所写的景象注入思想感情的新血液，句句皆活而蕴含深广，极耐寻绎。

“直把杭州作汴州”，首先令人想到的是“此间乐，不思蜀。”

宋朝的都城本来是“汴州”，如今在“杭州”享乐，把“杭州”当作“汴州”，“无复新亭之泪”，哪里还想到收复“汴州”呢？其次，读者还可以从这句诗里领会到又一层内涵。前三句已写了南宋统治者大兴土木，沉酣歌舞的骄奢淫逸生活，那么，“直把杭州作汴州”，就意味着当年北宋的统治者在“汴州”也是这样干的。事实也正是这样。宋徽宗大兴土木、荒淫无度，乃是汴京沦陷、北宋覆亡的重要原因。南宋统治者重蹈覆辙，后果不堪设想！难道要等到“杭州”沦陷，“西湖歌舞”才罢“休”吗？

姜 夔

（1155？—1221？），字尧章，号白石道人，饶州鄱阳（今江西波阳）人。一生未仕，往来于赣、湘、鄂、苏、浙间，被人视为早期江湖派代表人物。其诗初学黄庭坚，后深造自得，与范成大、杨万里多有唱酬。有《白石道人歌曲》《白石道人诗集》《诗说》《续书谱》等。

姑苏怀古

姜 夔

夜暗归云绕柁牙，江涵星影鹭眠沙。
行人怅望苏台柳，曾与吴王扫落花。

前两句，写在船上所见的夜景。后两句，以“怅望”领起，借“苏台柳”与“落花”抒发今昔盛衰之感。“苏台柳”“曾与吴王扫落花”，想象新奇，又合情合理。当年吴王在苏台行乐之时，台畔必然百花耀目，柳丝拂地。可是如今呢，吴王早因骄奢淫逸而身死国灭，苏台仅有遗址了！当然，那遗址上还会有垂柳，当诗人于舟行过程中望见那“苏台柳”，突然触发灵感，写出了这两句意味深长的好诗，与韦庄《台城》“无情最是台城柳，依旧烟笼十里堤”异曲同工。

南宋人罗大经在《鹤林玉露》卷二里说这首诗“琢句精工”，甚得杨万里称赏。说它“琢句精工”，当然并不错。但更值得指出的是：它含蓄深婉，余意无穷。姜夔在他的《白石道人诗说》里主张“诗贵含蓄”，“句中有余味，篇中有余意”。这首诗，可以说实践了他的主张。

翁　卷

生卒年不详，字灵舒，永嘉（今浙江温州）人，布衣终身。与同乡诗人徐玑（号灵渊）、徐照（字灵晖）、赵师秀（号灵秀）互相唱和，因他们的字或号都带“灵”字，故称“永嘉四灵”。有《西岩集》《苇碧轩集》，二集互有出入。

野　望

翁　卷

一天秋色冷晴湾，无数峰峦远近间。
闲上山来看野水，忽于水底见青山。

“永嘉四灵”鄙视江西诗派，口头上提倡唐诗，实则排斥杜甫，以姚合、贾岛为“二妙”，尊尚“晚唐”。经过叶适等人的鼓吹，曾名噪一时。他们中的翁卷和徐照，都是布衣，徐玑和赵师秀仅做过小官。其共同的人生态度是“爱闲”“安贫”，“有口不须谈世事，无机惟合卧山林。”（翁卷《行药作》）其诗风的特点是：题材局限于徜徉田园，流连山水；轻古体而重近体，尤重五律；律诗首尾略如题意，中四句锻炼磨莹，刻意求工，不必切题；中四句轻意联，重景联，忌用典，尚白描；追求野逸清瘦情趣。

刘克庄批评“永嘉四灵”说：“永嘉诗人极力驰骤，才望见姚合、贾岛之藩而已。”（《瓜圃集序》）但对其中的翁卷却另眼看待，其《赠翁卷》云：“非止擅唐风，尤于选体工。有时千载事，只在一联中。”今存翁卷集中只有极少的古体诗，如《思远客》等，确类“选体”（《昭明文选》中的五言诗体），但缺乏个性；

写得更多的还是近体诗，七绝中有佳作，如《野望》《乡村四月》等。

《野望》七绝写望中野景，闲淡秀逸，野趣盎然，体现了“四灵”共同追求的审美趣味。读前两句，并不感到新奇；读完后两句，便给人以出乎意料，突如其来的美感。“闲上山来看野水”，却不写看到的野水是何情态，而说“忽于水底见青山”，构思灵妙，匪夷所思。仔细一想，写前两句正是为写后两句创造条件。“水底见青山”，一是由于水清见底，且有阳光照耀，而首句“一天秋色冷晴湾”，已作了描写；二是水畔有青山，而次句“无数峰峦远近间”也作了描写。首句的“湾”，正就是四句的“水”；次句的“峰峦”，也就是四句的“青山”。读完第四句回头再读全诗，便感到回环往复之妙，前两句并非泛泛写景而已。

徐　玑

（1162—1214），字文渊，一字致中，号灵渊，随其父移居永嘉（今浙江温州）。历官建安主簿、永州司理、龙溪丞、武当令，改长泰令，未至官即去世。有《泉山集》，已佚，今传《二薇亭诗》一卷。

新　凉

徐　玑

水满田畴稻叶齐，日光穿树晓烟低。
黄莺也爱新凉好，飞过青山影里啼。

徐玑是“永嘉四灵”之一，题材狭窄，标榜野逸清瘦的诗风。五律可诵者如《黄碧》：“黄碧平沙岸，陂塘柳色春。水清知酒好，山瘦识民贫。鸡犬田家静，桑麻岁事新。相逢行路客，半是永嘉人。”在七绝中，这首《新凉》最出色。

江南夏末，早晨刚有点凉意。第一句，是通过视觉形象的“通感”作用体现凉意的。村外的稻田里水满秧齐，水清叶绿，使人望而生凉。第二句，以“晓”字点时间，朝日的光芒斜穿过树梢，筛下长长的绿荫，“晓烟”还在低空飘动，没有散去。这一切，都使人感到清凉。从反面说，到了中午，赤日当空，轻烟散尽，还会感到热。

前两句，通过夏末的田园晨景及人的感受写“新凉”，却未出现“新凉”的字面；作者生怕粗心的读者辜负了他的苦心，因而在第三句里点明：“黄莺也爱新凉好”。用一“也”字，不仅表明人“爱新凉”，而且把人“爱新凉”推到首位，使前两句所写的田园晨景与人“爱新凉”的感受相结合，形成情景交融的优美意境。人“爱新凉好”，已暗含于前两句的景物描写之中；“黄莺也爱新凉好”，其表现则是“飞过青山影里啼。”前两句里的“稻叶”“树”，都暗含“绿”字，结句的“青山”，则明用“青”字，“青”“绿”都属于冷色。黄莺“飞过青山”，已表明它“爱新凉”；但地属江南、时当夏末，如果赤日当空，骄阳普照，那么尽管飞过“青山”，还是热。诗人没有忘记他已经用过一个“晓”字，朝阳初升，“青山”的西侧全是阴影，“青山影里”，当然比较“凉”。黄莺厌热爱凉，便从“青山影里”飞过，高兴得唱起歌来了。

全诗以动形静，有声有色。其设色青、绿、微红（朝晖）、嫩黄并用，而以冷色为基调，并用黄莺的欢唱传达人于久受酷暑煎熬之后乍遇“新凉”的喜悦心情。画面优美，风格清隽深婉，后两句尤有诗情画意，给人以美的享受。

徐　照

（？—1211），字灵晖，号山民，温州永嘉（今浙江温州）人，终身布衣。“永嘉四灵”之一。擅五律，诗风清苦。有《芳兰轩集》。

和翁灵舒冬日书事

徐　照

石缝敲冰水，凌寒自煮茶。
梅迟思闰月，枫远误春花。
贫喜苗新长，吟怜鬓已华。
城中寻小屋，岁晚欲移家。

“永嘉四灵”是属于江湖派的小诗人，反对江西派，也鄙弃杜甫，专学姚合、贾岛的五律，以“清苦”为工。徐照的这首五律，算是他的代表作。

首联不过是写煮茶，却为了获得“清苦”的风格，在选词、造句，酝酿气氛上颇费心思。从“石缝”里敲一块冰，化成水，冒着严寒，自己生点火煮茶吃，多“清苦”！

次联写煮茶吃时的所见所想。“石缝”中已结冰块，梅花该开了吧！放眼一望，梅枝上还没有花，噢！今年有个闰月，难怪梅花开得迟。再望远方，忽见树梢泛红，嗬！春花开了呢！转念一想，梅花还没开，怎会有春花？仔细辨认，才弄清那是枫叶。因梅迟而想到闰月，因枫远而误认春花，不仅琢句清隽，属对精工，而且把煮茶吃茶之时近观远望，东想西猜的情态，表现得活灵活现。方回评云：“‘思’字‘误’字，当是推敲不一乃得之。”纪昀评云："故为寒瘦之语，然别有味。"（《瀛奎律髓·冬日类》）他们都讲得很中肯。

第三联上句的"苗新长"，也是近观远望时所见，却用"贫喜"领起，别有匠心。因为自己贫穷，希望有个好收成，所以看见"苗新长"，就特别喜欢。这是穷苦农民的普遍心态，却用五个字表现得这么真切，该算是难得的佳句。下句的"鬓已华"，乃是任何人都难避免的衰老景象，却用"吟怜"领起，便成这位"苦吟"诗人的自我写照。一生"苦吟"，直吟到"鬓已华"，还是这样"贫"，连自己都觉得怪可怜的。于是转入尾联，贫穷得在农村里住不下去了，想在城里"寻小屋"，趁年底搬去住。然而这不过是想想而已，那个"欲"字，读者不应轻易滑过去。

这是穷苦诗人"苦吟"出来的诗，尽管境界不广，风格不高，却别有一番风味。

赵师秀

（1170—1219），字紫芝，号灵秀，永嘉（今浙江温州）人。宋光宗绍熙元年（1190）进士。历上元县主簿、筠州推官等职。被推为“永嘉四灵”之冠。曾选唐诗成《二妙集》和《众妙集》。有《清苑斋集》。

数　日

赵师秀

数日秋风欺病夫，尽吹黄叶下庭芜。
林疏放得遥山出，又被云遮一半无。

全诗是用“病夫”自述的形式表现的。虽写景，而景语皆情语，主体形象极突出。

前两句自诉凄凉处境。久病未愈。一个人困在屋子里出不了门，院子里杂草丛生，没有人来，也没有人管。而连续好几天的秋风还欺侮我这个“病夫”，给我那已经荒芜的院子里又堆满黄叶！

第三句振起：秋风虽然欺侮我，给我院子里吹满黄叶，可是这也有好处，它把黄叶吹尽，树林稀疏，把久被遮尽的遥山放了出来。每天看山，不也可以聊慰寂寞吗？

第三句的扬又是为第四句的抑作铺垫：我刚看见遥山，又不知从哪里飘来云，把遥山的一半儿遮住了。咳，那云也来欺侮“病夫”哩！

全诗通过对秋景的主观感受抒写萧瑟意绪，颇有特色。“林疏放得遥山出”，可能受了刘长卿“淮南木落楚山多”（《江州重别薛六柳八二员外》）的启发，但用“放”用“出”，神采飞扬，比仅写出“木落”与“山多”的因果关系更富艺术魅力。

韩　淲

（1160—1224），字仲止，号涧泉，信州上饶（今属江西）人。韩元吉之子，有高节，从仕不久即归。以诗名。有《涧泉集》。

风雨中诵潘邠老诗

韩　淲

满城风雨近重阳，独上吴山看大江。
老眼昏花忘远近，壮心轩豁任行藏。
从来野色供吟兴，是处秋光合断肠。
今古骚人乃如许，暮潮声卷入苍茫。

惠洪《冷斋夜话》载潘大临答友人书云："秋来景物，件件是佳句，……题其壁，曰：'满城风雨近重阳'，忽催租人至，遂败意，止此一句奉赠。""满城风雨近重阳"，便成为咏"重阳"的名句，潘大临也因此出名。韩淲是江西派的后起之秀，他于"近重阳"时登吴山，恰遇"满城风雨"，便联想到前辈诗人的那个名句，"诵读"中忽有感触，写了这首七律。

诗以潘大临的原句发端，引出"独上吴山看大江"，时令、天气、环境具备，用以突出人物主体，诗人于吴山顶上透过风雨俯瞰钱塘江的神态、氛围，都溢于纸上，许印芳评云："次句雄阔，足与首句相称，恰似天生此语配合潘诗者。"评得有眼力。

次联由景入情，直吐胸臆。"老眼昏花"，固有因壮志未酬而感叹来日无多的含义；但别忘了眼前正是"满城风雨"，即使"眼"并不"老"，要透过风雨看清远近景色，也难免有"昏花"

之感。次句只说“看大江”，并未涉及可见度如何，为“老眼”一句留有余地。从照应“看大江”的角度看，“忘远近”的意思是：往日多次登吴山“看大江”，大江的“远”景、“近”景都很熟悉；可如今在“风雨中”“看大江”，只看见一派迷蒙景象，说不清哪是“远”景、哪是“近”景，仿佛把本来很熟悉的“远”景、“近”景都“忘”了。着一“忘”字，蕴义深广，却较难领会，因而有些鉴赏家把“老眼昏花忘远近”看作“感叹老境”的抒情句。其实，这句诗固然有壮志未酬而去日苦多的慨叹，但并非单纯抒情，而是紧承“看大江”写景，以景托情，具有双关意义。远自《诗·郑风·风雨》以来，古典诗歌中讲“风雨”，往往有比喻或象征的性质。此诗以《风雨中……》命题，以“满城风雨”起头，而第三句以下，全未明写“风雨中”的自然景色，其比喻、象征的意味不难玩索。次句“独上吴山看大江”中的“吴山”，就在南宋的京城杭州。京城于“近重阳”之时“满城风雨”，则整个国家都处于秋气萧瑟、风雨飘摇之中；至于作者本人，年未四十而慨叹“老眼昏花忘远近”，则在为国家陷入秋风秋雨之中而忧心忡忡的同时，必然还遭受人事上的风吹雨打。出仕不久即退归，便可窥见此中消息。正因为这样，所以在“老眼昏花忘远近”的慨叹之后，即以“壮心轩豁任行藏”振起。就是说，不管是出仕还是休官，都同样壮志轩昂，胸怀坦荡。两句诗，前抑后扬，突出了人物主体的精神境界。

第三联以上句反衬下句。从古以来，旷野的秋色都可以激发诗人的吟兴，即潘大临所谓的“秋来景物，件件是佳句”；可是就眼前说，却“是处秋光合断肠”。“是处”意同“处处”；“秋光”则上承“满城风雨”；“合”：该，当。处处都是凄风苦雨，这样的“秋光”，真该使人“断肠”啊！如果不从章法上弄清“秋光”上承“满城风雨”，又忽视“风雨”的象征意义，那么对于这句诗的意义就很难作出合理的解释。方回评此句云："第六句，则入神矣！"看来他是懂得这句诗的精蕴的。

第七句紧接第六句，"今古骚人乃如许"，是说从古到今，忧国忧民的骚人看见这样的"秋光"，同样都"合断肠"。第八句回应第二句"看大江"，以景结情。钱塘江的"暮潮声卷入苍茫"，诗人的情感波涛也"声卷入苍茫"，涵盖全篇，振起全篇，又为读者开拓了驰骋想象的广阔天地。方回以"悲壮激烈"评此诗，虽嫌笼统，却符合实际，与隔靴搔痒者不同。

高　翥

（1170—1241），字九万，号菊磵，沧州（今属山东）人，后移居余姚（今属浙江）。为孝宗时著名的游士，属江湖派诗人。有《信天巢遗稿》《菊磵小集》等。

秋　日

高　翥

庭草衔秋自短长，悲蛩传响答寒螿。
豆花似解通邻好，引蔓殷勤远过墙。

高翥是江湖派中的较有才情的诗人，其七绝风格，近似杨万里。

题为《秋日》，全诗通过几种有特色的事物写出了小范围里的秋景、秋意。首句的“衔”字，次句的“答”字，把“庭草”与“秋”光、“悲蛩”与“寒螿”的关系写得十分亲切。三、四句写邻家院子里的“豆花”蔓子打老远爬过墙来，这是秋日农村常见的景象，但似乎还未见有人描写过。作者却用“豆花似解通邻好，引蔓殷勤远过墙”加以表现，不仅确切地写出了那种常见的景象，而且以物喻人，把自家与邻家互通邻好、殷勤交往的和睦关系，也表现得真切感人。

写“秋日”的诗，大抵流露几分悲凉，即今人所谓“悲秋意识”。这首诗，却从“庭草衔秋”“悲蛩答螿”写到“豆花引蔓远过墙”，并且以物喻人，在读者面前展现了一幅物与物、人与人和睦相处、互相关心的生动图景。这样写“秋日”，可谓别开生面。

戴复古

(1167—1252?)，字式之，号石屏，台州黄岩（今属浙江）人。浪迹江湖，终身未仕。曾从陆游学诗，亦受晚唐体影响，是江湖派中重要作家。有《石屏诗集》《石屏词》。

江阴浮远堂

戴复古

横冈下瞰大江流，浮远堂前万里愁。
最苦无山遮望眼，淮南极目尽神州。

戴复古活了八十多岁，足迹遍历吴越荆襄及淮、泗宋金对峙的前线，多有感怀国事之作，是江湖派中成就突出的诗人，宋人包恢说他“以诗鸣东南半天下”。这首诗，是他登江阴浮远堂所作。

首两句写登堂感喟。先写“下瞰大江流”而后写“万里愁”，有因江起愁和以江喻愁的双重意义。长江万里，愁亦万里；万里长江，流愁不尽。后两句，乃是“万里愁”的具体展现：最令人痛苦的是前面没有高山遮断视线，登楼北望，淮南以北就是沦陷多年的神州大地啊！神州沦陷，不忍目睹，乃是爱国志士的普遍心态。刘克庄在《冶城》七律里是这样表达的：“神州只在栏干北，几度来时怕上楼!”戴复古的这两句，所表现的是同样情感，却因“无山遮望眼”而望见了不忍目睹的神州，因而他自己感到“最苦”、感到“万里愁”，读者也备感沉痛。

作者还有一首《盱眙北望》诗：“北望茫茫渺渺间，鸟飞不尽又飞还。难禁满目中原泪，莫上都梁第一山!”可与此诗并读。

洪咨夔

（1176—1235），字舜俞，号平斋，於潜（今浙江临安）人。嘉定元年（1208）进士。历任成都通判、刑部尚书、翰林学士、知制诰。卒谥忠文。有《春秋说》《平斋文集》《平斋词》。

狐　鼠

洪咨夔

狐鼠擅一窟，虎蛇行九逵。
不论天有眼，但管地无皮。
吏鹜肥如瓠，民鱼烂欲糜。
交征谁敢问？空想素丝诗。

这首诗的前六句，把朝廷里的权豪势要和各级贪官比为自营窟穴的狐鼠和横行九衢的虎蛇，说他们不怕天有眼，只管刮地皮；把污吏比为鹜，说他们残民以自肥，肥得像葫芦；而把老百姓比为鱼，任人宰割。用一连串比喻，淋漓尽致地暴露了政治黑暗。后两句抒发感慨：上下交征，层层剥削，民不堪命，谁敢过问啊！“素丝”诗赞美的那种廉洁政治，多么令人想念，但只有空想而已。

洪咨夔以勇于揭露弊政著名，也因此被贬官。这首诗，广譬博喻，又用对比手法，把政治的黑暗、官吏的横暴揭露无遗，而对被鱼肉的人民，则抱无限同情。从内容和形式两方面看，都是极富特色的佳作。其中的“但管地无皮”一句，被改造为“卷地皮”“刮地皮”长期流传，成为抨击贪官的成语。

促织二首

洪咨夔

一点光分草际萤，缫车未了纬车鸣。
催科知要先期办，风露饥肠织到明。

水碧衫裙透骨鲜，飘摇机杼夜凉边。
隔林恐有人闻得，报县来拘土产钱。

前人写“促织”，多就“催促妇女织布”的字面意义来发挥，如王安石《促织》诗：“金屏翠幔与秋宜，得此年年醉不知。只向贫家促机杼，几家能有一絇丝？”陆游《夜闻蟋蟀》：“布谷布谷解劝耕，蟋蟀蟋蟀能促织。州符县帖无已时，劝耕促织知何益？”而洪咨夔的这两首诗，却干脆说促织（纺织娘）自己也在织布。

第一首说：促织从草际的萤火虫那里分了一点微光，在夜晚的风露里饿着肚子织啊织啊，直织到天亮。那么，她为什么不辞辛苦地彻夜织布呢？就因为她知道要在缴纳租税的限期以前准备好银钱，免得吏胥们来了惨遭拷打。

第二首说：促织穿着水碧裙衫在凉夜织布，机声不断。作者提醒她：“小心树林背后有人听见，报到县里去，就要来收你的土产钱了！”

两首诗借题发挥，言在此而意在彼，通过促织织布怕催税的生动描写，反映了织妇的辛劳和赋税的繁苛，幽默中含讽刺，委婉中见辛辣，手法新颖，语言明快，为抨击黑暗现实的诗别开生面。

叶绍翁

字嗣宗，号靖逸，本姓李，过继叶姓。建安（今属福建）人。约活动于宁宗、理宗时代，曾在朝任职，与真德秀友善。诗属江湖派。有《四朝闻见录》《靖逸小集》。

游园不值

叶绍翁

应怜屐齿印苍苔，小扣柴扉久不开。
春色满园关不住，一枝红杏出墙来。

叶绍翁以擅长七言绝句著名，《游园不值》是万口传诵的名作。

这首诗的好处之一是写春景而抓住了特点，突出了重点。诗人不是写一般的春景，而是写早春之景。早春之景，最有特征性的一是柳色，二是杏花。唐人杨巨源写长安早春，一上来就说“诗家清景在新春，绿柳才黄半未匀。”等到绿柳初“匀”，杏花也就开放了。北宋人宋祁的名词《玉楼春》中的佳句：“绿杨烟外晓寒轻，红杏枝头春意闹”，就是“绿柳”与“红杏”并拈，以见东城“风光”之“好”的。再看陆游的《马上作》（《剑南诗稿》卷十八）：

平桥小陌雨初收，淡日穿云翠霭浮。
杨柳不遮春色断，一枝红杏出墙头。

三、四句虽然既说“杨柳”，也讲“红杏”，但二者并非平列，而是以“杨柳”衬托“红杏”。诗人骑马寻春，眼前出现了“杨柳”。如果没有“红杏”，那么，万缕柔丝，金黄、嫩绿，也就满可以算作“春色”。可是当诗人欣赏那金黄、嫩绿之时，忽然于万缕柔丝迎风飘拂的空隙里闪出一枝娇艳欲滴的“红杏”，两两相形，才感到这是真正的“春色”！于是乎满心欢喜地说：幸而“杨柳”还没有把“红杏”遮断，如果遮断的话，就看不见“春色”了！

用“杨柳”的金黄、嫩绿衬托“红杏”的艳丽，已可谓善于突出重点，叶绍翁的诗，特别是第四句，也许是从此脱胎的。但题目各异，写法也不同。陆游以《马上作》为题，故由大景到小景，先点“平桥”“小陌”“翠霭”“杨柳”等等，然后突出“一枝红杏”。叶绍翁则以《游园不值》为题，故用小景写大景，先概括大地“春色”于一“园”，强调“春色”不但满园，而且“满”到“关不住”的程度，其具体表现是：“一枝红杏出墙来。”陆诗和叶诗都用一个“出”字把“红杏”拟人化，但前者没有写明非“出”不可的理由，后者却先用“关不住”一“呼”，再用“出墙来”一“应”，把“一枝红杏”写得更活、更艳、更赋予崇高的灵魂美，收到了特殊的艺术效果。

这首诗的好处之二是“以少总多”，含蓄蕴藉。例如“屐齿印苍苔”，就包含许多东西。仅就写景而言，“苍苔”生于阴雨，“屐”多用于踏泥，“苍苔”而“屐齿”可“印”，更非久晴景象。陈与义《怀天经智老因访之》中有这样的名句：“客子光阴诗卷里，杏花消息雨声中。”陆游《临安春雨初霁》中有一联也很精彩：“小楼一夜听春雨，深巷明朝卖杏花。”叶绍翁看来也是从“春雨”声中听到了杏花消息，因而春雨初收，就急不可耐地穿上雨鞋，赶来“游园”的，但他避熟就生，不明写“春雨”，却用

"屐齿印苍苔"加以暗示，而"春色"之所以"满园"，也就不难想见应该归功于谁了。"春色"既已"满园"，而且"满"得"关"也"关不住"，那么进园去逐一观赏，该多好！然而就是进不去，只能在墙外看看那"出墙来"的"红杏"，而且仅仅是"一枝"，岂非莫大的遗憾！可是这"一枝红杏"，正是"满园春色"的集中表现，眼看出墙"红杏"，心想墙内百花，眼看出墙"一枝"，心想墙内万树，不正是一种余味无穷的美的享受吗？

这首诗的好处之三是景中有情，诗中有人，而且是优美的情、高洁的人。

题为《游园不值》，"不值"者，不遇也。作者想进园一游，却见不上园主人。那么主人是怎样的人呢？门虽设而常关，"扣"之也"久不开"，其人懒于社交，无心利禄，已不言可知。门虽常关，而满园春色却溢于墙外，其人怡情自然，风神俊朗，更动人遐想。作者吃了闭门羹，而那所谓门，其实只是"柴扉"，别说用脚踢，用手也不难推垮；但他不仅计不出此，而且先之以"小扣"，又继之以"久"等；"久"等不见人来，就设想园主人大概是由于珍惜那满地"苍苔"、不忍心"印"上"屐齿"，才不愿开门的，因而也就不再"扣"门了，即使是"小"扣。这既表现出他本人的文雅，又反映了他对园主人的体贴和崇敬。而当他目注墙头，神往园内的时候，他本人的美好情怀和园主人的高洁人品也就同那满园春色融合无间，以"关不住"的艺术魅力摇荡读者的心灵。另一位江湖派诗人张良臣有一首《偶题》："谁家池馆静萧萧，斜倚朱门不敢敲。一段好春藏不尽，粉墙斜露杏花梢。"其谋篇造句，颇与叶诗相似，而意境相悬，奚啻霄壤！景中要有情，诗中要有人，这是重要的，但那情是什么样的情，人是什么样的人，毕竟起着决定性的作用，不容忽视，更不容轻视。

这首诗的好处之四是不仅景中含情，而且景中寓理，能够引起许多联想，从而给人以哲理的启示和精神的鼓舞。“春色”一旦“满园”，那“一枝红杏”就要“出墙来”，向人们宣告春天的来临。一切美好的、向上的、生机勃勃的事物，都具有顽强的生命力，难道是墙能围得住，门能关得住的吗?

刘克庄

(1187—1269)，字潜夫，号后村居士，莆田（今属福建）人。以荫入仕，理宗淳祐六年(1246)，赐同进士出身。历官签书枢密院事、工部尚书等职，以龙图阁学士致仕。卒谥文定。诗词较多感慨激昂之作，是江湖派中成就最高的诗人。有《后村大全集》。

北来人二首

刘克庄

试说东都事，添人白发多。
寝园残石马，废殿泣铜驼。
胡运占难久，边情听易讹。
凄凉旧京女，妆髻尚宣和。

十口同离仳，今成独雁飞！
饥锄荒寺菜，贫着陷蕃衣。
甲第歌钟沸，沙场探骑稀。
老身闽地死，不见翠銮归！

刘克庄是南宋诗人、词人、诗论家。早年与“永嘉四灵”交往，又与江湖派戴复古等酬唱，但后来不满于“永嘉四灵”的“寒俭刻削”，也厌倦江湖派的“肤廓浮滥”，转而学陆游与杨万里，以诗歌反映现实，因而取得了较大的艺术成就，与戴复古同称江湖派中的两大巨擘。

南宋后期，政治更加黑暗，统治者以“岁币”换苟安，根本忘记了沦陷多年的大好河山。这两首五律，借“北来人”的诉说以抒悲愤。“寝园残石马，废殿泣铜驼”，言金人破坏之惨；“胡运占难久，边情听易讹”，言“北来人”亲见金国日渐衰微，而南宋统治者却听信讹传的“边情”，认为金兵强大，不图收复中原；“凄凉旧京女，妆髻尚宣和”，言沦陷区人民不忘故国；“甲第歌钟沸，沙场探骑稀”，言南宋君臣只顾歌舞宴乐，不派人去认真了解“边情”，采取对策。用“北来人”口吻写的这两首诗以“老身闽地死，不见翠銮归”结尾，悲愤交集。这位“北来人”，不堪金人的压迫带领十口人逃到南方，希望跟随“王师”一同打回老家去；如今只剩下他一个人“饥锄荒寺菜，贫着陷蕃衣”，目睹南宋朝廷只图享乐、无意恢复的现状，陷入失望的深渊中了！

张　桨

字方叔，号芸窗，南徐（今江苏镇江）人。淳祐（1241—1252）时曾为句容（今属江苏）令。现存诗见《江湖后集》《宋诗纪事补遗》等。

春　吟

张　桨

岸草不知缘底绿？山花试问为谁红？
元造本来惟寂寞，年年多事是春风。

草“缘底绿”，花“为谁红”，连发两问，问而不答。那么，作者为什么要提出这样的问题，就不能不引发读者的想象。

三、四两句，责备春风“多事”，认定“元造”的本性就是“寂寞”。意思是：如果春风不把草吹绿、不把花吹红，大自然一片“寂寞”，那该有多好！

对于任何心情正常的人来说，草绿、花红都是美景，都能引起喜愉之情，为什么怕见草绿、花红，反而希望“寂寞”呢？这又不能不引人遐想。

安史之乱后，杜甫被困于沦陷了的长安城中，写出著名的《春望》五律，其中的警句是：“感时花溅泪，恨别鸟惊心。”诗人由于“感时”“恨别”，见花开而“溅泪”，闻鸟啼而“惊心”。这对于任何“感时”“恨别”的人都能引起共鸣。

此诗作于南宋将亡之时，其“感时”“恨别”的心态类似杜甫，而抒情的方式却十分新颖，留给读者的想象空间也异常广阔。

新疆民歌有云：“花儿为什么这样红？”没想到类似的抒情方式，早在晚宋人张桨的这首七绝中已经出现了。

陈文龙

（？—1277），字志忠，一字君贲，兴化军（治所在今福建莆田）人。咸淳四年（1268）进士第一。累迁参知政事。元兵至杭，乞养归。端宗立于福州，再拜参知政事充闽广宣抚使，元兵攻城，通判曹澄孙叛降，文龙被俘至杭，绝食死。谥忠肃。

元兵俘至合沙诗寄仲子

陈文龙

斗垒孤危势不支，书生守志定难移。
自经沟渎非吾事，臣死封疆是此时。
须信累囚堪衅鼓，未闻烈士竖降旗。
一门百指沦胥尽，唯有丹衷天地知。

陈文龙是咸淳四年的状元，官至参知政事（副宰相），因反对贾似道误国而遭贬。德祐二年（1276），元军入临安，虏宋全太后、帝㬎等北归。宋陆秀夫、张世杰、陈宜中等于温州奉益王赵昰（九岁）为天下兵马都元帅、广王昺（六岁）副之。五月，益王在福州即位，改元景炎，是为端宗。陈文龙复任参知政事，守兴化军。元军大举攻城，力屈被俘，即日绝食，卒于杭州。这首诗，作于被押赴杭州的途中。首联写敌强我弱，孤军无援，明知难于支持，但矢志不移，决心死守。次联进一步表现与疆土共存亡的决心。作为封疆大臣，守土有责，哪能自杀，只能力战死守。三联写被俘后的心理活动。在他被俘之前，其部将曹澄孙已倒戈降敌，他深以为耻，下定决心，宁肯被敌人抓去“衅鼓”，也绝不屈膝降敌。尾联照应题目中的“寄仲子”：全家十口人已相继死难，我力敌被俘，宁死不降，“丹衷”可对天地。言外之意是：你也应该临危不惧、临难不苟。

在全家相继殉国，自己被俘、绝食的情况下写出这么一首慨慷悲壮的诗寄给唯一存活的儿子，真可以感天地而泣鬼神。“唯有丹衷天地知”一句，可与文天祥作于此后的“人生自古谁无死，留取丹心照汗青”共读。

谢枋得

（1226—1289），字君直，号叠山，信州弋阳（今属江西）人。宝祐四年（1256）与文天祥同科进士。德祐元年（1275）起为江东提刑、江西招谕使等职，率兵抗元。宋亡后，流寓福建一带，以卖卜教书度日。元朝屡征其出仕，福建行省参政魏天祐强行送往大都，乃绝食而死。门人私谥文节。原集散佚，后人辑有《叠山集》。

庆全庵桃花

谢枋得

寻得桃源好避秦，桃红又见一年春。
花飞莫遣随流水，怕有渔郎来问津。

《宋史·谢枋得传》载：元世祖忽必烈至元二十三年（1286），程元海荐宋臣二十二人，以谢枋得为首，枋得力辞；二十四年，忽必烈降旨召之，又不赴；二十五年，降元的留梦炎以枋得老师的身份荐举，枋得以《却聘书》谢绝，这首诗借《桃花源记》的典故表现逃避元朝征召的心态十分真切。前两句，写他好容易找到一块与世隔绝的“桃花源”住了下来，每见“桃红”，就庆幸又避过了一年。后两句，就“桃红”生发，生怕桃花随水流出，被“渔郎”发现而闯入“桃花源”来；用一“怕”字，把生怕走漏消息，被元朝派人征召的忐忑心理和盘托出。但他“怕”发生的事还是未能避免，终于被强押入京，后绝食而死。

文天祥

（1236—1282），字履善，一字宋瑞，号文山，庐陵（今江西吉安）人。理宗宝祐四年（1256）进士第一。历湖南提刑、赣州知州等职。帝㬎德祐元年（1275），元军东下，在赣州组建义军入卫临安。次年为右丞相，出使元军，不屈被拘，历尽艰险逃脱。端宗景炎二年（1277），进兵江西，收复州县多处。旋败退广东，不久被俘。拒绝元军诱降，于次年监送大都（今北京）囚禁三年，誓死不屈，编《指南录》，作《正气歌》，正气凛然，终在柴市被害。文天祥不仅为我国历史上伟大的民族英雄，也是伟大的爱国诗人。有《文山先生全集》。

过零丁洋

文天祥

辛苦遭逢起一经，干戈寥落四周星。
山河破碎风抛絮，身世飘摇雨打萍。
惶恐滩头说惶恐，零丁洋里叹零丁。
人生自古谁无死，留取丹心照汗青。

宋祥兴元年、元至元十五年（1278）四月，宋帝昰（十一岁）死，陆秀夫等立卫王昺（八岁），六月，迁往崖山。元以汉人张弘范为蒙古、汉军都元帅，率兵南下，直逼崖山；因另一位民族英雄张世杰防御得力，崖山暂时未被攻下。十二月，元兵俘文天祥于广东海丰五坡岭，张弘范逼文天祥写信招降张世杰，文天祥说：

我自己不能拯救祖国，难道还能叫别人背叛祖国！同时拿出这首《过零丁洋》诗给他看。张弘范读后不禁连声称赞："好人！好诗！"便不再逼迫，派人押送大都。次年二月，宋、元海军在崖山决战，宋军大败，陆秀夫负幼帝投海，张世杰退至海陵山（今广东阳江南海中），遇风坏船，溺死，南宋遂亡。张弘范这位汉人也能作诗，有《淮阳集》。他读《过零丁洋》至"人生自古谁无死，留取丹心照汗青"而称赞"好人，好诗"，却自鸣得意，于崖山石壁大书"张弘范灭宋于此"，以记"奇功"，甘愿不做"好人"。后人在前面加了一个"宋"字，成为"宋张弘范灭宋于此"；又有人题诗其侧："勒功奇石张弘范，不是胡儿是汉儿。"讽刺何等辛辣，也何等深刻！

这首诗，是文天祥的爱国心灵和爱国行动的具体体现，诗品与人品浑然如一。"人生自古谁无死，留取丹心照汗青"的生死观，便成为激励后世无数志士仁人杀身成仁、舍生取义的精神力量，在祖国历史上谱写了一曲又一曲壮歌。

金 陵 驿

文天祥

草树离宫转夕晖，孤云漂泊复何依？
山河风景元无异，城郭人民半已非。
满地芦花和我老，旧家燕子傍谁飞？
从今别却江南路，化作啼鹃带血归。

文天祥于祥兴二年（1279）被押赴大都，路过金陵驿作此诗。这个金陵驿，是就宋高宗的离宫改建的，作者触景生情，全诗即以“离宫”发端。“离宫”在“草树”之间，已见其荒凉；“草树离宫”已“转”入“夕晖”之中，更令人联想起南宋的覆亡。次句以“孤云”比喻自己，国家亡了，个人便像漂泊的“孤云”，还有什么可以依托呢？次联化用东晋周𫖮“风景不殊，正自有山河之异”与丁令威“城郭犹是人民非”典故而自写感受，上句“山河风景元无异”，是说从眼前的自然风光看，并没有多大变异，与杜甫《春望》“国破山河在”用意略同。这一句的作用主要在于反衬下句：“城郭人民半已非。”城郭被元军摧毁，人民被元军屠杀，已不是原来的面貌了！三联仍然是即景抒情：看见“满地芦花”一片雪白，便联想到自己的满头白发，因而由物及人，发出“和我老”的感叹；看见清秋“燕子”，便想起刘禹锡的诗句“旧时王谢堂前燕，飞入寻常百姓家”而生身世之感，“旧家”已毁，失巢孤“燕”还能“傍谁飞”呢！末联写别金陵驿北上时的心态：从今别却江南而被押送大都，决心以身殉国，人是不可能再回到江南了，但我的魂却要化为杜鹃鸟，悲啼带血，回到江南。

四联诗，每一联都是即景抒情，情景交融。首联“离宫”“孤云”都是眼前景，而以“离宫”的凄凉现状象征南宋王朝的覆灭，以“孤云”的漂泊无定比拟自己的无所凭依，妙合无垠，不露痕迹。次联的“山河风景”“城郭人民”也是眼前景，而以前者的“元无异”反衬后者的“半已非”，化景语为情语，沉痛感人。三联的“芦花”“燕子”都是实景。作者于六月到金陵，八月被逼北行。阴历八月，已是仲秋，芦花、燕子都可在金陵看到。末联“别却江南路”而又要“化作啼鹃带血归”，自然情中有景。至于善于活用典故以提高艺术表现力，更是显而易见的。

正 气 歌

文天祥

予囚北庭，坐一土室，室广八尺，深可四寻，单扉低小，白间短窄，污下而幽暗。当此夏日，诸气萃然：雨潦四集，浮动床几，时则为水气；涂泥半朝，蒸沤历澜，时则为土气；乍晴暴热，风道四塞，时则为日气；檐阴薪爨，助长炎虐，时则为火气；仓腐寄顿，陈陈逼人，时则为米气；骈肩杂遝，腥臊污垢，时则为人气；或圊溷，或毁尸，或腐鼠，恶气杂出，时则为秽气。叠是数气，当侵沴，鲜不为厉。而予以孱弱，俯仰其间，于兹二年矣，无恙，是殆养气致然。然尔亦安知所养何哉？孟子曰："我善养吾浩然之气。"彼气有七，吾气有一，以一敌七，吾何患焉。况浩然者，乃天地之正气也。作《正气歌》一首。

天地有正气，杂然赋流形：
下则为河岳，上则为日星；
于人曰浩然，沛乎塞苍冥。
皇路当清夷，含和吐明庭。
时穷节乃见，一一垂丹青：
在齐太史简，在晋董狐笔，
在秦张良椎，在汉苏武节；
为严将军头，为嵇侍中血，
为张睢阳齿，为颜常山舌；

或为辽东帽，清操厉冰雪；
或为出师表，鬼神泣壮烈；
或为渡江楫，慷慨吞胡羯；
或为击贼笏；逆竖头破裂。
是气所磅礴，凛烈万古存。
当其贯日月，生死安足论？
地维赖以立，天柱赖以尊。
三纲实系命，道义为之根。
嗟予遘阳九，隶也实不力。
楚囚缨其冠，传车送穷北。
鼎镬甘如饴，求之不可得。
阴房阒鬼火，春院闷天黑。
牛骥同一皂，鸡栖凤凰食。
一朝蒙雾露，分作沟中瘠。
如此再寒暑，百沴自辟易。
哀哉沮洳场，为我安乐国。
岂有他谬巧，阴阳不能贼？
顾此耿耿在，仰视浮云白。
悠悠我心悲，苍天曷有极！
哲人日以远，典型在夙昔。
风檐展书读，古道照颜色。

文天祥于宋帝昺祥兴元年（1278）十二月在广东海丰五坡岭

被俘，次年十月解达元朝的首都大都（燕京）囚于土室。元统治者多方威胁利诱，要他投降，他始终坚贞不屈，于元世祖至元十九年十二月壮烈殉国。这首诗作于死前一年，他认为支持他坚贞不屈的精神力量是浩然正气，故以“正气”命题。

全诗可分两大段。第一大段从开头到“道义为之根”共三十四句，可分三个层次，开头两句总起，提出天地间有一种正气赋予一切有形体的东西。接着以“河岳”“日星”作陪，突出人。赋予人的叫“浩然”正气，充塞于天地之间。接着以“清夷”作陪，突出“时穷”。太平盛世（清夷）赋予人的浩然正气乃是祥和之气，洋溢于朝廷之上发挥治理天下的作用。国家艰危之时（时穷），赋予人的浩然正气就体现为凛然大节，“一一垂于丹青”。以上是第一个层次。自“在齐太史简”至“逆竖头破裂”就“一一垂丹青”举例，列举十二位历史人物的壮烈事迹，说明他们的凛然大节，都是浩然正气的体现。这是第二个层次。“是气所磅礴”至“道义为之根”紧承上文加以发挥，是第三个层次。

第二大段自“嗟予遘阳九”至结尾，共二十六句，也可分为三个层次。前六句，慨叹自己遭逢国难而未能力挽危局，被俘被囚，只求以身殉国。这是第一个层次。自“阴房阒鬼火”至“苍天曷有极”写土牢阴暗、潮湿，而视“沮洳场”为“安乐国”，种种邪恶之气都不能侵犯，乃由于正气的支持。这是第二层。最后四句，遥承“在齐太史简……”一层，说明那些“时穷节乃见”的“哲人”都是自己的典范，展读记载他们的言行的书籍，便觉“古道”闪闪发光，照耀自己的容颜，也照亮了自己追求的目标。这是第三层，也是全诗的总结。

“时穷节乃见”是全篇的主旨，也是全篇结构的核心。先以“天地有正气”发端，然后层层陪衬，突出“时穷节乃见”。以下历举“哲人”事迹证明“时穷节乃见”；又以自己囚于土牢而坚贞不屈来表明“时穷节乃见”。全诗篇幅宏大而主旨突出、脉络分明。浩然正气直贯全篇，故历述古人事迹和己身遭遇而无堆砌之感。先写古人而后写自身，并表明“时穷节乃见”的古人正是自己的楷模，使人深知他的浩然正气植根于中华民族优秀文化传统的沃壤之中。正由于继承、光大了优秀文化传统，才使文天祥成为伟大的民族英雄，把爱国精神和民族气节发扬到前所未有的高度。而他的这篇体现爱国精神和民族气节的《正气歌》，也成为弘扬爱国精神和民族气节的教材，对后世无数志士仁人有巨大影响。

汪元量

（1241—1330），字大有，号水云。钱塘（今浙江杭州）人。咸淳进士，以善琴供奉内廷。因亲历亡国之痛，故所作多纪实，感慨悲凉，被称为“宋亡诗史”。有《水云集》《湖山类稿》。

醉歌十首（录二）

汪元量

乱点连声杀六更，荧荧庭燎待天明。
侍臣已写归降表，“臣妾”佥名谢道清。

南苑西宫棘露牙，万年枝上乱啼鸦。
北人环立阑干曲，手指红梅作杏花。

第一首纪谢太后签署降表。德祐二年（1276）正月十八日，元军进驻杭州东北的皋亭山，宋主派使臣奉降表及传国玺请降。元丞相伯颜以降表仍书“宋”号，派人退还令重写，并勒索谢后、幼帝招降未附州郡的手诏。史载伯颜于二十四日得到手诏和重写的降表，则这首诗所写的当是二十三日或二十四日清晨的情景。

前两句真切地表现了以谢道清为首的南宋君臣等待天明签署降表的慌乱心绪和凄惨氛围。谢道清是恭帝的祖母，恭帝即位时（1274）年仅四岁，由谢氏垂帘听政，被称为太皇太后，当时已六十七岁。她多次受权臣愚弄，此刻她已六十九岁，强敌直逼国门，无力抵御。明知降表一签，南宋即亡，但又不敢违抗、也不敢怠慢。这两句诗，其时间流程统一于一个“待”字。目睹“荧荧庭燎”而等“待天明”，声声更鼓直叩心扉。宫中报时的更鼓声自有匀称的节奏，而说“乱点连声”，乃是从听觉方面表现谢氏心烦意乱的精神状态。直听到“六更”已尽，天色欲明，不愿做但不得不做的事便迫在眉睫：“侍臣已写归降表”，她亲笔签名，还在“谢道清”前加了“臣妾”二字，“祖宗三百年宗社”就这样一笔断送了！作者不为尊者讳而秉笔直书，既为宋王朝志耻、志痛，也表现了自己沉痛、愤激的心情。

第二首纪宫苑景况。“南苑西宫”，往日何等华丽！如今却只见荆棘抽芽；“万年枝上”，往日哪有乌鸦栖止？如今却是乌鸦乱啼。“南苑西宫”与“棘露牙”，“万年枝上”与“乱啼鸦”，本来是不相容的；一旦组合在一起，便立刻创造出一种荒芜、悲凉的氛围，令人感到这里已不再是南宋王朝的皇宫御苑。接下去，在这荒凉背景上引进人物：“北人环立阑干曲。”“北人”指元军官兵，“环立阑干曲”的“环立”一词，表现人数甚多。这期间，元丞相伯颜已命令部下“取宋主居之别室”（《元史·伯颜传》），皇宫御苑已经易主，一群战胜者闯进来东指西点，大发议论，作者拍下了一个镜头：这群人围绕曲形阑干“手指红梅作杏花！”梅花凌寒独放，象征坚贞、高洁的人品，与松、竹合称“岁寒三友”；杏花，则被视为争春、媚俗的花儿，二者不能相提并论。作者拍下这个镜头，其深层意蕴在于：“九重禁地”，一任“北人”指点评说；高洁的梅花，被视为鄙俗的杏花；一切美丑善恶，都被亡国巨变弄颠倒了。如果仅看作讥笑“北人”无知，那便忽略了作者所寄寓的亡国之痛。

湖州歌九十八首（录二）

汪元量

北望燕云不尽头，大江东去水悠悠。
夕阳一片寒鸦外，目断东南四百州。

青天淡淡月荒荒，两岸淮田尽战场。
宫女不眠开眼坐，更听人唱《哭襄阳》。

《湖州歌》九十八首，从“丙子（德祐二年，1276）正月十有三，挝鼙伐鼓下江南。皋亭山上青烟起，宰执相看似醉酣”写起，历述宋主降元，母后、幼主、宫女、内侍、乐官等被押送北上的见闻和感触，是宋代遗民记叙亡国痛史的规模最大的组诗。亡国之戚，去国之苦，跋涉愁叹之状跃然纸上。

“北望燕云”一首，作于随母后、幼主等被押北上途中，写“望”中所见和所感。五代时的石敬瑭曾出卖“燕云十六州”给契丹，北宋时期曾一度收复，旋被金人占领，而今则是元朝的京城大都所在地，也是被押送的目的地。首句的“北望”，即是望被押送的目的地。不说北望大都而说北望“燕云”，自含深意。“北望燕云”而一眼望不到“尽头”，既慨叹前路茫茫，又对本来属于大宋王朝的“燕云”竟成决定南宋王朝以及包括母后，幼主在内的这一行人的命运的地方而不胜感喟。次句“大江东去水悠悠”乃近“望”所见，景中含情，宋王朝不正像“大江东去”，无法挽回吗？后两句写回“望”东南：首先看见的是无数寒鸦，“寒鸦外”是暗淡的“夕阳”余晖，在那“夕阳”的余晖里，便是南宋管辖的“东南四百州”啊！用“目断”，表现了眷恋不舍之情；用“夕阳”，则于渲染凄凉气氛的同时还含有象征意义：“东南四百州”的军民还在抗元，然而正像“夕阳”那样，终将陷落的前景恐怕难于挽回了！作者的《越州歌》组诗里有这么一首：“东南半壁日昏昏，万骑临轩趣幼君。三十六宫随辇去，不堪回首望吴云。”可与此诗共读。

“青天淡淡”一首，写舟行淮河的情景。首句写仰望所见，由于心绪悲凉，望“青天”只觉暗淡，望月色亦觉荒寒。次句写平视所见，淮河两岸的农田全都沦为战场。这两句诗，与杜甫《北征》中的“夜深经战场，寒月照白骨”是同一意境，尽管只说“尽战场”，但战场上的景象不难想见。后两句通过“宫女”反映满船囚徒们的共同心境：“不眠开眼坐”仿佛只写外形，而为什么“不眠”，“不眠”时想些什么，都可以激发读者的无穷想象；“开眼”便不能无所见，“青天淡淡月荒荒，两岸淮田尽战场”，不都是“开眼”所见吗？这也是“不眠”的原因。“不眠”自然可以“听”，《哭襄阳》的悲歌声声入耳，又怎能无动于衷，放头安“眠”！《哭襄阳》是痛哭襄阳失守的民间歌曲。宋度宗咸淳三年（1267），元世祖命都元帅阿术攻襄阳，襄阳知府兼京西安抚副使吕文焕率众坚守达七年之久，元军筑长围以围困，又截断襄、樊与外地水陆交通，而贾似道却不派兵救援，至咸淳九年（1173）元军以巨炮攻城，吕文焕始献城出降。襄阳失守，元军即沿江而下，直逼临安。作者在《醉歌》第一首中写道：“吕将军在守襄阳，十载襄阳铁脊梁。望断援兵无信息，声声骂杀贾平章。”又在《醉歌》第二首中写遭：“见说襄樊投拜了，千军万马过江来!”《哭襄阳》的歌词没有流传下来，但根据这些事实和一个“哭”字，便可想见其基本内容。

郑思肖

(1241—1318)，字忆翁，号所南，自称三外野人，福州连江（今属福建）人。宋末太学生。宋亡，隐居苏州，坐寝行处，不忘故国。博学多能，善画兰，但不画土，以寄寓亡国之痛，亦能诗，富爱国激情。有《所南翁一百二十图诗集》《郑所南先生文集》等。

德祐二年岁旦二首

郑思肖

力不胜于胆，逢人空泪垂。
一心中国梦，万古下泉诗。
日近望犹见，天高问岂知！
朝朝向南拜，愿睹汉旌旗。

有怀长不释，一语一酸辛。
此地暂胡马，终身只宋民。
读书成底事，报国是何人！
耻见干戈里，荒城梅又春。

这两首诗，作于德祐二年（1276）元旦，作者所在的苏州早已沦陷，南宋京城临安的沦陷已迫在眉睫（据汪元量《湖州歌》其一，元军于此年正月十三进驻杭州东北的皋亭山）。明乎此，可以了解作此诗时的心情。

第一首，首句破空而来，突发感叹，笼罩全篇。“力不胜于胆”，不过是“力不从心”的同义语，但不用“心”而用“胆”，又用散文句法，显得奇崛有力。有回天之胆而无回天之力，目睹天崩地裂而无可奈何，故“逢人空泪垂”。次联上下两句互补：我一心关注临安的安危，可惜王室衰微，不能抵御元军的进逼，眼看就要沦陷了。三联上句用典，《世说新语·夙惠》：“晋明帝数岁，坐元帝膝上。有人从长安来，……因问明帝：‘汝意谓长安何如日远?’答曰：‘日远。不闻人从日边来，居然可知。’元帝异之，明日集群臣宴会，告以此意，更问之，乃答曰：‘日近。’元帝失色，曰：‘尔何故异昨日之言耶?’答曰：‘举目见日，不见长安。’”下句从杜甫“天意高难问”化出。“日近望犹见，天高问岂知!”以“日”喻南宋君主，意谓南望临安，南宋政权犹存，然而前景如何，只有问天！天又那么高，你问它，它能知道吗？尾联“朝朝向南拜”，意在于祝愿南宋政权永存，能够永远看到“汉旌旗”；其不愿看到元“旌旗”之意，自在言外。

第二首，以首联领起次联：放不下的心事，“一语一酸辛”的内容，便是“此地暂胡马，终身只宋民。”“暂”字表现愿望，“只”字表现决心。“此地”目前正被“胡马”践踏，但愿这是“暂”时的；至于自己，即使“胡马”常在，也终身“只”做“宋民”，绝不降元。三联上句自叹虽“读书”而无力挽回国运，未成就任何事业；下句慨叹举国上下真能“报国”者也少有其人。出以“成底事”“是何人”的诘问语气，增强了情感色彩。尾联紧承三联，用“耻”字领起：“耻见干戈里，荒城梅又春。”略点题目中的“岁旦”，以景结情。“梅又春”，这本是好景，可是如今这“梅”花开放在“荒城”里啊！苏州这样的繁华都市为什么“荒”，就因为它在“干戈里”啊！一个“又”字，下得很有力。“梅”在“干戈里”的“荒城”“又”逢“岁旦”，而作为“读书”人的自己和朝野上下的贤达仍然未能改变现状，能不“耻见”梅花吗？

两首诗，语语沉痛，一位蒿目时艰，忧心如焚的爱国志士形象跃然纸上。

梁 栋

（1242—1305），字隆吉，其先湘州（今湖南长沙）人，后徙居镇江（今属江苏）。咸淳四年（1268）进士，历宝应簿，钱塘仁和尉。宋亡，弟柱为茅山道士，往依之。

四 禽 言

梁 栋

不如归去，锦官宫殿迷烟树。天津桥上一两声，叫破中原无住处，不如归去。

脱却布袴，贫家能有几尺布？织尽寒机无得裁，可人不来廉叔度，脱却布袴。

行不得也哥哥，湖南湖北春水多。九嶷山前叫虞舜，奈此乾坤无路何？行不得也哥哥。

提葫芦，年来酒贱频频沽。众人皆醉我亦醉，哀哉谁问醒三闾？提葫芦。

禽言，就是鸟语。宋之问《谒禹庙》诗：“禽言常自呼。”人们按照鸟的叫声为其命名，如“布谷”“姑恶”“提葫芦”等等。以禽鸟为题，将名字纳入诗内，象声取义，以抒情写态，便成一种诗体——禽言诗。梅尧臣有《四禽言》四首，苏轼有《五禽言》五首。胡仔《苕溪渔隐丛话前集·陈亚》云："禽言诗当如药名诗，用其名字隐入诗句中，造语稳贴，无异寻常诗，乃为造微入妙。"

梁栋的《四禽言》四首，就四种禽鸟的叫声象声取义，抒发对于现实社会的感慨。第一首写杜鹃。杜鹃的叫声仿佛是"不如归去"，前人取此声此义，已写出过"等是有家归未得，杜鹃休向耳边啼"（唐无名氏）之类的佳句；但就这种啼声发挥，写出既有社会内涵，又有艺术魅力的禽言诗，首先应数梁栋。此诗前两句是一个层次。据《华阳国志》：周代末年，杜宇在蜀中称帝，号望帝。因失掉帝位，死后魂化杜鹃，哀鸣啼血。第二句中的"锦城宫殿"，即指杜宇称帝时的宫殿。这两句是说：杜鹃悲切地鸣叫："不如归去!"可是"锦官宫殿迷烟树"，已经无法"归去"了。后三句是又一个层次。据《邵氏闻见录》：北宋中叶的理学家邵雍在洛阳的天津桥上听见杜鹃叫，预感到天下将乱。诗人就此发挥：杜鹃在洛阳天津桥上声声鸣叫，直叫到中原残破，自己再无立足之地，于是又发出凄厉的叫声："不如归去!"先后化用了两个关于杜鹃的典故，反映了汴京沦陷，中原惨遭破坏的现实，"不如归去"的哀鸣与无地可归的忧伤贯彻全篇，极富艺术感染力。

第二首写布谷。苏轼《五禽言》中有《脱却布袴》一首，自注云："土人谓布谷为脱却布袴。"这首诗先让布谷叫一声"脱却布袴"，然后通过"贫家"的遭遇，写出"脱却布袴"的原因在于没布做裤子。为什么连几尺布都没有？就因为像廉叔度那样的清官不到这里来。唉！还是"脱却布袴"吧！只说"可人不来廉叔度"，极含蓄，然而言外之意是清楚的：来的都是刮地皮的贪官。

第三首写鹧鸪。李时珍《本草纲目·禽二·鹧鸪》云："鹧鸪性畏霜露，早晚稀出，夜栖以木叶蔽身，多对啼。今俗谓其鸣曰：'行不得也哥哥。'"这首诗先以"行不得也哥哥"领起，接着以"湖南湖北春水多"表现遍地是水，无路可行。继而呼唤古代的贤君虞舜，问他对这"乾坤无路"究竟有什么办法。作者作此诗时湖南、湖北等大片国土已被元军侵占，而南宋朝廷依然腐败无能，残存的国土上官贪吏虐，民不聊生。诗写得很含蓄，然而结合时代背景，"春水多""乾坤无路"的寓意还是不难想见的。

第四首写鹈鹕。人们按照这种鸟儿的鸣声，称它为"提壶""提葫芦"。欧阳修《啼鸟》（见前文）诗："独有花上提葫芦，劝我沽酒花前倾。"梅尧臣《和永叔六篇·啼鸟》："提葫芦，提葫芦，尔莫劝翁沽美酒，公多金钱赐醇酎，名声压时为不朽。"梁栋的《四禽言》组诗以写"提葫芦"的一首结尾，使四首诗成为有机的整体。国土大片沦丧，残破不堪；贪官污吏横行，百姓连裤子都没得穿；乾坤无路，行不得也！那么怎么办呢？只有提葫芦沽酒喝，借以解忧遣闷。屈原曾说"众人皆醉我独醒"，所以被放逐了。就算不被放逐，在"众人皆醉"之时只有一个人清醒，又有什么用！还是"众人皆醉我亦醉"吧！以一声"提葫芦"结尾，悲愤欲绝。

唐宋人的禽言诗很多，但像梁栋的《四禽言》这样既有深广的社会内容，又有强烈的艺术感染力的作品实不多见。胡应麟在《少室山房随笔》中评此诗："寓意深远，诸作不及。"这是很中肯的。

谢　翱

（1249—1295），字皋羽，号晞发翁，福安（今属福建）人，后徙居浦城（今属福建）。元兵南下，率乡兵投文天祥抗元，任谘事参军。入元不仕。与方凤、吴思齐等结月泉吟社，在宋季遗民诗人中堪称翘楚。有《晞发集》等。

西台哭所思

谢　翱

残年哭知己，白日下荒台。
泪落吴江水，随潮到海回。
故衣犹染碧，后土不怜才。
未老山中客，惟应赋《八哀》。

宋帝㬎德祐二年（1276）正月，元丞相伯颜率兵直逼皋亭山，文天祥以右丞相入元营谈判，被扣留。二月二十九日在被押北上经镇江时乘隙逃出，四月至温州，七月于开府南剑州（治今福建南平），号召四方起兵。帝㬎等已于三月被押北去；五月，张世杰等拥立赵昰于福州，改元景炎，是为端宗。二十八岁的谢翱为了挽救国家的危亡，尽捐家产，募乡兵数百人投文天祥，任谘事参军，随文天祥转战龙岩、梅州（今广东梅县）、会昌等地，于赣州兵败时分手。临别，文天祥以家藏端砚“玉带生”相赠，并谆谆嘱咐，情意殷切。文天祥于元世祖至元十九年十二月初九（1283年1月9日）就义后，谢翱每遇忌日必登高哭祭；此诗乃文天祥就义八周年时所作，同时还作有著名的《西台恸哭记》。

首联以“残年”（切十二月初九）、“白日”“荒台”为“哭知己”烘托出一派悲凉气氛。次联打破五律常规，紧承“哭”字而用散行句法表现回环激荡、无穷无尽的悲痛心情。三联写文天祥就义，词语对偶而文气单行。被囚数年，临刑时仍穿宋朝的“故衣”；慷慨就义已经八年，而“故衣犹染碧”血，令人悲痛无已。接着就此事抒发愤慨之情，皇天“后土”，应该是主持公道的，可是为什么不怜惜这样的英才而让他抗元失败呢？尾联抒悼念之情。作者当时四十二岁，故说“未老”；隐居不仕，故自称“山中客”；“惟应”二字承上句来，玩味始知深义，始见悲痛。合两句看，大意是：我这个大宋遗民还没有老，一心想继承您的遗志，用卓有成效的行动纪念您，可是这已无法做到，只能像杜甫作《八哀》诗以哀悼张九龄、李光弼等人那样作这首诗哀悼您了！拍合题目中的“哭所思”，如闻痛哭之声。

林景熙

（1242—1310），字德阳，号霁山，温州平阳（今属浙江）人。咸淳七年（1271）自太学生授泉州教授，历礼部架阁、从政郎。宋亡不仕，隐居家乡。有《霁山集》等。

酬谢皋父见寄

林景熙

入山采芝薇，豺虎据我丘；
入海寻蓬莱，鲸鲵掀我舟。
山海两有碍，独立凝远愁。
美人渺天西，瑶音寄青羽；
自言招客星，寒川钓烟雨。
《风》《雅》一手提，学子屦满户。
行行古台上，仰天哭所思。
余哀散林木，此意谁能知？
夜梦绕勾越，落日冬青枝。

前八句自写近况。“入山采芝薇”而山被豺虎侵占，入海寻安静处所而舟被鲸鲵掀翻。元人统治之严酷见于言外。“山海两有碍”而无行动自由，便“独立凝远愁”而想到“渺”在“天西”的“美人”，而“美人”的“瑶音”正好于此时寄来，与题目中的“谢皋父见寄”拍合。“自言”以下写谢翱来书、来诗的内容，“自言”即谢翱在来书、来诗里说，共说了三件事：招邀隐士在烟雨中的寒江垂钓，潜台词是隐居不仕，不为元统治者效力；主持风雅、传授传统文化，从学者甚众——这是事实，谢翱与吴渭、方凤等组织“月泉吟社”和“江源讲经社”，聚集了不少遗民；到西台哭祭文天祥，作了著名的《西台哭所思》和《西台恸哭记》。结尾两句，既概括来书来诗的情思，也表达自己的心意。元世祖至元二十一年（1284），元统治者为了摧抑汉族人民的民族意识，挖掘临安南宋皇帝的陵墓。事后，林景熙、谢翱、唐珏、郑朴翁等人扮作乞丐，身背竹箩，买通监守西番僧，捡得高宗、孝宗的骸骨，埋于兰亭（在今浙江绍兴西南）。林景熙作七绝《梦中作四首》纪其事，其中有“年年杜宇泣冬青”之句，说明在兰亭新墓上栽了冬青。“夜梦绕勾越，落日冬青枝”，即是以眷念兰亭新墓表现日夜不忘故国。

山窗新糊有故朝封事稿阅之有感

林景熙

偶伴孤云宿岭东，四山欲雪地炉红。
何人一纸防秋疏，却与山窗障北风！

此诗的精警之处在后两句，写前两句，是为写后两句准备条件。诗人并不是有什么明确的目的要出门旅行，而是偶然出去走走，散散心。从“四山欲雪”看，天空是阴云密布的，说“偶伴孤云”，意在以“云”之“孤”陪衬己之“孤”。在高空阴云密布的时候，并不妨碍低空有“孤云”飘动，诗人就与这片“孤云”结“伴”，来到“岭东”，同“宿”于“岭东”。既是“岭”，又是“云宿”之处，其地势之高，不言可知。地高则“风”大，已为末

句写“障北风”作准备。但如果是酷热的夏季，“风”大正好，又何须“障”？所以接着便说“四山欲雪”，不是炎夏而是严冬。“欲雪”——将要下雪，这是一种判断，而判断的根据，只能是阴云密布，北风呼啸，天气乍冷。特意写“地炉红”，正是为了表现天气很冷。读“四山欲雪地炉红”，在感到室内比较暖和的同时也听到室外“北风”的呼啸声。那么，朝北的窗户如果没有糊，北风灌进来，可就不得了！“障北风”三字，已呼之欲出。因闻北风而望北窗，这是很自然的事。一望，窗户是“新糊”的，凑近看，纸上还有字。读下去，才知这是上给南宋皇帝的“防秋疏”。诗人不禁感慨万千，写出了这么两句：“何人一纸防秋疏，却与山窗障北风！”

一个“却”字，力重千钧，不能轻易滑过。上“防秋疏”的目的是为皇帝提供防御北敌南侵的策略，希望采纳、实施，在“防秋”问题上发挥作用。如果皇帝采纳了，实施了，那么临安怎会沦陷，南宋怎会覆亡？令人悲痛的是：这封“防秋疏”不但没有被采纳，而且变成废纸，落到不识字的人手里，用来糊山窗了！为防御北敌南侵而上给皇帝的“防秋疏”未能在防御北敌南侵方面发挥作用，却作为糊窗纸而为山窗挡北风，令人感慨，也令人愤慨。南宋朝廷一贯以妥协换苟安，无意“防秋”，自然不把“防秋疏”放在眼里，终于自食苦果，还连累广大人民，特别是“南人”，在元朝的严酷统治下备受摧残。这两句诗，感慨与愤慨交织，蕴含深广，但主要锋芒则指向南宋朝廷的妥协路线，是毫无疑义的。有的专家说什么“即使是一张纸，也还在抵抗着北风，何况侵略者面对的是千百万人民”，有意出“新”，却放过了一个起关键作用的“却”字，故与诗的原意风马牛不相及。元人章祖程评云：“此诗工在‘防秋疏’‘障北风’六字，非情思精巧道不到也。然感慨之意，又自见于言外。”（《白石樵唱注》卷一）近

人陈衍评云："前清潘伯寅尚书见卖饼家以宋版书残叶包饼，为之流涕。遇此，不更当痛哭乎！"这两位的理解，都是符合原意的。

这首诗，元代诗人颇重视，有人选评，还有人模仿。元末叶颙《夜宿山村》，便是模仿之作。《序》云："予夜宿山村，有以宋末德祐年间防边策稿故纸糊窗者，读之皆舍家为国之论，不知何人之辞。……赋一绝纪事云。"诗云："贾氏专权王气终，朝无谋士庙堂空。国亡留得边防策，犹向窗前战北风。"（《樵云独唱诗集》）以"犹"字换掉"却"字，便不像原作那样"感慨""痛哭"，倒用得上"虽是一张纸，也还在抵抗着北风……"的分析了。